GIOVANNA HART

© Clarice Ziller, 2024
Todos os direitos desta edição reservados à Editora Labrador.

Coordenação editorial Pamela J. Oliveira
Assistência editorial Leticia Oliveira, Jaqueline Corrêa
Projeto gráfico Amanda Chagas, Marina Fodra
Capa Amanda Chagas
Diagramação Estúdio dS
Preparação de texto Priscila Pereira Mota
Revisão Renata Siqueira Campos
Ilustrações Abigail Valentini

Dados Internacionais de Catalogação na Publicação (CIP)
Jéssica de Oliveira Molinari - CRB-8/9852

Ziller, Clarice

Giovanna Hart : o chamado de Laniwai / Clarice Ziller ilustrações de Abigail Valentini. — 2. ed.
São Paulo : Labrador, 2024.
224 p. : il, color.

ISBN 978-65-5625-580-4

1. Literatura infantojuvenil brasileira I. Título II. Valentini, Abigail

24-1541   CDD 028.5

Índice para catálogo sistemático:
1. Literatura infantojuvenil brasileira

Labrador

Diretor-geral Daniel Pinsky
Rua Dr. José Elias, 520, sala 1
Alto da Lapa | 05083-030 | São Paulo | SP
contato@editoralabrador.com.br | (11) 3641-7446
editoralabrador.com.br

A reprodução de qualquer parte desta obra é ilegal e configura uma apropriação indevida dos direitos intelectuais e patrimoniais da autora. A editora não é responsável pelo conteúdo deste livro.
Esta é uma obra de ficção. Qualquer semelhança com nomes, pessoas, fatos ou situações da vida real será mera coincidência.

Clarice Ziller

GIOVANNA HART
O chamado de Laniwai

Labrador

Sumário

Tédio, tristeza e solidão 7

Laniwai 11

A Escolha 25

Pisom 32

De Laniwai a Node 50

De Node a Zwinschen Flüssen 79

De Zwinschen Flüssen a Melah 115

De Melah a Luxor 160

Tédio, tristeza e solidão

Giovanna estava entediada. Sentada no quarto, já não sabia o que fazer. Tinha zerado seu jogo predileto (três vezes!), brincado com todas as bonecas, falado com todas as amigas.

Nem o TikTok estava mais tão legal. Ficou olhando para as paredes do quarto, onde estava pendurado um desenho. Era o retrato da família. Ela mesma tinha feito, mas por alguma razão percebia sentimentos muito diferentes quando olhava para ele agora. Então decidiu não olhar mais.

Abriu a porta para ver se havia mais alguém fora do quarto. Seu irmão, Guilherme, estava fechado no quarto dele, mas dava para ouvir os tiros do *game* que ele jogava sem parar. A mãe e o pai estavam em algum lugar, fazendo não se sabe o quê. Foi até a geladeira e resolveu tomar um chocolate. Olhou para um lado, para o outro, sentou-se no sofá, foi até a janela. Assim como olhar o retrato na parede do quarto, olhar pela janela trazia sentimentos muito diferentes.

Correu de volta para o quarto; ali se sentia um pouco mais segura. Pegou o chocolate, o celular, e se sentou na cama. Enquanto tomava a bebida, começou a pensar nos posts que via no Instagram.

Garotas como ela, algumas mais novas, outras um pouco mais velhas, todas lindas, com uma vida de sonho. Viajando, usando roupas e makes incríveis, passeando com os pais, com os amigos, indo a restaurantes... e ela ali. Quanto mais pensava, menor se sentia. Todo dia a mesma coisa, os mesmos sentimentos pesados no coração, a mesma tristeza e solidão. Por que ela não podia ter aquela vida legal? Por que os pais dela nunca passeavam, nem iam àquele café que todo mundo ia?

Giovanna começou a sentir que sua vida não fazia sentido, não tinha cor nem graça. "Eu sou um fracasso. A perdedora das perdedoras. A mais feia. No meu armário só tem roupa velha e sem graça. E olha que agora tenho um armário! Não adiantou nada gravar aqueles tiktoks descendo até o chão. Ninguém nem viu! Ah, não: teve aquele garoto que comentou, mas para ser bem honesta, nem entendi o que ele quis dizer. Fiquei incomodada, não gostei. Mas talvez eu responda, já que foi a única pessoa que falou comigo".

O chocolate acabou, mas a tristeza só aumentou. Ela não sabia o que dizer, nem explicar o sentimento, mas a vida para ela era uma coisa muito sem graça. Deitou, fechou os olhos e sentiu algumas lágrimas descendo. Abriu os olhos um pouquinho e viu umas cores. Era O arco-íris! Durante muito tempo, todos os dias no mesmo horário aparecia um arco-íris na parede do quarto. Giovanna amava aquele arco-íris, que todos os dias surgia como um raio de vida na parede do quarto frio. Ele já tinha até nome: Tomé. Esse nome tinha vindo na cabeça, ela gostou e colocou no arco-íris. Fazia um tempão que ele não aparecia, e ver aquelas cores de novo trouxe um pouco de alegria ao dia chato. Geralmente Tomé ficava pouco tempo e era pequeno. Dessa vez ele apareceu grande e, em vez de ficar só na parede, se descolou e formou um arco completo no meio do quarto.

Aquele arco-íris era a coisa mais linda que Giovanna já tinha visto. E ele também fazia um som. Ela desligou a música que estava tocando e começou a prestar atenção. Era um barulho tão gostoso; parecia fazer cócegas nela. Ela percebeu que era como um barulho de água correndo. Também tinha passarinhos e alguém dando uma risada deliciosa, que a fez rir também. O arco-íris foi mudando de posição, flutuando, e começou a atravessar a porta. Como se estivesse hipnotizada, Giovanna foi seguindo o arco-íris e atravessou a porta com ele.

Laniwai

Atravessar a porta atrás do arco-íris nem pareceu estranho. Quando deu por si, Giovanna estava num lugar totalmente diferente de sua casa. Era um jardim; o jardim mais lindo que poderia imaginar. Não, na verdade, era muito mais lindo do que qualquer coisa que ela conseguia imaginar. Não tinha nenhuma placa, mas ela sabia o nome dele: Laniwai.

Giovanna estava tão chocada com a beleza daquele lugar que achou que ia surtar. Mas em vez de levá-la a surtar, aquela beleza parecia fazê-la flutuar. Os raios de sol passavam no meio das folhas com uma luz dourada que ficava salpicada com o vapor das águas que corriam. O arco-íris tinha parado de se mover.

O barulho gostoso das águas chamou sua atenção de novo. A água brotava da terra e do céu. As bolhas que subiam da terra faziam um som de risadinhas e as gotas que caíam do céu cantavam. Aquela água formava uma piscina de um azul transparente que ela nunca tinha visto. Eram muitos azuis diferentes, todos correndo, borbulhando e rindo. Essa água também tinha um nome, e ela sabia: Wai. De repente ela entendeu: "Lani-wai — paraíso de águas frescas".

A temperatura da água era perfeita. Quando Giovanna pulava, vinha um geladinho delicioso, mas logo abraçava seu corpo com uma temperatura perfeita. Parecia que ela já tinha estado naquele lugar, com aquela água, antes. Não sabia se era o barulho das bolhas, mas de repente ela estava simplesmente rindo sem parar. Quando cansou de tanto pular, resolveu boiar. Foi boiando, boiando e, de repente, a água parecia que a estava colocando numa pedra bem lisa e macia. Giovanna não queria sair, mas a água estava mandando. Ela obedeceu.

Agora, o rio não fazia barulho de risada. A partir daquela pedra, ele se dividia em quatro rios que caíam numa cachoeira gigantesca! E agora? Ela queria descer, mas era alto demais. Enquanto pensava, já ficou sabendo que cada rio tinha um nome: Pisom, Giom, Tigre e Eufrates. Olhou para o lado e viu o que precisava para descer: uma bolha gigante que podia cair na cachoeira e não ia deixar que Giovanna se machucasse. O difícil era escolher em que rio descer. Foi até a beiradinha e tocou no arco-íris em cima do primeiro rio.

Apareceu o que ela precisava saber: todos os rios iam até Pearl City. Pisom, o primeiro, era cheio de pedras preciosas e ouro. Mas era necessário prestar atenção: se olhasse demais para as pedras e para o ouro, poderia ficar cega. E tinha outro probleminha básico... Você podia pegar pedras e ouro à vontade, mas se pegasse demais, não teria forças para carregar na hora de sair do rio. A saída para Pearl City era difícil e, se você não saísse na hora certa, ficaria rodando nele para sempre. Se pulasse nesse rio, teria um guia chamado Mikah, conhecido por sua grande inteligência e pouca paciência.

Antes de escolher, tocou no arco-íris do segundo rio, Giom. Em todo lugar que aquela água tocava, alguma coisa brotava. Eram flores e frutas infinitas. E o tanto de peixes? Nesse rio nada falta, mas as coisas podem não parecer tão valiosas como as dos outros rios. No Giom é perigoso ser contaminado pela inveja, pois às vezes os outros rios parecem muito mais interessantes. O guia que acompanha quem escolhe Giom é Habel, o Mestre das Boas Dádivas. Percebe a inveja de longe.

Que escolha difícil! O terceiro arco-íris contou que o Tigre era o rio mais rápido de todos, o caminho mais curto até Pearl City. Se ela caísse ali, levaria somente a metade do tempo e seria a primeira a chegar lá. Mas tinha que ter cuidado: o rio passava arrancando tudo que vinha pela frente: se você não se cuidasse, poderia ser atingida por pedras, troncos e até animais. Além disso, é muito difícil sair dele. Para sobreviver nesse rio, caso decidisse ir por ele, Giovanna podia contar com a ajuda de Zoe, a mulher que não tem medo do perigo.

A quarta opção era o Eufrates. Era o caminho mais longo, porém o mais tranquilo. Indo pelo Eufrates dava para conhecer muitos outros lugares no caminho e aproveitar mais a viagem. No entanto, quem ia pelo Eufrates podia ficar tão confortável que poderia se perder no caminho. Esse rio é guiado pelo tempo. Você pode sair dele, mas tem tempo certo para voltar. Se não voltar dentro desse tempo, terá que continuar a viagem por terra. Para viajar pelo Eufrates, ela contaria com a companhia da poderosa Eloah.

Sentada na pedra, Giovanna tentava decidir qual rio escolher, quando, de repente, pensou: *Mas, afinal de contas, por que preciso escolher? E o que será Pearl City? Será que vale a pena ir até lá?*

Ela ainda não tinha parado para raciocinar direito, mas começou a achar uma loucura estar pensando em descer uma daquelas cachoeiras, embarcar numa viagem maluca, com gente desconhecida, só para saber o que era e o que tinha em Pearl City. De repente, veio um medo, era tudo tão grande, o som das cachoeiras tão alto...

Pensou, então, em ficar exatamente onde estava. Por que precisava sair daquele lugar tão perfeito? Não se lembrava de ter sentido tanta paz antes. Ela parecia que flutuava um pouco. Aquele quarto entediante, aquela solidão, tudo parecia ter sido um sonho, e agora ela estava acordada. Naquele momento, a vida estava perfeita.

Um som voltou a chamar sua atenção: era aquela gargalhada gostosa que ela tinha ouvido pela primeira vez ainda no quarto, quando saiu andando atrás do arco-íris. Foi seguindo o som, até que viu crianças brincando. Olhando mais de perto, ficou surpresa: era ela mesma, brincando com seus amigos. Era a melhor e mais divertida brincadeira do mundo. Era como se estivessem projetando o filme da vida dela.

Giovanna murmurou para si mesma: "então é assim que a vida deveria ser..."

Kanoa, o Vento, soprou em seu ouvido: "Sim, foi para isso que você nasceu, pequena."

Então estava resolvido: ela ia ficar em Laniwai, brincando e se divertindo para sempre! Kanoa soprou novamente e falou:

— Nanna... posso te chamar assim? Infelizmente aconteceu uma coisa que te impede de ficar aqui para sempre. Não é sua culpa, mas Laniwai está desaparecendo. As primeiras pessoas que moraram aqui não cuidaram direito, e agora tudo está se desfazendo; em breve não existirá mais. Você precisa escolher: voltar para seu quarto ou continuar até Pearl City.

— Mas o que tem em Pearl City?
— Você não sabe o que tem lá?
— Não faço a menor ideia!
— Ih, garotinha... Pearl City é o melhor lugar do mundo. Não, das galáxias! É um lugar perfeito. Lá, todas as pessoas são felizes, todas as meninas têm as roupas e as makes que desejam, os pais e as mães se dão bem, e o que eu acho mais legal de tudo: ninguém se sente sozinho! A cidade tem uma luz que é só dela, não precisa de energia elétrica. Ela brilha! E tem música o tempo todo. Às vezes baixinha, para embalar o sono; uma melodia suave que só se ouve prestando atenção. Mas, de vez em quando, ela toca alto para a gente pular e dançar. Tem shows e concertos nos jardins; as melhores músicas, sempre perfeitas. E coisas gostosas para comer. O que você gosta de comer?
— Eu gosto de sorvete de chiclete.
— Tem.
— Também gosto de donut.
— Tem.
— Gosto de brigadeiro, goiabada, macarrão e batata frita. E sanduíche.
— Tem, tem, tem e tem. Tem também.
— E o que não tem?
— Injeção.
— Pode me levar, quero ir!
— Briga. Doença. Maldade. Agressão.
— O quê? Duvido! Tem animais?
— Tem, e nenhum é bravo. Você pode brincar com os leões, os tigres, os ursos e todos os outros.

A cabeça de Giovanna estava a mil por hora. Ela queria ficar ali, mas não podia. Não estava muito a fim de desaparecer com o jardim. Voltar para aquele quarto parecia a pior escolha que ela poderia fazer na vida. Pearl City parecia uma boa ideia, mas o caminho era meio complicado. Para começo de conversa, teria que se jogar numa cachoeira muito, muito alta. E depois, não fazia ideia de como seria o caminho. Estava confusa: voltar para o quarto que conhecia, seguro, mas muito sem graça, ou se jogar numa cachoeira gigante que fazia aquele barulho tão poderoso?

— Você não precisa decidir neste minuto, Nanna. Pode pensar com calma. Se quiser passar a noite, dá tempo. Laniwai é um lugar de descanso e, quando o sol se põe, acontece uma coisa mágica. Fique; você vai amar.

Não era preciso falar muito para convencê-la. Se havia uma coisa nessa vida que ela detestava era quando a noite chegava, parecendo carregar em seu manto toda a maldade do mundo. Suas noites eram sempre cheias de pesadelo e medo. Mas ali em Laniwai estava se sentindo tão segura que não sentia medo da noite.

Giovanna pensou: *Se só posso ficar até amanhã, vou tratar de aproveitar esse lugar!* E saiu andando, sem a menor preocupação em se perder. Tirou os chinelos, e a grama parecia um tapete bem macio. De repente, começaram a aparecer borboletas, brincando ao seu redor. Eram de todas as cores e tamanhos e não tinham medo da garota. Pousavam docemente em suas mãos, parecendo rir com ela. Havia uma azul, enorme, que soltava um pó brilhante toda vez que batia suas asas. Voava mais alto que as outras e parecia desfilar no ar. Prestando atenção, viu que todas soltavam aquele lindo pozinho.

Quando teve fome, começou a experimentar todas as frutas que encontrava. Nunca tinha provado frutas assim. Eram enormes, tinham sabores intensos e enchiam a barriga dela de alegria. De barriga e coração cheios, Nanna deitou e admirou tudo que estava ao seu redor. Mas o que mais a

admirava era o que estava dentro dela: paz e alegria. Paz. E alegria. Então, um som começou a invadir sua paz e alegria: risadas. Ela estava chocada; nunca tinha ouvido tantas risadas num dia só. Dessa vez eram as águas chamando Giovanna para se refrescar. Ela saiu correndo, tomou o maior impulso e pulou, caindo como uma bomba no meio de Wai. As bolhas aumentaram e o som de risadas também. *Vou de novo*, pensou. E foi. E foi de novo, e de novo, e mais uma vez. Perdeu a conta de quantas vezes pulou, igualzinho tinha feito ao chegar a Laniwai. O som que as bolhas faziam era engraçado demais, e ela ria de doer a barriga. De longe, Kanoa olhava e ria também. De vez em quando soprava, e as folhas das árvores riam com as bolhas e Giovanna. Quando finalmente cansou, Nanna se sentou numa pedra e começou a admirar tudo que estava à sua volta. O sol estava começando a baixar e sua luz dourada passava pelo meio das folhas das árvores. O vapor da água dava um aspecto mágico àquela luz, e havia centenas de arco-íris em volta dela. Então ela se lembrou do que Kanoa havia dito: "quando o sol se põe, acontece uma coisa mágica".

 O sol já ia se pôr. O coração começou a bater forte, na expectativa de que algo ia acontecer. Mas, enquanto esperava, seu coração também ficou pesado. "Não quero ir embora daqui. Esse lugar é perfeito... estou com medo das cachoeiras e nem quero pensar naquele quarto. Por que Laniwai vai desaparecer? O que vai acontecer?" Giovanna estava se sentindo bem estranha. Não era medo; era uma tristeza, uma saudade do que não ia viver ali. Como se estivesse sendo arrancada de um lugar de onde nunca deveria sair. Deu vontade de chorar.

 A luz agora estava intensamente dourada, quase dava para tocar na cor. Kanoa soprava suave, Wai continuava rindo e as borboletas não paravam. Os pássaros cantavam, as folhas balançavam, tudo tinha um ritmo, uma vibração, um som que ela não sabia nem descrever, era a música mais linda do mundo, e parecia tocar dentro dela. Ela não tinha certeza, mas parecia um cachorro latindo, um gato miando, vários animais emitindo seus sons. Laniwai inteiro estava em festa, a maior festa que ela já tinha visto. Certamente o momento mais mágico do universo.

Alguém estava chegando, ela podia sentir. Aquele som de alegria ia aumentando, como se fosse uma procissão ou um desfile, vindo em sua direção, seguindo esse Alguém. O coração ia acelerando à medida que o som ia se aproximando. Nanna olhava em volta, sem saber direito por qual caminho estava vindo. A luz dourada havia tomado tudo. Para onde olhava, só enxergava aquela luz intensa e doce. O som se aproximava; Giovanna conseguiu perceber de que lado vinha a música. Ficou lá, de olhos arregalados e coração pulando, esperando para saber quem ia chegar. Na verdade, Nanna já sabia quem era. Quer dizer, sua cabeça não sabia quem era, mas existia uma parte dentro dela que sabia muito bem. Era como se dentro de sua barriga existisse algo que estava ligado a quem estava chegando. Uma coisa muito louca, mas era exatamente assim.

A festa agora estava ao redor da garota. A mesma garota que pouco antes se sentia tão só, insegura e entediada estava agora no meio daquela festa em que a música tocava dentro do coração, fazendo o corpo flutuar nos braços de Kanoa, enquanto Wai ria sem parar. Giovanna se sentia plena. Já tinha visto essa palavra antes, "plena", mas nunca tinha entendido muito bem. Agora entendia. Não faltava nada, não doía nada, não queria mais nada.

Era impossível não dançar ao som daquela música e, enquanto rodava como uma bailarina, alguém tocou em sua mão. Era um homem, um pai. Giovanna segurou sua mão e os dois saíram dançando. Às vezes tocavam o chão, às vezes flutuavam, numa dança sem fim. A música se alternava em ritmos, fazendo com que os dois às vezes literalmente sacudissem todos os ossos como numa dança tribal, à qual todos os animais da Terra se juntavam, enchendo o ar de energia, e às vezes flutuassem como se nem ossos tivessem, juntando-se às borboletas e a todos os animais que voavam. O tempo passava diferente em Laniwai e, na verdade, Nanna não estava nem aí para ele. Como a criança crescida que era, ela simplesmente aproveitava o que estava acontecendo, sem pensar no antes e no depois.

A música foi diminuindo de intensidade, até se tornar um suave murmúrio. Exausta e muito feliz, Giovanna deitou-se na grama, admirando enquanto a luz dourada ia mudando de cor: lilás, rosa, laranja e muitas cores que ela nem conhecia. Devagar, as luzes das estrelas começaram a aparecer, como se fossem olhinhos piscando para ela. Tsekenu sentou-se ao lado dela, e todos os animais ficaram ali por perto, olhando encantados para Ele, obedecendo aos seus olhares. Depois de um tempo, deitou-se e segurou a pequena mão em sua mão enorme e poderosa. Outras mãos grandes e fortes haviam segurado Giovanna antes, mas, ao contrário dessas outras, a mão de Tsekenu tinha uma doçura e um amor tão grandes que Nanna chorou.

Depois de muito tempo, como se despertasse de um sonho, Nanna sentou-se, olhou para ele e perguntou:

— Vai ficar deitado aí para sempre, é? Eu só tenho hoje para me divertir nesse lugar, não há tempo a perder!

Tsekenu sentou-se, rindo da pressa da menina.

— Realmente, hoje foi o dia mais mágico da minha vida! — Giovanna falou baixinho.

Como se tivesse ouvido, o homem levantou sua mão e acendeu milhões de vaga-lumes! Nanna pensou que ia desmaiar; seu queixo caiu e os olhos ficaram esbugalhados. Os vaga-lumes voavam ao seu redor e chegavam tão perto que ela via seus olhinhos piscando bem rápido. Era mágica atrás de mágica!

— Esse lugar é seu? Quem fez tudo isso aqui? — perguntou Nanna.

— Fui eu quem fez tudo isso, mas o lugar é seu. E de todas as outras pessoas. Todo mundo deveria morar aqui — respondeu Tsekenu.

— Então por que Kanoa disse que não posso ficar?

O homem levantou-se, puxou Nanna pelas mãos, e os dois foram caminhando em direção à água. As risadas continuavam, e ao longe era possível ouvir o barulho forte das cachoeiras. Nanna não andava; flutuava. Aquela paz e leveza eram a melhor coisa do mundo inteiro.

Quando chegaram ao local das cachoeiras, Nanna olhou para a frente e viu um brilho. O céu já escuro mostrava uma luz intensa, como se um fogo estivesse saindo de dentro da terra, hipnotizante. Por alguns instantes, as cachoeiras diminuíram seu som, e ela conseguiu ouvir a música que vinha de dentro daquela luz. Era Pearl City. O coração começou a pular de novo, no ritmo da música, e, de repente, ela não conseguia pensar em outra coisa, a não ser em ir até lá. Se ela não podia ficar ali, então queria ir para Pearl.

— Você vem comigo? — perguntou a Tsekenu.

— Eu estarei com você o tempo todo, mas você não vai me ver. Vou enviar ajuda. Para cada momento você poderá contar com a ajuda que vai precisar. Enquanto se lembrar de mim e do nosso momento mágico, encontrará auxílio pelo caminho. Estarei te esperando em Pearl City, e quando você chegar lá, então ficaremos para sempre perto um do outro. Mas agora, você precisa escolher seu caminho. Qual vai ser?

Ela não tinha a mínima ideia.

A escolha

O medo já tinha passado. Em vez de assustar, o barulho das cachoeiras agora parecia dizer "Giovanna". Tocou novamente os arco-íris de cada cachoeira para lembrar: Pisom era cheio de ouro e pedras preciosas; Giom tinha muitas frutas, muitos peixes, todo lugar por onde passava se tornava terra fértil; Tigre era o mais rápido e o mais perigoso, sua velocidade arrancava tudo que encontrasse pelo caminho; e Eufrates era certamente o mais tranquilo, mas também o mais longo. Olhou de novo quem iria com ela: Mikah era quem cuidava do Pisom, Habel de Giom, Zoe do Tigre e Eloah do Eufrates.

Muito indecisa, olhou para os rios lá embaixo. As águas se misturavam quando batiam nas pedras, mas um pouquinho à frente dava para ver exatamente como cada rio era. E eles eram todos lindos. Giovanna nunca tinha estado diante de tanta beleza. O lugar onde ela morava nem era tão feio, mas aquilo ali era demais. Lembrava os lugares que ela via nos vídeos, nos perfis daquele povo que vive para viajar, nas séries a que assistia. Mas estar ali, com Kanoa soprando em volta dela, Wai rindo e rugindo, e agora chamando seu nome... Sua mãe sempre dizia: "as câmeras só conseguem captar 10% do que os olhos conseguem ver". Ela nunca tinha entendido o que isso queria dizer, mas agora estava entendendo. Nas aulas de matemática falaram sobre esse negócio de 10%, 20%, mas Nanna só tinha decorado as fórmulas.

— Não sei exatamente o que é 10% e 90%, mas agora entendi o que você queria dizer, mãe — falou baixinho, enquanto arregalava bem os olhos para tentar enxergar mais do que estava vendo.

Poder ver tudo aquilo era maravilhoso. Não havia tela grande o suficiente para mostrar tudo que ela conseguia ver ali. Fez testes: apertou os olhos, fechou um, fechou outro, inclinou a cabeça para um lado, depois para o outro. E cada experiência fazia com que ela visse coisas diferentes, ou as mesmas coisas de jeitos diferentes. Voltou a abrir bem os olhos, pois queria que toda aquela beleza entrasse nela para sempre. Queria carregar aquelas luzes e cores se precisasse voltar para o quarto, porque o que aparecia nas telas não era nada perto daquilo tudo.

E sentir... ah, sentir o vento, a umidade, o sol agradável era uma delícia. E cheiros também. Respirou fundo, ergueu os braços e fechou os olhos, permitindo que todas as sensações e texturas daquele lugar passassem por ela.

Assim como os sons. Ela já não sabia se o que ouvia estava dentro ou fora de si mesma. Queria mesmo que estivesse dentro, porque os sons que enchiam a memória dela eram os que ela desejava ardentemente nunca mais ouvir. Depois de admirar tudo por um tempo, já sabia que rio escolher: Pisom!

Sua água transparente corria bem suave lá embaixo, e o ouro e as pedras preciosas pareciam glitter. E ela amava glitter. Tudo no mundo deveria ter glitter; a vida é muito mais bonita com glitter. Quando olhava para o Pisom, via o sol refletido nas joias e no ouro. Seria como mergulhar num rio inteiro feito de... glitter!

Tsekenu estava se divertindo com os pensamentos de Giovanna e com as expressões de seu rosto enquanto tudo isso voava em sua mente. Finalmente, ela falou:

— É, eu vou pular no Pisom! Vou mergulhar num rio de glitter, meu sonho! Hahaha, se a Joelma, que trabalha lá em casa, visse esse rio, ela iria surtar. Ela ODEIA quando encho meu quarto de glitter, sempre diz que se o mundo inteiro pegar fogo, é capaz de só sobrar essa porcaria.

Na verdade, Joelma usava outra palavra, mas Nanna ficou com vergonha de falar para Tsekenu. Não sabia por que, mas sentia vontade de ser perfeita quando estava perto dele. Voltou-se para os próprios pensamentos novamente e percebeu que queria ser perfeita, mas ele não se importava nem um pouco que não fosse. E como ela podia saber de tudo isso se a primeira vez que o viu foi naquele pôr do sol mágico? Que coisa estranha: ele parecia tão familiar, e parecia saber exatamente quem ela era! Giovanna já tinha visto outras pessoas assim, de quem depois passou a ter medo, mas Tsekenu... para começo de conversa, não era uma pessoa. Mas era uma pessoa, sim. O coração dela sabia exatamente quem ele era, e confiava em Tsekenu completamente. Sabia que nunca seria abandonada ou machucada enquanto ele estivesse por perto; será que era por isso que estava enrolando para pular da cachoeira? A cabeça da garota já estava girando; Tsekenu agora já ria alto.

— Calma, garota, não se preocupe em ter todas as respostas de uma vez só. Você não vai me ver por um tempo, mas estarei lá o tempo todo. Todas essas perguntas que estão pulando na sua cabeça e no seu coração agora, vou responder no caminho. Todo mundo fala de "foco, força e fé", mas para chegar a Pearl City, embora foco e força te ajudem, o que você precisa de verdade é "fé, esperança e amor". E o mais forte dos três é o amor. Agora pule na cachoeira que escolheu, garotinha, e aproveite a sua jornada. Mikah estará te esperando lá embaixo. Lembre-se: divirta-se e ame.

Muito animada, Nanna entrou na bolha. Ela achou que nem precisava, porque as palavras de Tsekenu a faziam voar. Entrou porque queria saber como era voar dentro de uma bolha linda, transparente, gigante e cheia de... arco-íris. Sempre tinha tido curiosidade de ver uma bolha por dentro, mas quando punha o dedo, elas estouravam. Quando atravessou a bolha e ela continuou inteira, foi incrível. Começou a andar em direção à primeira cachoeira, e a bolha ia vibrando em volta dela, os arco-íris se apagando e acendendo em todos os lugares. Ela já não tocava o chão. A bolha ia na direção que ela queria, mas já flutuava.

Chegou na beira da cachoeira e olhou para baixo. A água parecia estar se divertindo enquanto caía, se divertindo muito. Ela também queria se divertir, então simplesmente deu três passos e ficou esperando começar a cair também. Fechou os olhos, e nada. Olhou para baixo e estava flutuando em cima da cachoeira, mas cair que é bom, nada. Enquanto pensava, a bolha falou:

— Nanna, não me apresentei! Sou Fisalída, e minha vida é descer essas cachoeiras. É uma vida muito divertida. Para descer, você precisa me dizer se quer com ou sem emoção!

— Com emoção! Com emoção! — a emoção nem tinha começado e Nanna já ria e gritava como louca.

Então ela caiu. E subiu. E caiu de novo. E tocou na cachoeira, que chutou a bolha suavemente para longe. E caiu. E subiu. E girou. Tocou na cachoeira de novo. Voou para longe. Voltou.

Nanna ria e gritava tanto que foi ficando mole, sem força. Fisalída subia, descia e batia, os arco-íris giravam, dava frio na barriga, tudo ao mesmo tempo. A água continuava caindo cachoeira abaixo, rindo também, bem alto. O barulho forte que vinha da água tocando o fundo parecia uma voz falando com ela, uma voz bem alta. Parecia a voz de Tsekenu.

Depois de um bom tempo nessa bagunça, finalmente chegou ao pé da cachoeira. Fisalída a abraçou e gentilmente empurrou para fora. Caiu na água, e estava uma delícia. A força da água que caía empurrava Giovanna gentilmente para longe, onde tudo era calmo. O coração se aquietou, as risadas foram acabando, e ela se viu num lugar bem diferente. Bonito, mas muito diferente. Diante dela, o sol tocava o rio e as pedras faiscavam. *Glitter!!!*, pensou Giovanna.

Na margem, havia uma pessoa. Ou pelo menos parecia uma. Só que brilhava tanto que não dava para saber se era homem ou mulher. Chegou mais perto e saiu da água para ver direito aquele ser brilhante.

Giovanna sabia que algo novo estava começando ali.

Pisom

Enquanto caminhava em direção a Mikah, Giovanna sentiu saudade de Tsekenu. O coração dela ardia de saudade. Quando pensava nele, lembrava-se das enormes mãos segurando as suas e de seu olhar bondoso; podia ouvir sua voz, muito forte e doce. Era uma voz diferente, com autoridade. Sabia o que ele era: um pai. Não como o dela, que aprontava coisas péssimas. Tsekenu era o Grande Pai. Outra coisa que sabia é que Tsekenu ia cumprir o que tinha prometido e nunca mais a deixaria.

A ansiedade crescia dentro dela. Aquele lugar também era lindo, mas era muito diferente de Laniwai. Não mexia com ela por dentro. Em toda a margem do rio havia árvores lindas e muitas flores coloridas. A luz do sol atravessava as folhas das árvores e fazia as joias do rio piscarem, fazendo-a lembrar porque escolhera o Pisom: era o rio do glitter! Mas enquanto tudo em Laniwai era verde e cheio de vida, ali a vida parecia se concentrar perto do Pisom. Por onde o rio passava, a paisagem lembrava o paraíso onde ela tanto tinha brincado, mas, a partir de certa distância da água, a terra ia se tornando cada vez mais seca.

As árvores ao longo do rio eram enormes, de troncos bem grossos e cheias de folhas de um verde intenso. Aliás, de muitos verdes, que formavam uma linda e colorida floresta. Quanto mais longe do rio, menores e mais finas eram as árvores, de troncos retorcidos e formas divertidas. Mais ao longe ainda, via muitos cactos e, depois deles, nada além de poeira e deserto. Lembrou dos filmes de deserto, em que a paisagem fica meio tremida, como se saísse uma onda de calor do chão. Até onde seus olhos alcançavam havia beleza, mas era uma beleza totalmente diferente, uma beleza que trazia solidão ao coração.

"Tsekenu, você está por aí?"

"Estou, sim, senhora! Fique tranquila, não vou te deixar. Sempre que precisar, pode me chamar. A partir de agora, mocinha, é tempo de aprender. Você vai se divertir, mas não vai ser moleza, não. Vou mandar ajuda, vai dar tudo certo. Te espero em Pearl City, não esquece. E quando nos encontrarmos lá, será para ficarmos juntos para sempre."

"Ok. Eu sei que a gente vai se ver quando eu chegar, mas até lá não vou poder te ver nem um pouquinho?"

Tsekenu não respondeu, e Giovanna decidiu conversar com a pessoa que estava lá. De acordo com a informação do arco-íris, devia ser Mikah. Devia ser gente boa, chegou mais perto para ver.

Mikah era diferente de Tsekenu, mas também era diferente dela; nunca tinha visto alguém tão alto. Ah, mas não era só isso, não... Ela estava tentando entender o que via, mas estava complicado. Primeiro, aquele tamanho todo, e uma luz intensa ao seu redor. Pernas gigantes, que pareciam patas de boi, bezerro, algo assim. E asas. Mikah tinha asas enormes, que iam do chão, onde se arrastavam um pouquinho, até muito acima da cabeça. Olhando melhor, viu que eram quatro asas. Duas ficavam abertas e duas fechadas, envolvendo todo o seu corpo. Como se quisesse impressionar Nanna, Mikah abriu as asas e voou. Se era o que queria, conseguiu. A boca de Giovanna se recusava a fechar. Era um voo maravilhoso, cheio de poder. Até o som de seu voo era poderoso; lembrava as cachoeiras e lembrava também a voz de Tsekenu. Depois que Mikah pousou, Giovanna prestou atenção no seu rosto. Era uma coisa bem doida. Quando olhava de frente, era um rosto de gente. Mas percebeu uma coisa estranha e olhou para o lado esquerdo do rosto. Não tinha orelha!

Giovanna rodeou Mikah, procurando a orelha, mas o que viu foi um focinho, e onde deveria estar o cabelo havia, na verdade, outro rosto. De boi.

— Hahahahahaha!

— Do que está rindo, garotinha?

— Estou rindo é de nervoso, não estou conseguindo te entender! Por que tem uma cara de boi no lado da sua cabeça?

— Tem muita coisa doida que você nem pode imaginar sobre mim. Continue olhando!

Mais um passo, e ela riu mais alto e mais nervosa. Onde deveria ser o cabelo, havia outro rosto. O que pensou que era um rabo de cavalo, na verdade era um bico, bem pontudo.

— Mãe do céu, aqui tem uma cara de passarinho!!!!

— Que é isso, garota, mais respeito! É uma cara de águia, o pássaro que voa mais alto e vê o que ninguém vê! — Mikah estava se divertindo com a garota.

— Deixa eu já olhar logo de uma vez o que tem do outro lado, certeza que não é a orelha! Caracas, aqui tem uma cara de leão!!!

Era difícil de entender o tal de Mikah. Ele era um e era quatro ao mesmo tempo. Não era como se tivesse uma tatuagem, ou uma máscara. Eram realmente quatro criaturas diferentes que formavam uma só criatura. Não eram como gente, leão, boi e águia de desenho, nem mesmo de filme. Era uma coisa etérea, majestosa; certamente a coisa mais esquisita que já vira, mas era lindo de ver. Estava muito claro: Mikah não era desse mundo.

— Você é amigo de Tsekenu?

— Ele me criou, e existo para obedecer a suas ordens. Tsekenu me dá missões e cumpro cada uma delas. Ele me dá poder para tudo que é necessário. Sou um soldado do reino dele.

— Tsekenu é rei? E tem um exército?

— Ah, é sim. Ele é o rei do universo inteiro, e tem um exército de alguns bilhões de seres como eu.

Ao ouvir a palavra "bilhões", Giovanna lembrou da conversa com o professor de matemática:

— Quanto é um bilhão?

— Um bilhão é mil milhões.

— E quanto é um milhão?

— Um milhão é mil milhares.

— Se eu tiver um bilhão de reais vou ser rica?

— Não. Será mais que rica, será bilionária.

— Ah. Se eu colocar minha mesada na poupança, em quanto tempo vou ficar bilionária?

— HAHAHAHAHAHAHAHA. Talvez daqui a uns 300 anos, se a sua mesada for muito alta. Não se preocupe com isso, Nanna, ninguém precisa desse tanto de dinheiro para viver.

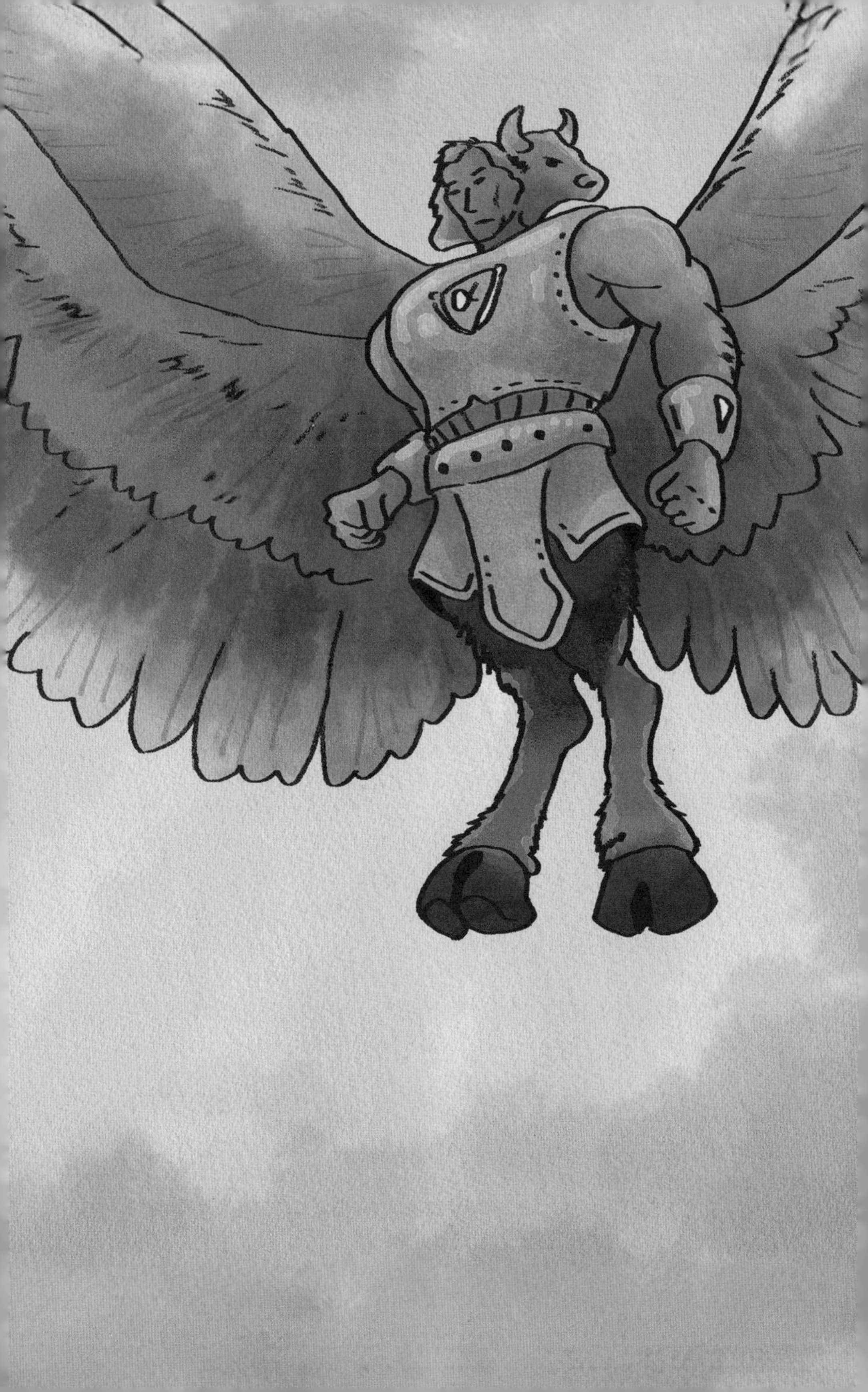

Aquele professor era muito legal, e também a chamava de Nanna. Bom, a questão era: bilhão é muita coisa, e ter um exército com bilhões de soldados como Mikah parecia significar muito poder.

Mikah era belo. Giovanna tentava imaginar um exército inteiro como ele. Impossível.

— Então, dona Nanna, precisamos selecionar o que vamos levar na viagem, tenho algo aqui para você escolher.

— Mas como vou escolher, se não conheço nada aqui? Acho melhor você fazer isso por mim. Confio em você, pode mostrar o que devo levar, e vou ficar feliz.

— Não, não é assim que funciona. Você precisa fazer escolhas, e boas escolhas. Eu vou junto na jornada, Tsekenu também vai te ajudar, mas a responsabilidade pela sua vida é, em primeiro lugar, sua. As suas escolhas vão definir se sua viagem vai ser mais fácil ou mais difícil, e até mesmo se você vai conseguir chegar. Vamos lá, deixa eu te mostrar o que você pode escolher. Mas preciso avisar uma coisa: paciência não é o meu forte.

Saíram da margem do rio e foram em direção a uma construção. Chegando mais perto, Giovanna viu que era um armário, como esses que tem no vestiário da escola e da academia. Ela ficou pensando como não tinha visto aquilo antes, porque era o maior armário do universo. Era ainda mais alto que Mikah, e não dava para ver o fim dele, ia até o horizonte. Naquela terra de tantas surpresas, já nem estranhou o armário. Eram dois andares de portas pintadas. Por isso não tinha visto antes, ele parecia parte da paisagem, uma bela ilusão de ótica. As portas tinham nomes escritos nelas. Duas tinham o nome Giovanna Hart, uma em cima da outra. Pararam em frente a elas, e Mikah perguntou qual deveria abrir primeiro.

Esse é o verdadeiro sentido de "tanto faz", pensou Nanna, e deu uma risadinha. Como se tivesse ouvido, Mikah riu também.

— Pode ser a de cima!

Então, Mikah fez um suspense e foi abrindo bem devagarinho. Para nenhuma surpresa de Nanna, quando a porta começou a abrir, a primeira coisa que apareceu foi um arco-íris. Mesmo não sendo algo inesperado, era sempre motivo de cair o queixo. Ela já tinha percebido que aquelas cores tinham um efeito calmante nela, uma coisa bem estranha.

— Mikah, você é inteligente mesmo? Conhece as coisas do meu mundo?

— Sim e sim.

— Então me tira uma dúvida: por que é que quando vejo bandeira de arco-íris, figura de arco-íris, gente com arco-íris, tenho uma sensação de briga, e quando vejo aqui me enche de paz?

— Nanna, saiba de uma coisa: eu não consigo mentir. Então, sempre pense bem antes de me perguntar alguma coisa, combinado?

— Combinado.

— Então, ok. Acontece o seguinte: há pessoas que pegam as coisas que Tsekenu faz e usam para outra coisa. Ele inventou o arco-íris para ser símbolo de paz, e essas pessoas o pegaram para ser símbolo de luta. Por enquanto, tudo o que você precisa saber é que o arco-íris é símbolo de paz, e não de briga. É por isso que você gosta dele aqui e se sente desconfortável com ele lá.

— Nossa... isso parece sério... Quer dizer que Tsekenu inventou o arco-íris, o de verdade? Por que não estou surpresa?

Satisfeita com a resposta, Nanna voltou a olhar para o armário, louca para ver o que ia sair lá de dentro. Mikah continuou abrindo a porta devagarinho, mas ela não aguentou esperar, pulou e abriu a porta.

— Depois dizem que o impaciente sou eu... — disse Mikah.

O arco-íris que estava dentro do armário saiu e trouxe com ele uma mochila muito maneira. Não dava para entender de que material ela era feita, parecia tecido, borracha, ar, nuvem, ou sabe-se lá o quê. Também não dava para definir a cor, era neon e ficava mudando. Era incrível.

— Nanna, para ir a Pearl City você precisa dessa mochila.

— Você vai me dar essa mochila? Genteeeeee, vou desmaiar! Nunca tive uma coisa tão linda!

— Sim, agora é sua. Cuide bem, porque é dela que você vai poder tirar as coisas que serão necessárias ao longo da nossa jornada.

— Como assim?

— Essa mochila foi feita por Tsekenu e contém tudo que você precisa. Toda vez que você a abrir, vai ver lá dentro exatamente o que é necessário para o momento. Às vezes verá mais de uma coisa e poderá escolher.

— Eita, e se não tiver nada?

— É porque não precisa de nada. De vez em quando ele coloca uns presentes e uns agrados lá. Mas às vezes também não coloca nada.

— Por quê?

— Ah, porque a vida é um aprendizado, um treino. A gente precisa exercitar o corpo, a mente e o coração para ter uma vida longa e feliz. Você se lembra do que Tsekenu falou que você ia precisar?

— Hum... acho que me lembro. Fé... esperança... e... amor?

— Exato. É tudo que você precisa para começar. As outras coisas aparecerão ao longo da viagem.

GIOVANNA

Giovanna não estava muito segura com essas três coisas, mas ia tentar.

— Você disse que eu teria que fazer escolhas. Já escolhi o armário, o que mais preciso escolher?

— Você está mesmo ligada no que eu digo! Aqui era só essa a escolha: que porta abrir. Ao longo do caminho aparecerão outras. Vamos?

Mikah estendeu o braço e os dois seguiram de braços dados. De repente, Giovanna se tocou que ele tinha umas dez vezes o tamanho dela, e só aí percebeu que estava flutuando, andando em pleno ar. Quando olhou para baixo, estava um pouco acima das árvores, e a vista era linda. Agora ela conseguia ver melhor e com mais detalhes todo o lugar. O rio estava lá, no meio das árvores, transparente e com todo aquele glitter colorido. Nas margens, a grama era fofa, as árvores de tronco grosso e cheias de folhas, e havia flores por todos os lados, de todas as cores.

À medida que a margem do rio ia ficando mais distante, as árvores iam diminuindo de tamanho, os troncos eram finos e retorcidos, assim como os galhos. A terra era bem vermelha. Algumas árvores estavam com folhas, outras não. Apesar de muito bonito, nada ali parecia macio, tudo parecia áspero. No meio daquela aspereza, havia flores coloridas e muito delicadas, como se fossem uma lembrança da beleza do rio.

Quanto mais longe do rio, menos árvores, até que só havia cactos, como ela já tinha visto ao descer a cachoeira. Só não tinha percebido como eram todos diferentes uns dos outros, e nem sabia que eles também davam flores. Aliás, muitas eram mais bonitas do que as que estavam mais perto do rio, mas não dava vontade de tocá-las. Tudo era lindo, mas acolhedor, mesmo, era perto do rio.

Mikah passeou com Giovanna para que ela pudesse ver tudo de perto e absorver toda aquela beleza. Quando estavam em cima do rio, ela, cheia de calor e poeira, soltou o braço forte do amigo e caiu na água deliciosa.

— Mikah, me solta aí de cima outra vez!

Agora a brincadeira era voar e cair na água. Essa água não ria como Wai, e às vezes uma pedra raspava nela e arranhava um pouquinho. E quando ficou olhando demais para o brilho das pedras preciosas e do ouro, seus olhos começaram a doer, e ela se lembrou: se olhar demais para elas, ficará cega.

De qualquer jeito, nadar naquele rio lotado de pedras brilhando era uma das coisas mais lindas da vida inteira. Ela sabia o nome das pedras: esmeralda, rubi, topázio, safira, sardônio, ônix, jade, pérola, lápis-lázuli... só não viu diamantes. Lembrou-se da caixa de joias que encontrou no quarto onde sua avó morava. Havia uma caixinha de joias que quando se levantava a tampa, aparecia uma bailarina rodopiando e tocava uma música engraçada. Nessa caixa vovó guardava presentes que havia recebido do vovô: uma pulseira de esmeralda, brincos de rubi e um colar de pérolas. Giovanna sempre foi encantada por aquelas pedras, chegou até a pedir um colar ou pulseira de presente para a mãe, que deu uma enorme risada e disse que, além de não ter condições de comprar, joias e ouro não eram para qualquer um, era necessário merecer muito. Giovanna sentiu profunda tristeza ao ouvir aquilo. Não porque a mãe não tinha condições de comprar, mas porque entendeu que não merecia e nunca chegaria a merecer. Algumas lágrimas chegaram aos seus olhos, e então ouviu a doce voz de Tsekenu:

"Minha pequena, não chore. Por que está tão triste? Até seus ossos ficaram tristes."

"Não é nada não."

"Querida, eu sei exatamente por que você está assim, mas enquanto você não me contar, não farei nada. Sabe que pode confiar em mim."

"Sei... é que uma vez eu pedi uma joia de presente para a minha mãe e ela riu de mim. E ainda falou que eu não merecia e nunca vou merecer, nunca serei boa o suficiente. Tento tanto ser uma boa filha, boa irmã, boa neta, mas parece que sempre dá errado!"

"Por que você não pediu ao seu pai?"

"Primeiro porque não consigo falar com ele. Nunca está em casa, nem responde minhas mensagens, diz que está em reunião e me chama depois. Pensei em pedir por mensagem mesmo, mas queria olhar nos olhos dele para pedir. Sabe o que não consigo entender? A desculpa para nunca estar lá é que está trabalhando para nos dar o que queremos, mas como é que ele vai saber o que quero se nem fala comigo, nunca está lá, nunca brincou comigo na vida?"

Agora suas lágrimas jorravam.

"Sou uma inútil, idiota, ninguém está nem aí para mim. Ninguém me ouve, muito menos me vê. Nem no TikTok as pessoas me veem. Fiz um vídeo achando que ia arrasar, tive dez visualizações. E umas cinco devem ter sido eu mesma."

Giovanna se sentiu tão ridícula quando disse isso que desatou a rir. De dez visualizações, cinco eram dela mesma. Mais *loser* que isso, impossível. E ainda tinha aquele comentário que ela não entendeu, mas não gostou, ficou muito incomodada e talvez até ofendida. A garota agora estava ali, de pé no meio de um rio de pedras preciosas e ouro, se sentindo um lixo e um fracasso total. Por um segundo pensou que seria bom se afogar naquele rio. Tsekenu interveio:

"Princesa, sua mente e seu coração estão te enganando. Sua mãe não disse que você não merecia, só disse que era difícil. Sobre seu pai... posso te afirmar isto: ele te ama, mas não sabe, não aprendeu, a demonstrar amor. Acha que sem dinheiro não existe prova de amor. Já tentei conversar com ele, mas ainda não me ouve. Sei que você está toda machucada por dentro, por estas coisas e por outras; algumas feridas são muito profundas. Mas você vai sarar nesta nossa aventura. E não esqueça: em Pearl City, todas as coisas ruins deixarão de existir."

Aquelas palavras pareciam surreais demais para serem verdade. Até parece que a mãe não pensava isso dela. E o pai, então... nem dava para começar a falar dele. No entanto, havia algo dentro dela dizendo que Tsekenu estava certo. Afogada não pelo rio, mas por seus próprios sentimentos, ficou ali paralisada, esperando o que ouviria a seguir. Tsekenu, como se estivesse ouvindo seus sentimentos e pensamentos, falou:

"Sei que é difícil acreditar e entender. Acalme-se, porque tudo isso se resolverá. Quero falar de nós dois. Menina, você é tão preciosa para mim, que o caminho que fiz para te levar está carregado das substâncias mais preciosas que existem. Estão aqui para suprir necessidades, para você nadar no meio delas e se divertir, para usar e para matar sua vontade de jogar glitter em tudo que existe. Joguei muito glitter aqui para você!"

O carinho da voz de Tsekenu parecia soprar aquela tristeza para longe. Ela repetia para si mesma: "eu sou preciosa...", "esse glitter é para mim..." Estava quase convencida de que realmente era importante para Tsekenu. Ainda não sabia de onde vinha sua voz, mas queria desesperadamente saber, para correr até lá e pular em seu colo.

"Você vai pular no meu colo quando chegar em Pearl City. E saiba de mais uma coisa: lá na cidade, o chão é feito de ouro puro, porque você e todos os que moram lá valem tanto para mim que fiz o chão com algo que vocês consideram de muito valor. Minha flor, você vai morar numa cidade feita por mim, e você é tão preciosa que coloquei ouro no chão para você pisar."

Giovanna já voltara ao seu normal, ou pelo menos ao seu normal desde que saíra do quarto: ria sem parar. Ria pensando na sua mãe. Se ela tivesse um tapetinho de ouro que fosse, nunca deixaria alguém pisar, passaria o dia vigiando o bendito tapete. E esse maluco fez o chão todo e está me convidando para pisar! Tsekenu parou de falar, e foi só então que percebeu que estava sozinha. Por onde andaria Mikah?

Giovanna estava deitada à margem do rio, na grama fofa. Lembrou-se do dia anterior, da mágica ao pôr do sol. Será que ali também acontecia? Mikah apareceu novamente; ele apenas havia se afastado enquanto ela ouvia Tsekenu. Para tristeza de Giovanna, ele avisou que ali não aconteceria a mágica do pôr do sol. Agora, só quando ela chegasse em Pearl City.

— Isso não quer dizer que momentos maravilhosos com Tsekenu não vão acontecer. Inclusive, vamos aproveitar para conversar sobre algumas regras e estratégias. Vamos imaginar que nossa viagem vai ser um *game*!

— Oba, eu amo *games*, jogo vários! Quantas vidas eu tenho? O que faço para ganhar mais vidas? Tem alguma coisa para ficar mais forte? Quantas fases são? É *multiplayer*?

— Vamos lá: esse *game* é diferente dos outros. Você só tem uma vida, mas tem direito de recomeçá-la toda vez que fizer uma escolha errada e voltar atrás. Quanto menos escolhas erradas, mais rápido você avança. Para ficar mais forte, você precisa cumprir algumas tarefas: a primeira é conversar com Tsekenu. Cada vez que falar com ele ou ouvir sua voz, ganhará uma força. A cada dez vezes que ganhar forças, subirá um nível. Cuidado: se passar tempo

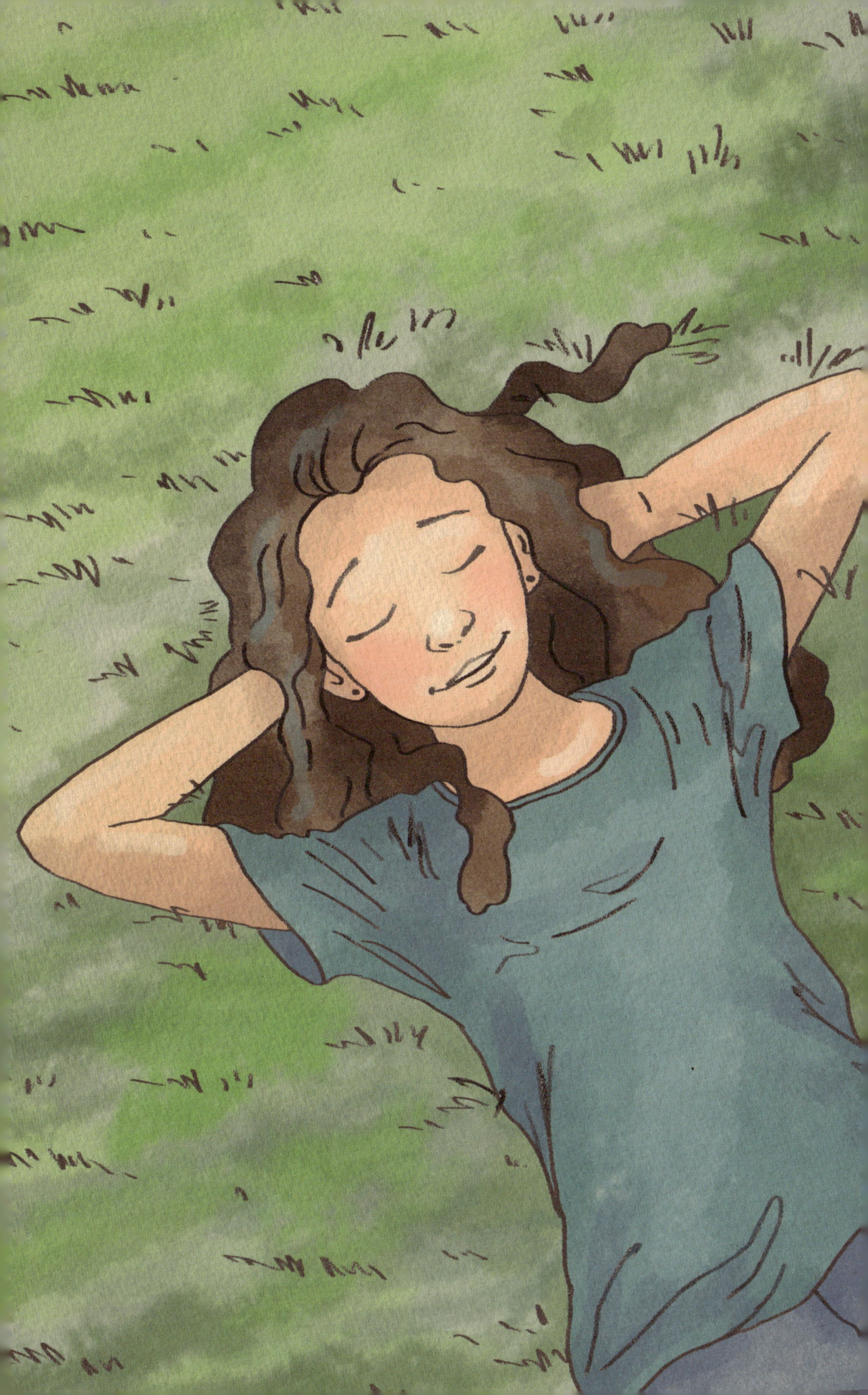

demais sem contato com ele, você vai perdendo as forças e poderá ter que voltar alguns níveis. Outra coisa: tudo que você precisar aparecerá na mochila, mas só quando se lembrar de descansar. Se ficar jogando sem parar, não terá o que precisa para continuar. O jogo é o mais *multiplayer* que existe: não tem número máximo de jogadores. A segunda coisa que te faz subir de nível é ajudar os outros *gamers*. A cada dez pessoas, você sobe um nível. Nesse game só existe um inimigo, e ele não é um dos jogadores. O nome dele é Eósforos, e não tenha dúvida: ele faz o possível e o impossível para ninguém encontrar Tsekenu em Pearl City. Fique atenta, ele é o Mestre das Ilusões. Cada vez que você descobrir Eósforos ou um de seus ajudantes escondido, avise a todos. Tome, aqui nesse tablet tem um app que parece o Waze, mas serve para mostrar onde Eósforos e seus comparsas estão tentando enganar as pessoas. Cada vez que você postar um, ganha um bônus.

— O que é esse bônus?

— Ah, esses bônus são boas surpresas pelo caminho.

— Eu posso mandar mensagem para os meus amigos virem jogar também?

— Em alguns pontos do caminho você encontrará um lugar de onde poderá mandar mensagem, e ali poderá convidar quem quiser. Todo mundo começa o jogo em Laniwai, e mesmo pegando outros rios, vocês podem se encontrar.

— Esse é o *game* mais irado que já vi. Não entendi metade do que você falou, mas já curti, tem meu *like*.

— Ok. Você tem quatro meios de transporte: barco, bike, asas e seus pés. Para cada situação um deles é melhor. Mas olha, a gente tá falando demais. Quando tiver dúvida, toque no arco-íris e tire suas dúvidas. Vamos logo que não aguento mais esperar.

— Pera, estou com fome! Nem lembro quando comi pela última vez! Deixa eu ver se as coisas aqui são gostosas como em Laniwai. Não, não são... Mas essa banana resolve por agora. Vamos começar de barco?

— Só se for agora!

Nanna entrou num barquinho laranja que estava amarrado na margem. Era um bote inflável e tinha um remo dentro. Animada, ela o desamarrou e empurrou para dentro do rio. Logo a correnteza começou a levar o barco. O sol estava nascendo, e ela nem tinha visto a noite passar! A noite, que dava tanto medo, já não a assustava desde que havia deixado seu quarto. Em Laniwai, aliás, nada dava medo. Ali era diferente, mas Mikah estava lá o tempo todo, e dava para sentir a presença de Tsekenu, que transmitia muita segurança. Mikah era tão grande que não cabia no barquinho, ia voando acima dele.

Corajosa, Nanna deixou o barco ser levado pela correnteza, enquanto as pedras faiscavam com a luz do sol. Estava embarcando numa grande aventura, e por um instante se lembrou da Moana. Até onde será que ela ia?

≈

De Laniwai a Node

Enquanto o barquinho descia o rio, Giovanna começou a observá-lo. O bote inflável tinha um remo bonitinho e colorido, e um pufe colorido para ela se sentar confortavelmente. Tinha um tipo de colchão com uma cobertinha e algo que parecia uma capota, que podia puxar para fazer sombra. Já tinha visto carro conversível, mas bote conversível era a primeira vez! Encontrou também dois puxadores, um azul e um amarelo. No azul estava escrito "fechar" e no amarelo, "abrir". Não aguentou a curiosidade e puxou o azul. Caiu imediatamente na água. Confusa, olhou ao redor e encontrou o bote. Ele era como um tatu-bola quando a gente encosta nele. Ouviu Mikah rindo lá em cima, e acabou rindo também. Não tinha se machucado, foi só um susto. Agarrou a bolinha, achou o puxador amarelo e... pronto, parecia que nada tinha acontecido. *Foi bom para aprender*, pensou.

Descobriu, embaixo do colchão, uma tampa e, embaixo dela, uma corda e dois esquis. Ficou pensando como iria esquiar na água, já que o bote não tinha motor. Ninguém ia conseguir remar tão rápido para ela esquiar.

Deixou para pensar nisso depois. Estava atravessando um lugar onde as árvores eram tão grandes que cobriam o rio e não deixavam passar nenhum raio de sol. As pedras não brilhavam, e o lugar estava assustando Giovanna. O bote parou de se mover, a água estava completamente parada. Viu que Mikah vinha perto dela, mas não teve jeito. Depois de tantos vídeos, filmes e séries, ela não conseguia parar de pensar que algo muito aterrorizante estava para acontecer. Talvez um monstro surgisse da água, ou um exército de zumbis de trás das árvores. Havia um cheiro úmido, estranho, mas ao mesmo tempo familiar, que dava calafrios. O que fazer?

— M-M-Mikah... estou com muito medo! O que vai acontecer? Quero voltar!

— Estou aqui com você. Tsekenu me ordenou que te acompanhasse e protegesse, e é o que vou fazer.

— Mas estou com muito medo! Tenho certeza que tem algum demogórgon, ou algum dementador por aqui. Socorro!!!

— Um demo quem?

— Você não lê nem assiste séries, não? Por favor, me tira daqui, me tira daqui!

A garota estava surtando, em pânico.

— Giovanna, calma. Respira. Vamos lá, respira. Inspira... solta o ar devagar. Inspira... solta o ar devagar. Isso, muito bem. Calma.

Giovanna começou a se acalmar aos poucos. Prestou atenção à voz de Mikah e colocou ritmo na respiração. Mikah continuava falando suavemente:

— Lembra do que Tsekenu disse que você iria precisar?

— Sim. Fé, esperança e amor.

— O que você acha que precisa usar agora?

— Acho que a fé... Esperança também, preciso esperar passar esse lugar horrível.

— Isso mesmo, querida. Feche os olhos que vou te contar coisas que precisa saber. Quem te criou foi Tsekenu. Ele pensou em cada pedacinho de você antes mesmo de a sua mãe imaginar que você nasceria. Sabe quem estava lá com ele? Kanoa. Foi Kanoa quem soprou fôlego de vida em seu nariz. Por isso respirar faz a gente se acalmar. É como se nos ligasse de novo a Tsekenu e a Kanoa, nos levasse de volta ao lugar de onde viemos. Então, sempre que você tiver medo, respire. Lembre-se de Tsekenu, chame por ele. Acredite que ele está perto, que ele está no próprio ar que você respira. É dessa fé que você vai tirar forças para passar por lugares como esse e outros ainda piores.

— Existem lugares ainda piores?

— Infelizmente sim, Nanna. Mas tenha fé em Tsekenu. Ele nunca deixa acontecer com você uma coisa que não consiga aguentar.

Ao olhar ao redor, Nanna sentia que o medo continuava em sua mente, agarrado. Cheiros, lembranças ruins, sons assustadores. Ela remava, remava e não saía do lugar.

— Como eu saio daqui? Como saio daqui?

— Para atravessar o medo, não adianta se desesperar, tem que ser o contrário. O que vai mover seu barco é sua fé em Tsekenu. Feche os olhos, respire fundo. Isso. Continue assim. Mesmo que ouça algum barulho, mesmo que venha um arrepio na espinha ou lembranças ruins, que te apavoram, não se desconcentre. Quanto mais você conseguir se concentrar em sua respiração, mais vai perceber a presença de Tsekenu e isso vai espantar o medo. Quando o medo for embora, o

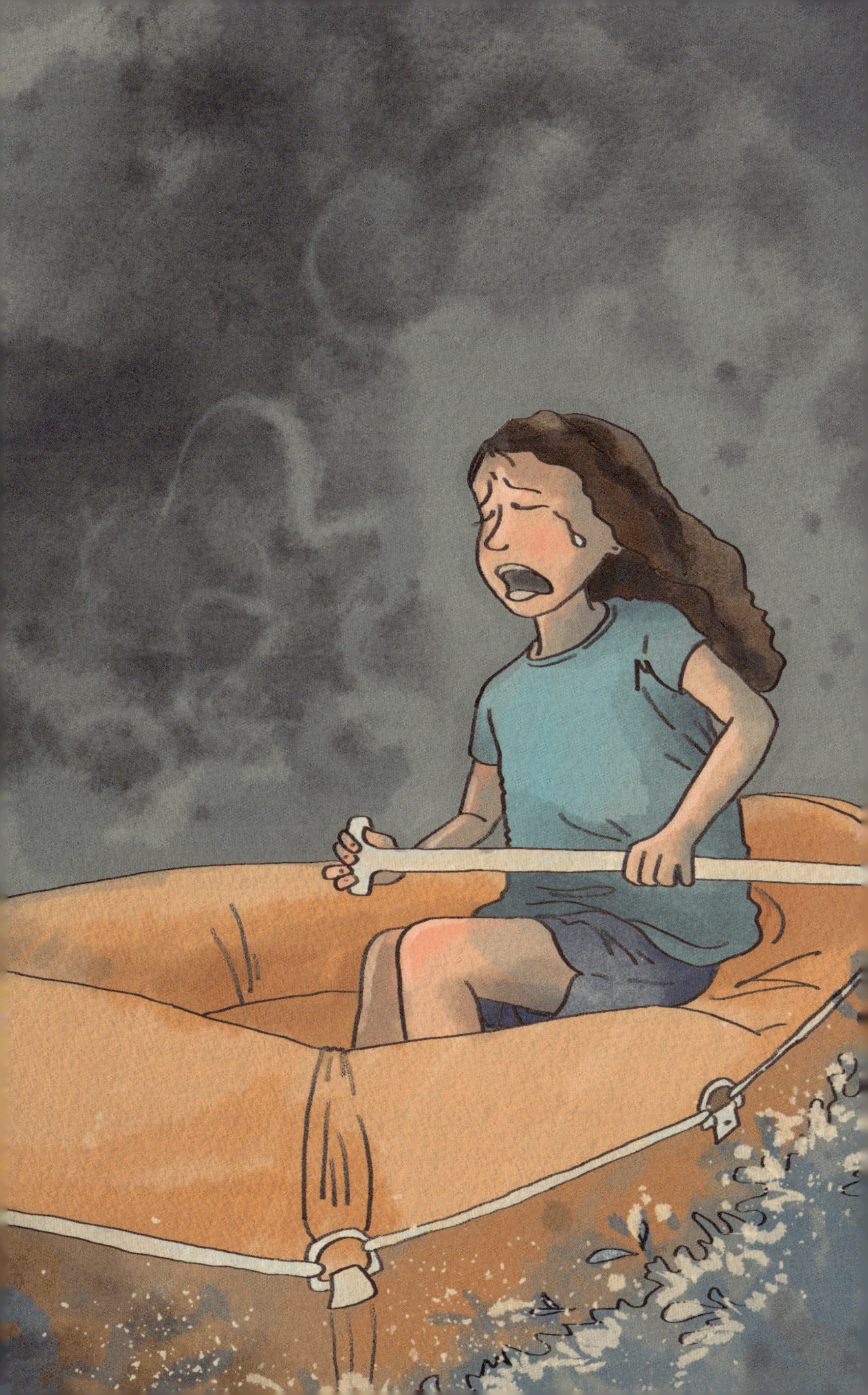

rio voltará a correr e você sairá daqui. Quando sentir que o bote voltou a andar, abra os olhos e terá uma surpresa. Uma surpresa mágica.

Giovanna confiava em Mikah e em Tsekenu. Era a primeira vez em muito tempo que se sentia totalmente segura com alguém. Com os olhos fechados, concentrou-se em respirar. Aos poucos, as lembranças de Laniwai começaram a vir. Lembrou-se das borboletas, da dança com Tsekenu e das risadas das bolhas. Então, na sua mente, viu novamente os olhos doces, profundos e cheios de amor de Tsekenu.

— Confio em você, Tsekenu. Sei que é o Grande Pai, que nunca vai me deixar, e que posso vencer o medo se estivermos juntos — falou baixinho.

Ainda de olhos fechados, sentiu a presença enorme e protetora de Mikah, e também sentiu uma leve brisa em seus cabelos. Respirava profundamente, e a certeza de que tudo ficaria bem, de que o medo ia passar, encheu seu coração. Então abriu os olhos e teve uma surpresa: o lugar tenebroso havia ficado para trás. O sol brilhava quentinho, as pedras voltaram a faiscar e o barquinho descia o rio com tranquilidade. Sentiu um cansaço enorme, talvez por causa da luta contra o medo. Aninhou-se na cobertinha e dormiu profundamente, sem qualquer preocupação. Estava segura com Mikah.

Sem saber por quanto tempo dormiu, o que Giovanna sabia é que a barriga roncava de fome. Olhou para o rio, mas não havia comida à vista. As árvores do lugar onde estava tinham flores, mas não frutos. Olhou em volta, o lugar escuro tinha ficado para trás de verdade. O sol estava quente, e a sede era grande. O que faria?

A mochila! Levantou a portinha que guardava a mochila e a abriu. *Voilá!* Achou um sanduíche e um refri. Quando pegou, viu que tinha mais alguma coisa: era um capacete e um escudo. Parecia o uniforme do Capitão América...

Colocou o capacete e pôs o escudo como se fosse uma mesinha. O capacete tinha uma viseira que cobria os olhos e os ouvidos. Era lindo, de prata. O escudo era de tirar o fôlego. Era todo coberto de pequenas pedras que pareciam diamantes. Falando assim, parece que tinha cara de escudo da Barbie, mas não era. Como tudo que vinha de Laniwai, tinha uma aparência pura e majestosa. Mesmo com tantas pedras, era muito leve. Devia ser *vibranium*, que nem o do Capitão, mesmo... Ficou tão impressionada com o escudo que ia esquecendo de comer, até que o estômago se revoltou e não roncou, rugiu!

— Calma aí, já vou te dar comida, bravinho!

Sentou-se, abriu o sanduíche e mordeu. Era simplesmente o melhor hambúrguer do universo. O pão absurdamente macio, a alface bem crocante e o tomate superfresco eram o complemento perfeito. Sem falar naquele monte de queijo puxento maravilhoso. Tinha um molho, como se fosse um ketchup com mostarda, mas o gosto era bem suave. Embaixo do sanduíche, na embalagem, uma porção de batatas quentinhas e super crocantes. O sal, perfeito.

Provou o refrigerante. O que seria aquilo???

Mikah, sempre pertinho, riu da garota encantada com a comida e com a bebida.

— Gostou?

— Nunca comi um sanduíche tão maravilhoso, nem bebi nada parecido. O que é isso?

— Isso é uma *pink lemonade*. É uma limonada especial, feita com limões bem amarelinhos e framboesas de Laniwai, com as águas de Wai. Lembra daquelas bolhas que riem? Elas estão no seu copo, vão alegrar sua barriga mal-humorada.

— Gente, nunca vi uma bebida tão fresca na minha vida! E esse sanduíche? Demais!

— Tsekenu é um master chef. Aproveite sua refeição.

Giovanna pensava como Mikah era engraçado. Aquelas quatro caras, nunca se sentava, aquelas asas... As pernas que não dobravam. Como podia ser tão esquisito e tão lindo ao mesmo tempo? Ela se perguntou e ela mesma soube a resposta: ele era esquisito, mas simplesmente era o que era. Não tentava ser outra coisa nem agir de modo diferente. Ele se aceitava EXATAMENTE como Tsekenu o tinha criado. Refletiu por um momento sobre isso: aceitar a maneira que cada um foi feito. Não tentar ser outra coisa. Quantas vezes ela tinha desejado ser diferente, outra pessoa, de outro jeito. Mikah era quem ele era, e era muito feliz assim. De repente, Nanna começou a rir. Que pensamento profundo... ela estava praticamente filosofando. Algo que ela notou depois que saiu do quarto: seus pensamentos haviam ficado muito claros! Ela conseguia entender as coisas quando as observava. Brincando em Laniwai, entendeu tanto sobre sua vida! *Pensar é muito bom*, ela pensou.

— Dona Filó, vamos continuar?

— Oxe, quem é Dona Filó? — Giovanna olhou para os lados para ver se havia mais alguém por lá. Mikah estava doido, talvez tivesse tomado sol demais.

— Dona Filó-sofa, é você mesma, aí, cheia de pensamentos interessantes!

Giovanna riu alto. Ela estava cheia de filosofias, mesmo. Acabou de se deliciar com o sanduba e a limonada de Laniwai, pegou o capacete e o escudo e ficou pensando o que deveria fazer com aquilo.

— O que achou do capacete e do escudo, Nanna?

— Achei muito massa. Só não entendi para que um escudo e um capacete para andar de barco. O capacete até dá para entender, mas escudo?

— É que agora vamos sair do rio, precisamos fazer algumas coisas na cidade, e você vai precisar disso.

— Na cidade? Quando as pessoas me virem, vão achar que sou louca. Até eu vou achar que sou louca! Por que raios preciso ir com isso? Aliás, por que preciso ir até a cidade? Achei que íamos ficar só no rio.

— Como falei, você precisaria fazer escolhas ao longo da viagem. Vou te explicar o que o escudo e o capacete fazem, e você decide se usa ou não. Nessa nossa aventura você terá que vencer obstáculos, passar por algumas fases e cumprir algumas tarefas para conseguir chegar a Pearl City. Sempre é possível escolher não ir, escolher ir para outro lugar ou desistir. Mas a única maneira de voltar a ver Tsekenu e ficar junto dele para sempre é encarando o jogo. O que vai ser, mocinha?

— PRECISO ir para onde Tsekenu vive. É onde quero viver também. Além disso, me parece que esse *game* vai ser uma grande aventura. Quero ir. Me conta o que esse capacete e o escudo fazem.

— Coloque o capacete. Isso. Percebeu como ele cobre todo o seu rosto? Protege seus olhos, mas você consegue ver tudo, inclusive o que ninguém vê. Protege seus ouvidos, mas vai ouvir tudo, também. Na verdade, vai ver e ouvir tão bem que muitas vezes só você conseguirá ver e ouvir o que realmente está acontecendo. Esse capacete é para proteger seus pensamentos. Toda vez que alguma coisa que você sente, ouve ou vê criar pensamentos diferentes dos que Tsekenu tem, e quiser te prejudicar, o capacete vai te proteger. Ele é feito de uma substância raríssima e impenetrável: *"pensatium*

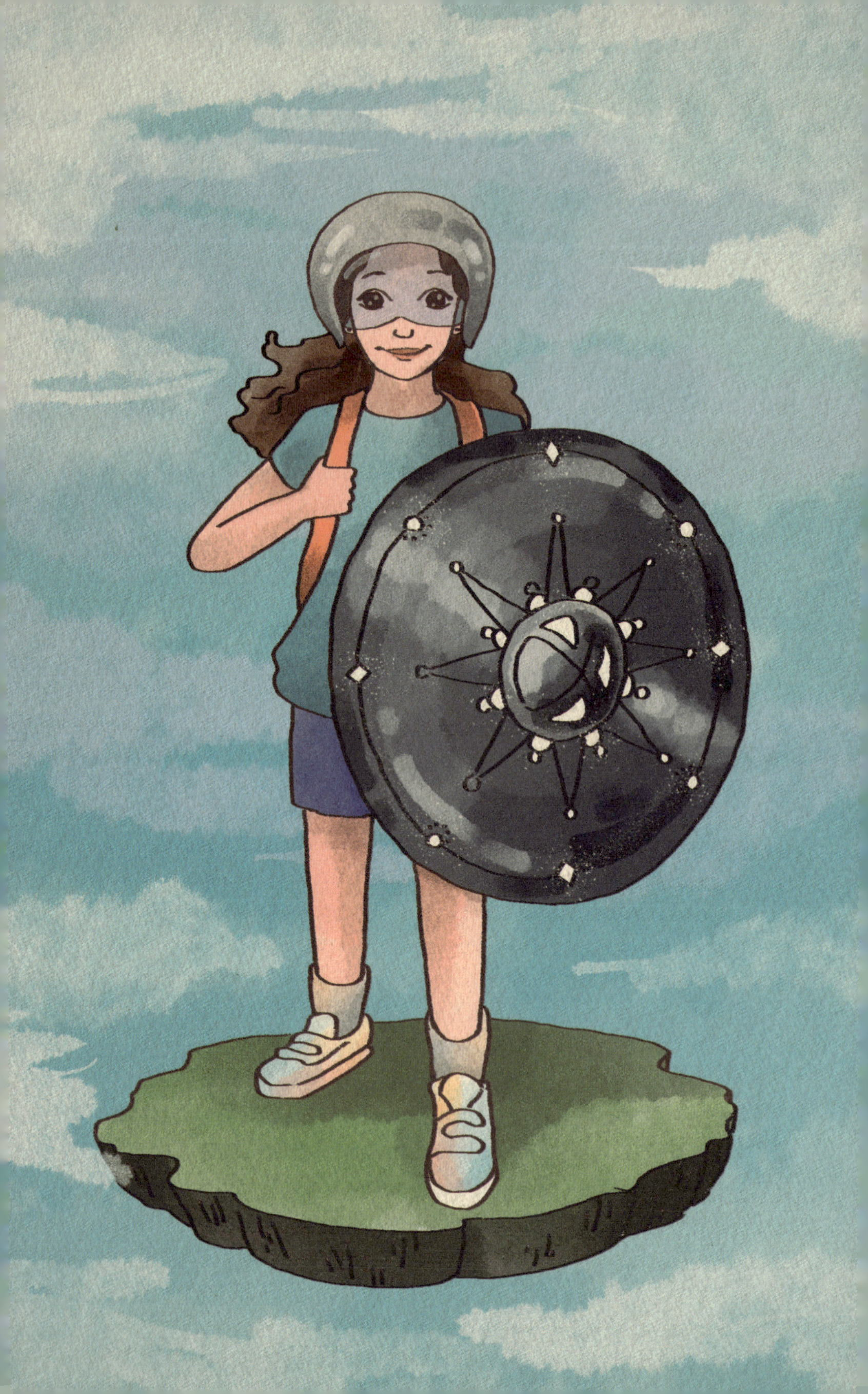

salicilicum". Já o escudo é feito de *"pistifericum"*, e serve para te proteger de todo tipo de ataque que possa vir em sua direção.

— Mikah, você está me assustando, onde é que você vai me levar?

— A gente vai até a terra de Mathousálas, um velho sábio. Ele tem algumas coisas importantes para te ensinar. Mas a terra onde ele mora está cheia de gente má e louca. Um povo bem surtado, que não gosta de ninguém de fora. Fique perto de mim, e vai dar tudo certo. Com o capacete, o escudo e eu, tudo o que você precisa é de...

— Fé?

— Isso, garota!

— Então bora lá, vamos arrasar em... como chama a cidade mesmo?

— Node.

— Bora botar pra quebrar em Node!

Na maior expectativa, Giovanna colocou o capacete, segurou o escudo e saiu, triunfante, a caminho da cidade. Só esqueceu que estava no meio do rio... Afundou como uma pedra. Mikah, que não era de muitas risadas, ria com suas quatro bocas.

— Fala sério, a cena foi muito diferente na minha cabeça! — Nanna também não estava se aguentando de tanto rir.

Saiu da água, ajeitou o capacete, levantou o escudo e saiu andando cheia de coragem, enquanto Mikah observava, atento. Alguma coisa estava mudando na garota.

Quando estavam chegando a Node, Giovanna começou a andar cada vez mais devagar e com um ar de incerteza. Mikah não disse nada, apenas acompanhou. O rosto de Giovanna ia ficando cada vez mais sério e preocupado. Eram tantos pensamentos cruzando a cabecinha linda daquela garotinha que ela pensou até se devia tirar o capacete para que eles fossem embora.

O coração antes tranquilo agora pulava fora do ritmo. Ela pensou: *Onde estará Tsekenu agora?* Imediatamente ele respondeu: "Estou aqui, Nanna querida." Ela deu um pulo gigante, assustada. "Você lê pensamentos?", perguntou sem falar. "Sim. Eu leio pensamentos. Mais que isso: sei o que você vai falar antes que você fale." "Irado"... Tsekenu falou: "Esse capacete torna mais fácil ouvir minha voz." "Mas estou me sentindo bem ridícula com ele. Estou aqui imaginando entrar na cidade e todo mundo rindo da minha cara. Tenho certeza que vai rolar um bullying."

— Não se preocupe, o capacete e o escudo são invisíveis. — Mikah parecia ter ouvido.

— Você também ouve pensamentos? — disse Giovanna, confusa.

— Mais ou menos, Nanna. Mas o seu rosto está me contando o que está acontecendo. Sei que Tsekenu está te acalmando, e que você está com medo de passar ridículo na frente de todo mundo. Não se preocupe. Além de ser invisível, ele impede que o bullying afete você.

— Como assim?

— Já esqueceu o que eu falei sobre ele? Toda vez que alguma coisa diferente do que Tsekenu pensa sobre você tentar entrar na sua mente, o capacete vai te proteger. Ele serve como filtro: as coisas que vão entrar na sua mente terão que passar pelo filtro de Tsekenu. Se ele não concordar, elas não poderão entrar. Com o capacete, só a verdade vai entrar na sua cabeça. E você vai ouvir melhor quando ele falar.

— Vou tirar esse capacete é nunquinha.

— A ideia é essa. Agora vamos em frente, Mathousálas nos espera. Só mais uma coisa: algumas pessoas de Node odeiam Mathousálas e quem vem falar com ele, então esteja preparada para um ataque. Lembre-se de usar o escudo, mas cuidado: ele só funciona se você tiver fé.

— Ai, mamãe... tô lascada.

— Não está, não. Vamos, e lembre-se de que estou com você, vou te proteger. Se precisar que eu faça alguma coisa, é só falar com Tsekenu.

— Ok — respirou fundo. — Vamos encarar.

Ajeitou de novo o capacete, segurou firme o escudo, esticou a coluna, segurou na asa de Mikah e recomeçou a caminhada. Aos poucos foi se sentindo mais tranquila por dentro, mas por fora, o sol castigava. Quanto mais longe do rio Pisom, menos árvores, mais pedras e mais calor. Pensou em voltar para o barquinho, mas estava muito curiosa para ver a cidade e conhecer o tal Matho-não-sei-o-quê. De repente, se deu conta de que estava mais fresco e o sol tinha sumido, embora ainda fosse dia. Olhou para cima e não entendeu nada: uma montanha vinha voando em direção a eles. Não uma pedra, um rochedo, um meteoro, mas uma montanha inteira vinha caindo na cabeça deles.

— Oh-oh... Acho que os gigantes de Node não estão muito a fim da nossa visita!

— C-C-Como assim? O que eu faço? Vamos morrer esmagados! Socorro, Mikah, socorro!!!

Foram frações de segundos, mas para ela uma eternidade. Lembrou-se de tudo que vivera até ali, de como fora feliz nos últimos dias, quanta paz, quanta alegria, quanto amor sentira, como nunca antes em sua vida. Viu *flashes* da vida que tinha deixado para trás ao seguir o primeiro arco-íris, e sabia que um dia voltaria para lá. Mas também sabia, de alguma maneira, que precisava vencer aquela jornada, chegar em Pearl City, e que lá conquistaria algo que nunca mais perderia. E, da mesma forma, sabia que o que a esperava em Pearl era o que precisava para viver uma vida completamente diferente quando voltasse à realidade. Tudo ali parecia uma grande brincadeira, mas ela sabia que estava sendo profundamente transformada. Sabia que seu medo no rio tinha sido muito real, assim como a maneira que tinha vencido tudo aquilo. Sabia que aquela montanha estava caindo em cima dela e também que venceria aquela montanha.

— O que faço?

— Levante seu escudo!

Nanna levantou o escudo e fechou os olhos, esperando o "esmago". Ouviu um "BUM" ensurdecedor e caiu no chão. Abriu os olhos e a montanha tinha virado pó. Mas lá vinha outra, maior! Levantou o escudo, e essa também explodiu. E elas continuaram vindo. Já não ouvia mais nada, se sentia tonta e muito fraca. Pensava: *fala sério, quantas montanhas existem aqui?* e foi se sentando no chão, exausta, segurando o escudo com as duas mãos trêmulas. Onde estava Mikah? Então lembrou o que devia fazer, e pensou: *Tsekenu, manda o Mikah detonar esses gigantes!*

Mikah voou como um raio, deixando um rastro de luz atrás de si, e em poucos segundos tudo se acalmou. Sentada, exausta, tremendo e coberta de poeira, Giovanna teve um ataque de riso. Mas era riso de nervoso. Mikah voltou voando e ficou ao redor dela; suas asas a envolveram. Só então ela percebeu o tamanho do cansaço. O riso deu lugar a um choro de pura exaustão. Protegida pelas asas de Mikah, notou que uma chuva pura e fresca parecia cair sobre ela, lavando aquela sujeira maluca. Aos poucos, sentiu as forças voltando e começou a pensar no que tinha acabado de acontecer. Olhava para o escudo sem entender como algo tão pequeno tinha acabado com aquelas montanhas. Quanto mais pensava, menos entendia. Só podia ser mágica de Tsekenu.

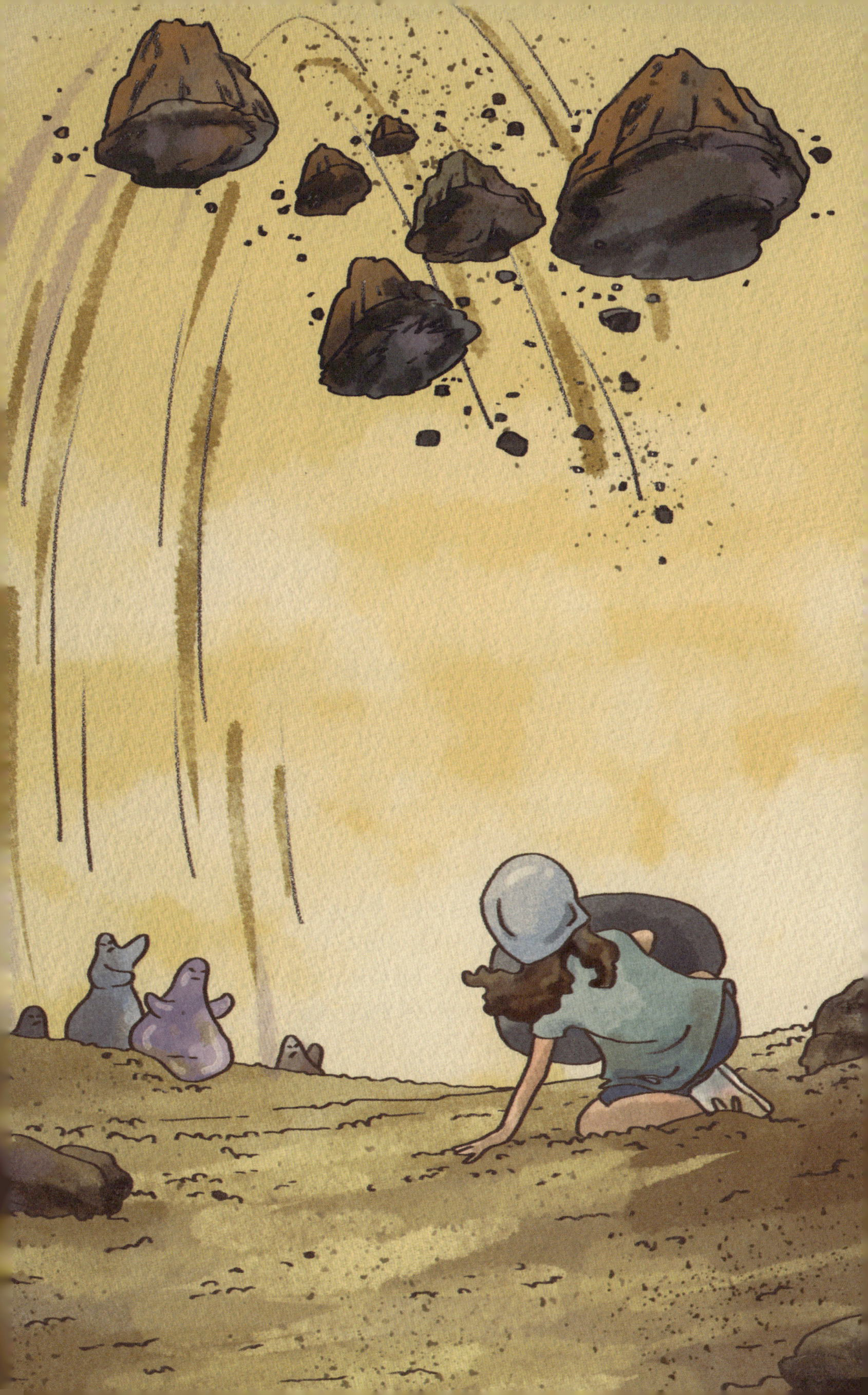

Lembrou-se de ouvir claramente a voz dele dizendo para levantar o escudo.

— Mikah, que mágica foi essa?

— O poder supremo. Você libera esse poder quando tem fé.

— Eu, hein, só obedeci o que Tsekenu falou.

— Exato, você acreditou no que ele disse. O poder supremo é liberado quando você acredita em Tsekenu. O escudo é só a ferramenta.

Chocada com o tamanho do poder de Tsekenu, Giovanna estava cada vez mais curiosa sobre ele. Como podia ter tanto poder e ser tão simples e amigo? Para ela, quanto mais poder, pior a pessoa, e ele era o contrário. Cara esquisito...

— Afinal de contas, o que esse Mathousálas tem de tão especial? Ele conhece Tsekenu?

— Ah, sim, eles se conhecem há muito tempo, são grandes amigos. Mathousálas é um poço de sabedoria e, além disso, tem a chave para você poder continuar a viagem com segurança.

— Gente, e eu achando que era só entrar no barquinho.

— Se você soubesse dos gigantes que atiram montanhas nas pessoas, teria vindo?

— Nem morta.

— Mas agora que já passou, como se sente?

— Corajosa, cheia de fé e com muita vontade de continuar. E também amando viajar no meu barquinho laranja no rio de glitter. Sem falar na *pink lemonade* com água de Wai! Na real? Nunca me senti tão bem.

Pensativa, Nanna lembrou-se dos últimos tempos trancada em casa, se mordendo de inveja das instagrammers e tiktokers que pareciam se divertir 24 horas por dia. Lembrou-se também da solidão e do que não queria se lembrar nunca mais. Parecia ter deixado tudo isso em Laniwai. Diante de tudo que vivia ali, as redes sociais pareciam a coisa mais idiota que já inventaram.

— Quero mais é aventura! Vamos lá, Mikah, pegar esses gigantes pela orelha. Todos eles são malvados?

— Não. Somente esses que ficam por aqui. Os que moram na cidade são gente boa.

— Menos mal. Posso andar aqui escondida embaixo das suas asas?

— Pode pedir a Tsekenu.

"Tsekenu, Mikah pode me esconder nas asas dele?"

"Sim. Mikah, abrace nossa pequena."

De repente, lá estava Nanna flutuando novamente, escondida pelas asas fechadas de Mikah. Via tudo que estava acontecendo em volta. Mas será que quem estava de fora podia vê-la também? Saberia em breve. Mikah andava muito rápido. Embaixo dos pés dele havia uma roda esquisita que parecia aquele motorzinho de parapente, e ele ia muito rápido. Outra coisa engraçada é que ele não se virava, estava sempre andando para a frente. Como ele tinha quatro caras, ele também tinha quatro frentes; ele não tinha costas! Então, se ele estava indo em direção ao norte, era a direção da cara de homem. Se ia para a esquerda, era a direção da cara do leão. Muito difícil de entender, mas era assim. Ele nunca virava o corpo. Já ela, escondida por suas asas, às vezes estava andando de frente, depois de lado, e até de costas. Era divertido. Ali eles estavam indo na direção norte, então a cara de homem era a da frente.

Foram se aproximando dos gigantes, e Giovanna queria muito ver quem eram esses malucos. Eles eram imensos, molengos, coloridos. Pareciam feitos de gelatina, *slime*, algum tipo de gosma. Tinham cabeças e braços, mas não tinham pernas; a parte de baixo era como uma barriga bem redonda que se arrastava no chão.

— Que coisa incrível... — falou baixinho, mas um deles parece ter ouvido. Olhou na direção dela e ficou com cara de quem não estava entendendo nada.

Apesar de enorme e mole, aquele gigante roxo andava muito rápido e veio em sua direção. Instintivamente, Nanna levantou o escudo e fechou os olhos. Quando abriu, estava tudo roxo em volta dela. Ela estava dentro do gigante! Ele era fedido e melequento. Giovanna precisou se segurar para não vomitar. Esperou um pouquinho e ele foi embora. Estava à procura da voz que ouvira, e atravessou Mikah sem vê-lo. *Ah, então ele até me escuta, mas não me vê... E não vê o Mikah também. Interessante....*

Mikah e Nanna foram passando entre aqueles seres gelatinosos imensos, ouvindo suas barrigas se arrastando pelo chão, vigiando se alguém se aproximava. Eles formavam um círculo em volta de Node.

Quando os gigantes ficaram para trás, ela saiu do meio das asas de Mikah correndo. Ainda sentia o cheiro horrível do gigante roxo, achou que ia vomitar. Lembrou-se de sua mãe falando: "toma água gelada que passa". Sentiu sede e vontade de vomitar, mas estava tão enjoada que não conseguia nem pedir. De repente, Mikah colocou um copo de água fresca e bem gelada em suas mãos, que ela bebeu de um gole só. Parece ter refrescado o corpo e a alma, e a vontade de vomitar passou imediatamente.

— Mikah... nosso amigo Matho-lá-lá-lá...

— Mathousálas.

— Isso. Ele é fedido assim? Se for, acho que não vai rolar a visita, não...

— Não. Ele tem cheiro de coisa velha, isso lá é verdade, mas nem se compara a esse futum.

— Futum?

— É, cheiro ruim, fedor, futum!

— Ah. Kkkkkkkkkk nunca ouvi isso antes. Percebe-se que você também é muito velho, mesmo.

— Garota, garota, não teste minha paciência...

Por um segundo ela pensou que Mikah estivesse ofendido. Mas, enquanto sua cara de gente estava séria, as outras três estavam morrendo de rir. Até que a quarta cara não aguentou e soltou o riso também. O bom de estar com Mikah é que parecia que estavam num bando, e não só em duas pessoas.

Não demorou muito e chegaram a Node. O lugar era estranho. Parecia muito velho e também parecia do futuro. Era como um deserto. As casas eram baixas, quase escondidas no chão. Algumas eram cavadas nas pedras. Gigantes gosmentos entravam e saíam das casas baixas. Pareciam bem espremidos lá dentro e, quando saíam, se espalhavam. Todos pareciam muito atarefados, entrando e saindo daquelas casas baixinhas. Mikah parecia saber muito bem aonde ia, então Giovanna achou melhor segurar bem nele, para não correr o risco de se perder. Passaram por algumas ruas, e tudo era muito diferente, mas ao mesmo tempo igual. Havia uma feira, com coisas esquisitas. Também havia lojas de diversos tipos. Nenhum dos gigantes da cidade parecia se importar com gente de fora, e aos poucos Nanna foi se sentindo mais tranquila. Passeou pelas barraquinhas da feira, onde viu um prendedor de cabelo maravilhoso. Parecia com a mochila. A mochila! Ela tinha esquecido no barco! E se algum gigante achasse o barco e pegasse a mochila?

— Mikah! Esqueci minha mochila! E se roubarem? E agora?

— Calma, vai ficar tudo bem. Ninguém vai pegar. Você já sabe o que fazer quando tem um problema.

Giovanna fechou os olhos e pediu que Tsekenu guardasse tudo para ela. Tranquila, voltou a passear. Apenas queria ter lembrado de trazer algumas pedras do rio; certamente eles aceitariam aquelas pedras preciosas e o ouro como pagamento. Passou de novo pela barraca que vendia o prendedor de cabelo. Já estava conformada que não podia comprar, e ficou ali admirando e admirada. O que estava acontecendo com ela ali, naquele mundo? Se estivesse numa feirinha com a mãe, já teria feito até chantagem emocional, prometido limpar o cocô do cachorro (promessa que ela não ia cumprir), armado um escarcéu até conseguir ganhar o que queria. Que estranho, agora nem tinha vontade de fazer isso. Ficou tão perdida em seus pensamentos que não viu a vendedora chegar perto dela. Era uma "minigigante", cheirosa — ainda bem — e muito fofa. A cor dela era um rosa bem suave, e ela tinha um cabelinho ralo no alto da cabeça, preso de lado com uma fivela linda como a que estava vendendo. Sorriu para Nanna e perguntou:

— Como vai você? Como se chama?

Um pouco temerosa, Nanna olhou para Mikah, querendo saber se podia conversar com ela. Mikah fez um discreto "sim" com a cabeça:

— Oi, eu vou muito bem! Me chamo Giovanna, e você?

— Eu sou a Slime-Lekah, muito prazer! O que a traz a Node?

— Vim visitar o senhor Mathousálas, você o conhece?

— Ah, todo mundo conhece aquele velhinho... vai gostar dele. Já tinha vindo aqui antes?

— Não... eu nem sabia que esse lugar existia. Não sei bem onde estou, se é outra galáxia, um mundo perdido, ou se daqui a pouco vou acordar e é só um sonho. Mas estou me divertindo demais. Vou visitar o senhor Mathousálas porque meu amigo Mikah disse que preciso muito conhecê-lo, e meu amigo não mente.

— Olha que interessante! Sabe que ontem passou um menino da sua espécie por aqui e falou praticamente a mesma coisa? Só que era outro ser que estava com ele, acho que o nome era Zoe.

— Um menino? Qual era o nome dele, você sabe?

— Gabriel.

— Gabriel? Será que é meu amigo Gabriel? Mas como chegou aqui antes de mim?

— Agora que você falou estou lembrando que ele chegou aqui na feira correndo como um doido, perguntando se a Giovanna já tinha chegado. Ficou pulando e gritando quando disseram que não.

— Minha cabeça deu nó agora. Como ele chegou antes de mim, e pior, como sabia que eu estava vindo?

— O tempo aqui nesse universo é totalmente diferente. Daqui a pouco você saberá o que aconteceu. Diga, Nanna, você quer comprar alguma coisa?

Como ela sabia esse apelido? Parecia que todos naquele lugar sabiam.

— Puxa, Slime-Lekah, gostei de muitas coisas, mas não tenho como comprar, não trouxe nada comigo.

— Ah, mas você não pode ir embora de Node sem levar uma lembrancinha. Vou te dar um presentinho.

Slime-Lekah escolheu exatamente o prendedor que ela tinha gostado.

— Tome. Para você sempre lembrar de mim. Quando chegar a Pearl City, diga a Tsekenu que fui eu que te dei, e para ele não se esquecer de mim.

— Você conhece Pearl City? E Tsekenu? Por que não está indo para lá?

— Ah, eu vou sim! Mas só na hora que Tsekenu me chamar. Divirta-se com Mathousálas e curta muito sua aventura! A gente se vê em Pearl City.

Nanna tirou o capacete para colocar o prendedor, mas se sentiu muito estranha e o colocou de volta rapidinho. Não queria mais ficar sem ele nem um minuto. Segurou a asa de Mikah e os dois saíram da feirinha, enquanto Slime-Lekah sorria de longe. Viraram na esquina seguinte, à esquerda, e viram uma porta na montanha. Ao contrário de tudo em Node, a porta era pequena. Nela estava escrito: "Aqui vive Mathousálas, que tem todo o tempo do mundo. Entre sem bater".

O lugar era um pouco feio. Não tinha nada em volta. Era meio sujo, também. A porta era minúscula, sem chance de Mikah conseguir passar por ela. A chegada à casa do famoso velhinho não foi nada do que ela esperava. A porta tinha arranhados profundos, como se garras tivessem tentado rasgá-la. Mas a porta era muito forte; quem tentou arranhar poderia tentar o resto da vida, que não conseguiria. *Certamente é um bicho que não sabe ler, e que nunca teve a ideia de tentar abrir a porta, porque está escrito que não precisa bater*, pensou Nanna. E, outra vez, se espantou com seus próprios pensamentos. Nunca tinha tido tantos assim antes, muito menos tão espertos!

Sem mais enrolações, Nanna abriu a porta, se espremeu toda e entrou, tentando não bater a cabeça. Mikah simplesmente atravessou a parede.

O interior da caverna era, no mínimo, inesperado. Depois de atravessar um deserto, entrar numa cidade com casas baixas e estranhas e passar por uma porta minúscula, ela esperava encontrar um lugar escuro, cheio de poeira e móveis antigos, com um velho barbudo sentado esperando a morte. Em vez disso, encontrou um lugar *supercool*, cheio de luz, decoração minimalista e, lá no fundo da sala, um cara bombado socando um saco de areia.

Quando chegou mais perto, percebeu que Mathousálas não era muito mais alto que ela, mas era muito forte. Nada do que ela tinha pensado. Ficou até um pouco frustrada. De repente, um som horrível veio lá de fora, como se garras estivessem arranhando a porta e as paredes, e alguma coisa estivesse fungando, como um cachorro atrás da porta quando não conhece quem está chegando. Giovanna lembrou-se da Tuca, cachorrinha do Gabriel, que ficava cheirando embaixo da porta enquanto ela esperava que alguém abrisse. Mas aquele barulho era assustador. Ela não sabia se era um cachorro, mas sabia que não era bonzinho. Parecia que um cheiro de raiva estava passando por baixo da porta. Um frio gelado correu por sua espinha. Quando olhou para a porta, viu uma sombra passando por ela.

— Não se assuste, Nanna. Esse é Eósforos. Ele fica rondando esse lugar, procurando alguém para devorar, mas não consegue entrar aqui. Enquanto Mikah estiver por perto e você estiver em sintonia com Tsekenu, Eósforos não poderá tocar em você. Não se engane, essa raiva que você sentiu passando por baixo da porta é real e, se ele puder, vai acabar com você. Mas é muito menos poderoso do que parece. Não se preocupe: você está no nosso time, e nosso time sempre vence!

Não era bem o que Nanna esperava ouvir, assim, logo de cara. Esperava uma conversa mais amena primeiro, depois aquelas palavras de velho de filme, bem bonitas e enigmáticas, mas esse velhinho aí era tudo, menos o que ela esperava.

— Ah, garota... Como está escrito na porta, eu tenho todo o tempo do mundo, mas você não. Existe uma grande

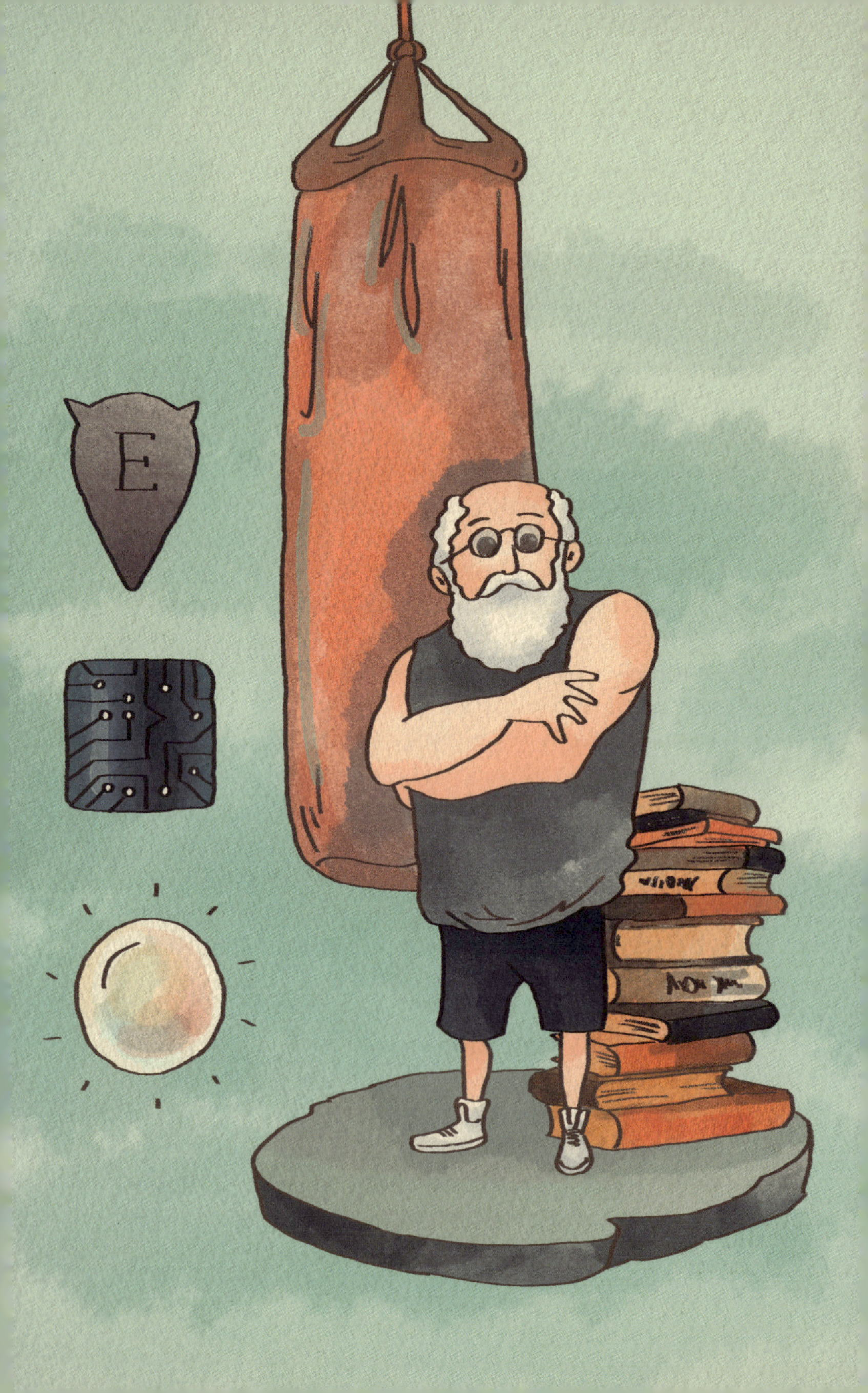
E

aventura te esperando lá fora, e não há tempo a perder. Por isso, economizo seu tempo e já vou logo ao assunto. Você pode me perguntar o que quiser.

Giovanna estava muito pensativa. Eósforos deixou o coração dela pesado, trouxe sensações e lembranças horríveis, recentes e verdadeiras. Como se aquela raiva tivesse um cheiro, um cheiro que ela conhecia e odiava. Estava um pouco enjoada, assustada e, de repente, cansada também. Passou dias tão felizes até ali, e agora parecia de volta à realidade. Uma imensa tristeza começou a invadir o seu coração, e as lágrimas vieram, descontroladas. Chorou por um tempo, enquanto Mathousálas e Mikah ficaram ali, calados e dando a ela o espaço necessário. Ela se aninhou nas asas de Mikah e ali ficou um tempo, enquanto seu amigo acariciava seu cabelo. Mesmo chorando e com medo, ela sentia paz. E sentia... Tsekenu!

"Tsekenu, você está aqui também?"

"Estou, pequena, sempre estou onde meus amigos estão. Mathousálas é meu amigo há muito tempo, Mikah é meu fiel escudeiro, e você... você é minha pequena."

"Você viu esse bicho horroroso, o Eósforos?"

"Ah, vi sim. Ele é um chato, quer tomar o meu lugar e ter tudo que é meu, a começar pelos meus amigos. Não se preocupe com ele. Mathousálas vai dizer como lidar com isso."

"Ok."

Bastou uma pequena conversa, e tudo estava bem de novo. Tsekenu era uma presença de muita paz no coração. Mathousálas rompeu o silêncio da sala:

— Nanna, me perdoe por já começar a conversa te fazendo chorar, não foi minha intenção. É que esse capeta me irrita! Desde que estou aqui, há milênios, todos os dias ele está rondando esperando que eu dê bobeira, deixe uma fresta na porta ou na janela, para ele pular para dentro.

— Ele nunca entrou aqui?

— Infelizmente, já. Eu dei bobeira, achei que dava conta dele, e não deu muito certo. Fiquei com preguiça de consertar a janela, e deu no que deu.

— O que aconteceu?

— Ah, uma bobagem, que quase acabou em tragédia. Tsekenu me salvou no último minuto. Um belo dia, estava aqui me exercitando, quando um peso voou da minha mão e trincou a janela. Não chegou a quebrar, só trincou. Aí todo dia pensava que precisava consertar, mas não consertava. Aos poucos, foram caindo pedacinhos do vidro, e Eósforos não demorou a encontrar o buraco. Enfiava aquele fuço horroroso, torto, dele, e ficava ali fungando e babando. Eu, com preguiça, passei uma fita em volta do buraquinho para que não caísse mais nenhum pedaço até que eu trocasse a janela. Fui enrolando, enrolando, e todo dia o monstrinho vinha e ficava ali. Aos poucos, o vidro foi cedendo e um dia, quando dei por mim, ele quebrou o vidro e entrou. Não deu tempo de nada. Voou no meu pescoço, me mordeu, me arranhou, destruiu a casa inteira, pegou várias coisas, e quando eu estava no chão, sem forças para resistir, ele desferiu seu golpe mortal. Antes de me alcançar, ficou pendurado no ar, petrificado. Desesperado, saiu correndo pelo mesmo buraco que entrou. Sabe o que aconteceu?

Giovanna nem respirava:

— Conta logo, estou para morrer!

— Caído no chão, gritei por Tsekenu em pensamento, pedi que mandasse ajuda. Ele mandou Mikah, que agarrou Eósforos pelo pescoço, o jogou de volta pelo buraco na janela e ainda consertou o vidro para mim.

Com um suspiro de alívio profundo, Giovanna soltou um *"yes"* bem alto, fazendo todo mundo cair na gargalhada.

— Agora estou tranquila. Esse Eósforos não vai me pegar.

— É para isso que você está aqui. Precisa aprender sobre ele e como vencê-lo, porque Eósforos vai fazer absolutamente tudo para te atrapalhar. Não o subestime, porque ele é muito perigoso, tem poderes, e tem muita gente que está no *"Team Eósforos"*. Ele não é sempre esse horroroso que aparece aqui. Em outros lugares vai aparecer lindo. Vai te tentar, te enganar, encher sua paciência. Também vai usar outras pessoas, todo tipo de pessoas. Mas vou te ensinar o que fazer, ele não vai te vencer.

— Gente, mas por que isso? Nunca fiz nada para ele, só fiquei sabendo que existe nesse exato momento! Eu hein, que criatura estranha!

— Nanna, existem seres, e também pessoas, que odeiam outros seres e pessoas, na maioria das vezes porque queriam estar no lugar delas. Eósforos quer o lugar de Tsekenu, e só conseguiria isso se o derrotasse. Depois de tentar por milênios, decidiu parar de ir atrás dele e focar em ir atrás de quem Tsekenu ama. Ele tem prazer em nos roubar, nos matar, nos destruir, fazer a gente sofrer, destruir tudo que a gente ama, pelo prazer de atacar Tsekenu.

— E por que Tsekenu deixa?

— Ele deixa até certo ponto. Só até o ponto em que a gente é capaz de sair da enrascada sozinho. Mas Tsekenu, quando diz ou faz uma coisa, nunca mais muda. E quando criou a gente, decidiu que poderíamos fazer escolhas nas nossas vidas, sem que ele interfira. Então, desde que você faça escolhas que te levem para mais perto de Pearl City, Eósforos nunca vai poder te tocar ou prejudicar. Mas uma coisa é muito importante: saber reconhecer quando ele tentar te enganar, porque pensa num bicho esperto!

— Ai, ai, ai... Como vou saber?

— Quando você voltar para o barco, encontrará no seu tablet um novo drive. Esse drive é a maneira que Tsekenu usa para agilizar o processo. Você pode perguntar tudo a Tsekenu, mas, se no caminho você for lendo o livro que está no drive "Tsekenu" do tablet, já saberá muita coisa quando precisar, e não precisará gastar tempo com Eósforos. Não subestime a criatura, mas não tenha medo. Se você conseguir ler até o final, vai descobrir que Tsekenu já avisou o que acontece com ele. Ah, outra coisa... — Mathousálas foi até uma mesa e pegou algo parecido com um chip e uma bolinha. — Coma este chip.

— Comer o chip? Para quê?

— Coma o chip e aproxime essa bolinha do seu coração. Pode colocar por dentro da blusa.

Mathousálas e Mikah viraram de costas enquanto ela aproximava a bolinha do coração, por baixo da camiseta. Suavemente, ela entrou pela pele de Nanna e ficou invisível. Que coisa estranha: ela não sentiu nada!

— Vai, come o chip.

Sem muita coragem, foi aproximando o chip da boca, pensando se devia mastigar ou engolir direto. Quando o chip tocou seu lábio e sua língua, deixou um gosto amargo. Ela decidiu não prolongar o sofrimento e engoliu de uma vez. Quando chegou em sua garganta e foi descendo, o gosto mudou. Um gosto de mel como ela nunca tinha experimentado, delicioso. Quase pediu outro, mas desconfiou que não teria.

— Agora, preste atenção: toda vez que você estiver numa situação em que não souber o que fazer, não lembrar o que diz o livro do tablet e Tsekenu não responder, preste atenção ao seu coração. Se vier um calor gostoso, siga adiante. Se vier um frio estranho, ou um calafrio, não siga; é uma cilada. Veja bem: você tem tudo o que precisa para chegar bem a Pearl City.

— E se eu escolher errado, vou morrer? Se Eósforos me enganar, já era?

— Não. Se fizer alguma escolha errada, perderá forças. Você tem apenas uma forma de consertar o erro: contar para Tsekenu.

— Contar para Tsekenu? Vou morrer de vergonha! Como vou contar uma coisa errada para ele?

— É a única maneira. Conte e veja o que acontece. Ou melhor ainda: escolha bem todas as vezes!

— Ok.

— Agora você precisa ir, chega de ficar aqui com este velhinho. Você é muito jovem, tem muita coisa para fazer! Tenha cuidado com Eósforos, mas não tenha medo dele. E lembre-se de marcar no tablet a localização dele aqui para quem está vindo depois de você.

— Ok. Acho que entendi tudo. Agora vamos, Mikah, estou com saudade do rio e do meu barquinho. Foi muito bom te conhecer, Sr. Mathousálas! A gente vai se encontrar em Pearl City, né?

— Certamente, minha amiguinha.

— Vamos, Mikah?

— Claro!

Nanna deu um abraço apertado naquele estranho velhinho, que era fofinho, mas sarado. Claramente velho, mas com olhos de criança. Seria incrível encontrar com ele em Pearl City.

Abriu a porta e saiu. Mikah saiu pela parede. Eósforos, horroroso, aguardava sentado ao lado da porta. Ele era como uma sombra, aterrorizante. Quando viu Nanna, levantou-se e mostrou suas garras. Ao tentar se aproximar, Mikah apareceu, saindo da parede, e se colocou entre eles, o rosto de leão virado para Eósforos. Os olhos do leão apenas encararam o monstro, que se encolheu e sumiu. Nanna suspirou, aliviada. Segurou na asa de Mikah e foram caminho afora, enquanto Eósforos acompanhava com os olhos. Giovanna olhava firme para ele. Pensou ter visto uma sombra nos olhos do monstro, mas rapidamente ela sumiu. Não seria intimidada por aquela criatura.

≈

De Node a Zwinschen Flüssen

O caminho de volta ao barco foi tranquilo. Quando chegaram ao local onde os gigantes maus ficavam, todos eles dormiam. Por segurança, Nanna quis se esconder nas asas de Mikah e passou com tranquilidade, observando aqueles monstros gosmentos. Quando chegaram ao rio, as pedras brilhavam lindamente, e ela viu que tinha sentido saudade daquele lugar.

O barquinho estava no mesmo ponto. Ela entrou correndo e abriu o compartimento onde a mochila estava guardada. A mochila também estava lá, intocada. Aliviada, abriu o zíper e viu o tablet e uma limonada. Bebeu, cheia de sede.

Soltou o escudo, tirou o capacete e se lembrou do prendedor de cabelo. Ele era tão lindo! Decidiu guardar na mochila para não perdê-lo, porque queria usá-lo quando chegasse a Pearl City.

Estava com calor e cheia de poeira, então deu um gostoso mergulho no rio e subiu novamente no barquinho. De repente ouviu: "rooooooooarrrrrrrrrrrr!" Ficou gelada por alguns instantes, mas percebeu que era seu próprio estômago. Imediatamente caiu na gargalhada e Mikah também não se segurou. Ficou pensando onde poderia arrumar algo para comer.

— Mikah, tem algum lugar onde eu possa comer aqui? Estou para morrer, ninguém me ofereceu nem um lanchinho nesse lugar!

— Claro, tem vários restaurantes diferentes ao longo do rio. Na verdade, a poucos minutos daqui há uma vila gourmet muito gostosa. Consegue não morrer de fome até chegar lá, dramática?

— Dramática, eu? Você ouviu meu estômago B-E-R-R-A-N-D-O? Dramático é ele!

— Vamos logo, você e esse seu estômago alucinado!

Rindo muito, soltaram o barquinho e começaram a deslizar sobre o rio de glitter. Cansada e com fome, Giovanna ficou admirando aquele brilho. Piscava tão rápido! A cor das pedras e a transparência da água davam a impressão de que havia um arco-íris no fundo, era lindo demais.

Logo chegaram a um lugar lindo. De olhos arregalados e queixo caído, Giovanna admirava aquele lugar lindo e acolhedor. O sol ainda estava alto, mas ali parecia que estava se pondo e, na semiescuridão, centenas de lanternas flutuavam, subindo e descendo, criando uma iluminação maravilhosa, extremamente aconchegante. No chão havia um grande círculo de terra batida, com mesas e cadeiras coloridas, e ao redor do círculo, pequenos *food trucks*, com vários tipos de comida, coisas que ela nunca tinha visto. Amarrou o barquinho, desceu e foi ver o que tinha para comer. Escolheu uma

"Torre de Cogumelos"; era uma torre mesmo, com vários cogumelos diferentes, cada um mais gostoso que o outro. Para sobremesa, escolheu uma tortinha de frutas vermelhas com mel e chocolate.

Naquele lugar se podia pagar em pedras preciosas e ouro. Ao lado da comida se indicava com qual pedra era possível pagar. A torre de cogumelos custava duas pedras azuis e uma roxa, e a sobremesa custava três pedrinhas vermelhas. Foi até o rio, catou as mais bonitas que encontrou e voltou. Pegou sua comida e foi se sentar. Reparou, então, que no meio da praça havia uma linda fonte e vários copos numa mesa próxima. Curiosa, foi ver do que era a fonte: era a *pink lemonade* de Laniwai! Encheu um copo e voltou para sua mesa.

Ao sentar-se, ficou um tempo admirando a beleza do lugar. As lanternas lembravam o filme da Rapunzel, flutuando tranquilas, mas sem deixar aquele espaço. A luz do dia terminava, e as lanternas refletiam-se nas pedras do rio. Giovanna estava bebendo e comendo aquela beleza com os olhos, alimentando a mente e o coração. Pena que o estômago não queria aquele tipo de comida. Interrompeu o momento com outro rugido que ecoou longe, e ela se lembrou de que deveria comer.

Aqueles cogumelos eram simplesmente a melhor coisa que já havia comido. Enquanto mastigava devagar, ia percebendo diferentes sabores. *Será que lá em casa a comida é boa assim e eu não percebi porque sempre como vendo televisão, mexendo no celular e no computador? Sei lá, parece que essa beleza me desintoxica, limpa os olhos, os ouvidos e até o paladar. E também não estou com pressa de fazer mais nada. Nem me reconheço mais aqui nesse lugar*, pensou.

"Nanna, você já não é a mesma pessoa, ganhou dez forças no *game*, subiu um nível e passou a fase 1. A jornada rumo a Pearl City é transformadora. Você vai gostar cada vez mais."

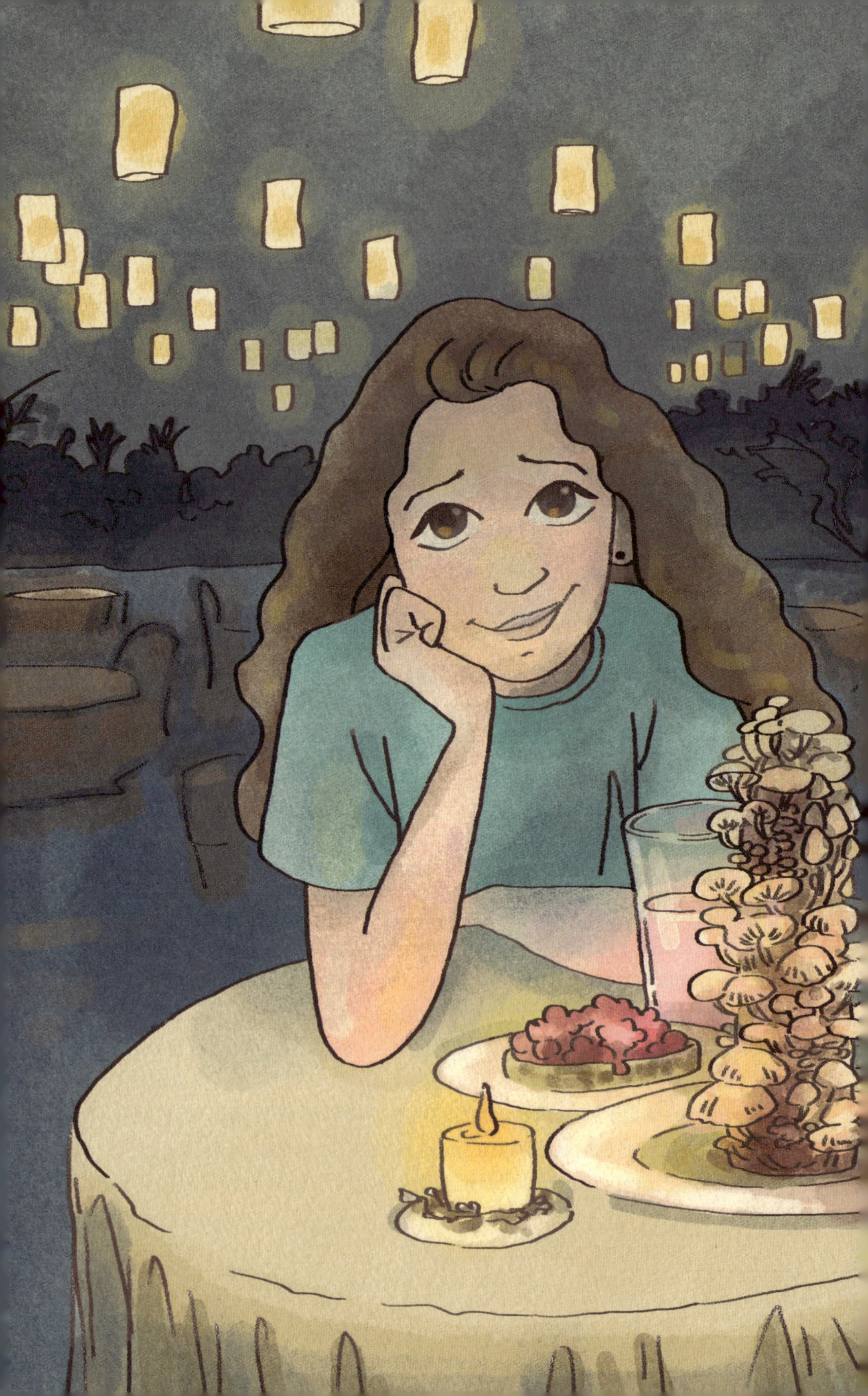

"Tsekenu, que lugar lindo é esse? Obrigada por preparar esse caminho tão divertido."

"Lembre-se sempre disto: as coisas não precisavam ser bonitas, elas só precisavam funcionar. Mas eu fiz tudo lindo porque quero que a vida seja uma festa para os olhos. Aproveite!"

Nesse instante, Giovanna levantou os olhos e teve uma surpresa. A mesa ficava em cima de uma plataforma giratória, que girava tão devagar que era quase impossível de perceber. Mas, nesse giro lento e suave, a paisagem ia mudando. Agora ela via à sua frente as árvores, uma montanha enorme, o rio correndo suave e a lua, gigante, nascendo acima da montanha. O céu tinha um azul profundo, o mais belo azul que já tinha visto. O rio fazia um barulho gostoso que acalmava a alma. Quando girou mais um pouco, viu que havia um palco entre dois *food trucks*, e chegou uma banda muito louca: um lobo, uma baleia com um aquário na cabeça, três pernilongos, um búfalo de chifres gigantes e um javali. Em seguida chegou um sapo, o maior sapo do mundo, pelas contas dela. Subiram no palco. Nada parecia fazer sentido. A lua estava linda, as lanternas eram um sonho, mas aquela banda... fala sério.

Curiosa, Nanna mal podia esperar para ver o que ia sair dali. Do nada, o lobo começou a uivar, a baleia a cantar e os pernilongos a zumbir, enquanto o javali assoprava o chifre do búfalo e o sapo enchia e esvaziava aquele papão dele, fazendo um barulho bem grave. Cada um num ritmo e num tom, provocando um "caos musical" que levou a garotinha às lágrimas de tanto rir. Era incontrolável! Mikah, que flutuava entre as lanternas, se deleitava com as gargalhadas, pensando na transformação rápida da Giovanna que chegou até ele pela primeira vez, nessa que ele estava vendo agora. Olhou para ela com seus olhos humanos e amou aquela pessoinha.

— Tsekenu, fique tranquilo. Vou cuidar dela com todas as minhas forças.

Aos poucos, os músicos da banda enlouquecida foram se ajustando e a música se transformou. Agora, o ritmo pulsava e havia uma energia forte se espalhando no ar. Giovanna se sentiu um pouco só, queria dançar naquela festa, mas dançar sozinha não tem muita graça.

— Tsekenu, quer dançar? Mikah, quer dançar?

A vida é mesmo para ser dançada com as pessoas que importam. Levantou-se, puxou Mikah pela asa e foi para a grama. Fechou os olhos e perguntou:

"Então Tse, você vem ou não?"

"Tse? Que intimidade, hein, garota? Vamos dançar!"

Felizes por ter plateia, os integrantes da Banda Louca se empenhavam ainda mais na performance. A batida do papo do sapo dava o ritmo, parecia bater dentro dela, ordenando os passos da dança. Mikah se animou, subindo e descendo, abrindo suas asas majestosas em direção à lua. Não era possível enxergar Tsekenu com os olhos do rosto, mas com os da alma, era. A música fluía alegre e cativante, e a dança só parou quando a banda estava exausta.

O que Giovanna mais amava naquele lugar era o tempo e a intensidade das coisas boas. O tempo simplesmente não importava, e as coisas boas eram completamente boas. Ela andava tão cansada de coisas que pareciam boas e no fim não eram tão boas assim... A verdade é que ela, com meros dez anos de idade, vivia cansada. Cansada de sentir medo, insegurança, ansiedade e raiva. Cansada de ficar em casa, de olhar para o computador, de tentar ser aceita pelas pessoas.

Desde que atravessara a porta atrás de Tomé, o arco-íris, ainda não tinha se sentido cansada daquele jeito. Seu corpo cansava e, quando isso acontecia, dormia um sono dos anjos e acordava pronta para qualquer coisa. Como isso era gostoso! Seus olhos absorviam beleza, seus pensamentos pulavam livres pela cabeça, os ouvidos estavam sensíveis e até seu paladar era outro.

Tsekenu e Mikah a deixavam segura o tempo todo, mesmo em lugares perigosos, como no rio, no meio dos gigantes e na presença de Eósforos. Aliás, esse a preocupava um pouco. A lembrança de sua figura horrível gelava sua espinha. Mas se Tsekenu disse que ele não poderia contra ela, então era assim que seria. *Minha mãe sempre me chamou de medrosa...*, pensou. E Tsekenu completou: "Mas você é corajosa, porque vence seus medos. Você aprendeu a ter fé, em mim e até em você. Medo não é um problema. Não ter fé, é. A fé te torna corajosa. Com aquele escudo tão pequeno você venceu um bando de gigantes loucos."

— Venci mesmo, né?

— O quê? Está falando comigo, Nanna? — Mikah já tinha entendido e estava rindo.

— Haha, estava na maior conversa aqui na minha cabeça com Tsekenu, e acabei falando alto. Mas venci mesmo, né? A fé é chocante, de tão poderosa.

— É impressionante, né? O seu escudo tão pequeno desintegrou as montanhas! Por falar nisso, mocinha, você desceu sem capacete nem escudo, né?

— Eita! Pensei que como só ia descer para comer não precisava!

— Nunca saia sem eles, você não sabe quem, ou o que, pode encontrar pelo caminho. Eles te protegem contra todo tipo de ataque, maldade ou armadilha, seja de Eósforos ou de qualquer outra coisa ou pessoa. Nunca ande desarmada.

— Podemos ir agora? Não quero ficar desprotegida.

Como podia ter esquecido? Se tivesse algum gigante por ali, teria sido um desastre. Desapontada com ela mesma, voltou rapidinho para o barco. Dessa vez, não só tinha esquecido a mochila, como o capacete e o escudo também! *Farei melhor da próxima vez*, pensou. Entrou no barco, soltou a corda, olhou para Mikah e deixou o barquinho seguir em meio às belas pedras faiscantes.

Ali no rio não era fim de tarde, como na praça gourmet, o sol ainda estava no meio do caminho. O barquinho descia tranquilo, e Nanna pegou o tablet com o livro de Tsekenu. Puxou a capotinha e se aninhou para ler.

— Mikah, para onde estamos indo agora?

— Agora nossa próxima parada é Zwinschen Flüssen.

— Como? Sanduíche Mussen?

— HAHAHAHAHA! Na verdade, Zwinschen Flüssen, mas Sanduíche Mussen é mais divertido, podemos rebatizar o lugar.

— E vamos demorar para chegar?

— Um pouco. No entanto, alguns lugares do rio são um pouco perigosos. Pode descansar agora. Quando estiver chegando em algum lugar que precise de atenção, te aviso.

A notícia não trouxe medo. Aproveitaria para descansar enquanto pudesse. Pegou o tablet e, quando abriu... surpresa! Um arco-íris saiu do tablet. Nele estava escrito tudo o que tinha no livro. Na verdade eram dois livros: um era gigantesco, e ela ficou pensando o que tanto alguém tinha para dizer que desse um livro daquele tamanho; o outro era um livrinho lindo, e seu nome era OQTF. Que nome estranho... o que será que significava? Curiosa, procurou informações, mas não achou nada. *Na hora certa saberei*, pensou.

O plano era ler, mas o sono venceu. Giovanna dormiu tão pesado que roncou alto, provocando risadas de Mikah. Quando acordou, ficou parada, esperando para ter certeza de que não estava de volta ao seu quarto. Tinha medo de dormir e acordar em sua cama. Se o que vivia era um sonho, não queria acordar nunca mais. Não ficava pensando no assunto, mas no fundo tinha muito medo de voltar.

Quando viu que estava dentro do barquinho, deu um suspiro de alívio e procurou o tablet. Decidiu que leria um capítulo do livro menor e um do maior. Abriu o livro menor e viu de novo: OQTF. Para ela, não fazia o menor sentido ainda. *Mas tenho fé que vai fazer.*

E o primeiro capítulo chamava justamente "Fé". Quando clicou na palavra, o livro saiu do tablet. Isso mesmo, saiu. Era como uma tela gigante de cinema em 3D, 4D, 1000D, sabe-se lá quantos D. O livro trazia uma mistura de palavras e emojis, figuras, sons, estimulava todos os sentidos ao mesmo tempo. O ar ficou impregnado com um cheiro fresco delicioso. Naquela experiência multissensorial, Giovanna foi lendo:

"Fé é acreditar no que você não vê e ter certeza daquilo que ainda nem existe."

— Que frase legal, quando voltar para casa vou colocar como papel de parede no meu celular.

"Para me encontrar, você tem que ter fé, porque, se não acreditar que eu existo, não poderemos ser amigos."

— Ah, como acredito em você...

"Respire, se acalme e fique tranquila, porque eu sou o dono de tudo, e nada sai do meu controle."

— Nanna!

Mikah deu um grito e ela, assustada, olhou para cima e viu Mikah apontando para frente. Fechou o livro bem rápido e olhou. Havia alguma coisa esquisita no horizonte. Colocou a mão na água e percebeu que estavam indo muito rápido. Em poucos minutos alcançariam um lugar cheio de rochas pontudas e águas extremamente revoltas. Era difícil ver exatamente, pois as pedras faiscando deixavam a vista confusa. De repente, ela conseguiu ver que o rio formava ondas que batiam nas rochas pontudas, fazendo um barulho bem alto e assustador. Era um impacto forte. As ondas levantavam as joias do fundo do rio e as arremessavam nas rochas, onde elas batiam e voavam de volta com a força de uma bomba. Assustada e sem tirar os olhos daquelas ondas, Giovanna tateava, procurando o escudo e o capacete. Rapidamente, guardou o tablet e a mochila na portinha, baixou a capotinha, colocou o capacete e segurou o escudo. "Tsekenu, o que faço?" perguntou. "O que você leu no OQTF?" "É... que devo... respirar... me acalmar e... saber que você toma conta de tudo?" "Exato."

— Ok.

Olhando para cima, Giovanna viu que Mikah estava olhando tudo aquilo com tranquilidade. Então ela ergueu a mão, pegou a asa e puxou para perto de si. Ajeitou o capacete, segurou o escudo na outra mão e se preparou. Então ela se lembrou de que havia um remo no barquinho. Só não sabia como resolver a questão: soltava Mikah, soltava o escudo ou soltava os dois para poder remar? Decidiu soltar a asa do amigo, remar com uma mão e segurar o escudo com a outra. Embora ela tivesse se soltado de sua asa, Mikah não se afastou nem um pouco, parecia grudado no barquinho.

Remo em uma mão, escudo na outra, capacete no lugar, Giovanna respirou fundo. Ela só tinha que se manter calma e ficar dentro do barco. Sentiu Kanoa soprando vida em suas narinas, e se sentiu forte e capaz. Com o remo ia mantendo o barquinho longe das rochas e com o escudo se protegia das pedras. O barco ia mais e mais rápido, o rio ia descendo loucamente, pedras voando, rochas pontudas fora e dentro d'água. "Respira... fica calma... fé... respira... Tsekenu sabe o que está fazendo... Mikah está aqui... respira." Enquanto repetia isso, ia remando de um lado e de outro, trocando remo e escudo de mãos e se mantendo segura. Começou a se sentir segura e até curtiu a adrenalina. As pedras batiam em seu escudo e faiscavam, lindas. Precisou que uma batesse em sua perna para que se lembrasse de que eram lindas, mas perigosas. O medo deu lugar a uma sensação muito legal, e ela curtiu o momento. Mikah vinha voando baixo e rápido, seguindo seus movimentos. De repente, tudo acabou. Sem rochas, ondas ou pedras voando. Parecia que nada tinha acontecido. Pisom voltou a serpentear sereno e silenciosamente, enquanto as pedras no fundo faiscavam e mostravam suas cores maravilhosas. Giovanna guardou o remo, soltou o escudo e se sentou, ofegante. Que loucura! Sentiu um ardor na mão e na perna. A mão que tinha remado agora tinha uma bolha de sangue, e a perna atingida pela pedra tinha um corte que sangrava. Teve vontade de chorar, queria a mãe dela.

"Calma, pequena, tudo está bem. Você foi incrível. As dificuldades às vezes deixam marcas, né? Na sua mochila tem o que você precisa. Como prometi, estou cuidando de você."

Giovanna estava se sentindo um pouco decepcionada. Tinha feito tudo direitinho, e agora estava ali, machucada. Sabendo o que ia no coração dela, Tsekenu continuou:

"Quer me dizer como se sente? Você é livre para falar o que quiser, tem total liberdade de expressão."

Ao ouvir "liberdade de expressão", se encolheu toda. Da última vez que ouviu isso e acreditou, as coisas acabaram mal. Começaram bem, mas terminaram MUITO mal. Quando era pequena e morava com seu avô, se sentia muito segura. Todos sempre falavam sobre como era importante a gente dizer o que pensa, ser livre para não seguir a opinião das pessoas, e ela gostava disso. Até que um dia sua mãe discordou de seu avô. Os dois começaram a discutir por terem pontos de vista diferentes sobre o mesmo assunto. O avô concordava com o que todo mundo dizia, mas a mãe pensava diferente. Giovanna concordava com a mãe. A discussão entre os dois ficou quente, acabou indo parar nas redes sociais, e aí, virou o terror. Os amigos da mãe viraram *haters* do avô e vice-versa. Tudo acabou muito mal: Giovanna, Guilherme e a mãe foram expulsos da casa do avô, e a vida virou de cabeça para baixo. É verdade que algumas coisas melhoraram, mas o que ficou no coração de Nanna foi: liberdade de expressão é uma grande mentira. Tudo isso ela pensou em poucos segundos. Mas a verdade é que estava decidida a ser sempre verdadeira. Então, falou:

"Fiquei decepcionada com você, porque disse que tinha tudo sob controle e agora estou aqui, doída e sangrando. Pronto, falei."

Imediatamente sentiu-se melhor e começou a rir do "pronto, falei", junto com Tsekenu e Mikah.

"Já que foi honesta, então vou te contar um segredo. Cada vez que você for honesta, te contarei um segredo diferente. Eu nunca perco o controle, mas às vezes permito que haja dificuldades e machucados, às vezes dores. Os machucados e as dores nos fazem crescer. Imagina que você é uma planta, e eu o jardineiro. Eu sei qual a forma você deve ter quando virar uma árvore, já sei o que fazer para que você seja linda, exuberante, saudável e cheia de vida. O jardineiro vai podando a árvore para que cresça no melhor formato.

Cortar um pedaço vivo de uma planta é como fazer um tipo de machucado nela. Será que dói? Assim sou eu; às vezes faço 'cortes', para que você fique no formato assombrosamente maravilhoso que desenhei. E esses cortes às vezes podem doer. Quando a perna e a mão sararem, ficará a marca, e você vai se lembrar desse momento. Você está marcada por esse momento, ele te fez crescer. Quando foi preciso, remou com uma mão e se protegeu com a outra, parecia uma Avenger. Quero que se lembre dessa conversa quando olhar para suas cicatrizes. Vou sempre proteger sua vida e garantir que tudo acabe bem. Machucados não são sinais de que falhei ou de que sou mentiroso, muito pelo contrário. Quando você se lembrar desse dia, vai dizer que se não fosse Tsekenu, nunca teria conseguido atravessar."

"Não teria conseguido de jeito nenhum, obrigada..."

"Eu é que agradeço sua honestidade, garotinha. Amo você."

Ao ouvir essas palavras, Giovanna ficou desconcertada e amedrontada. O que ele queria dizer com "amo você"? Já tinha ouvido isso antes, mas não foi nada bom. Só que agora era. O coração dela sabia que Tsekenu era exatamente o que parecia ser.

— Olha, essa conversa melosa está muito boa, mas acho bom a gente focar na viagem.

Mikah sendo Mikah, sempre prático.

Sentindo a mão e a perna arderem, Nanna abriu a mochila e encontrou uma luva e uma caixa de band-aid. A luva era de um material que ela nunca tinha visto. Tinha a mesma cor do prendedor. Assim que colocou a luva, a dor passou. Pegou a caixa de band-aid e leu: Curativo Beijo de Mãe. Achou engraçado, mas, quando colocou sobre o corte, parecia o beijinho que sua mãe dava nos seus machucados quando

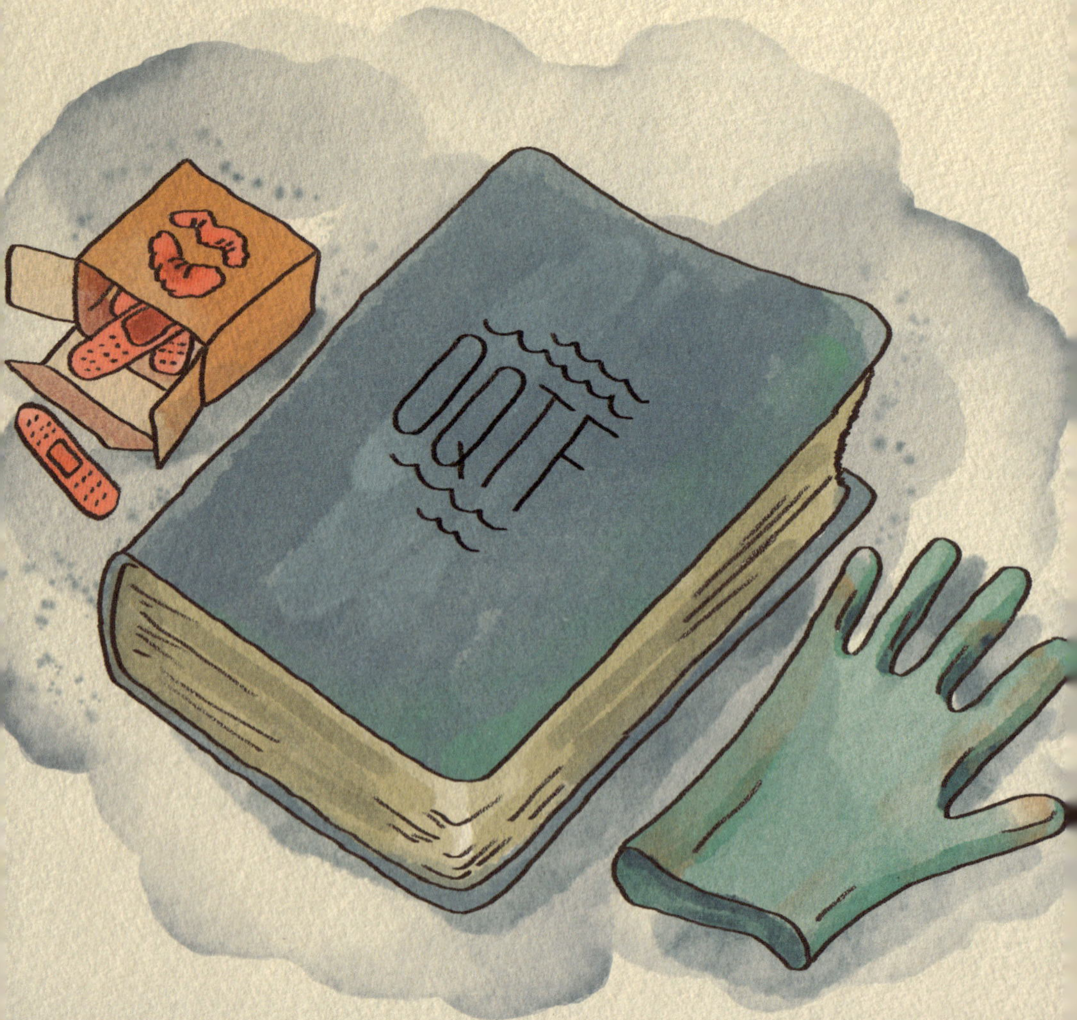
OQTF

era pequenininha. Sarou na hora. Ela sentiu um beijinho na perna e outro no coração. Uma delícia.

Machucados cuidados, olhou em volta para ver onde estava e se havia algum perigo por perto. Viu uma placa: "Zwinschen Flüssen - 5 curvas".

— Olha, faltam cinco curvas para Sanduíche Mussen! Dessa vez não vou esquecer nada: já vou colocar o capacete, a mochila, pegar umas pedras para o caso de ter coisas boas para comprar por lá, e segurar bem forte o escudo.

Mikah deu uma risadinha.

Ela também não se esqueceu de amarrar bem seu barquinho e checar se estava tudo bem guardado e seguro. Desceu do barco, olhou em volta e foi andando, sentindo uma expectativa sobre o que estavam para encontrar.

— O que viemos fazer aqui?

— Ah, viemos conhecer um maluco beleza. Ele tem uma charada para você. Se conseguir descobrir, poderá fazer uma escolha muito legal. Vai precisar de fé, já vou avisando.

— Tudo bem. Estou com meu escudo e também trouxe o livro de Tsekenu, qualquer coisa procuro nele o que fazer.

— Garota esperta!

Saíram do rio e começaram a se afastar. À medida que foram se afastando do lugar onde o barquinho ficou, as árvores foram diminuindo, primeiro de quantidade e depois de tamanho. A grama e as flores também iam se tornando escassas. Mikah andava, andava e andava. Lá longe Giovanna via montanhas e uma estranha coisa pontuda, como um prédio, mas não sabia dizer se era mesmo um prédio. Quanto mais longe do rio, mais seco o ar ia ficando. Eles já estavam caminhando em meio aos cactos e a sede era grande. A fome também começava a chegar. O calor estava forte demais e ela começou a se sentir muito fraca.

Olhando ao seu redor, era apenas uma floresta de cactos. Nenhuma outra coisa, nada de água, e a cidade nem aparecia no horizonte ainda. Lembrou-se de olhar na mochila. Esperava encontrar uma limonada bem gelada, mas o que achou foi um canivete.

— Eu preciso é de comida e bebida! Como assim um canivete? — ela estava bem chateada com Tsekenu nesse momento. — Péssima hora para brincadeirinhas sem graça. Estou com fome e sede, mas não estou pensando em me matar, não. O que vou fazer com isso?

Ela estava irada. Primeiro, deixou que ela se machucasse, agora não estava nem aí para a fraqueza, fome e sede dela. Estava à beira de um ataque de nervos, seu rosto queimava. Mikah estava estranhamente quieto. Quem estava na frente agora era o boi, e quem olhava para ela era o leão. O olhar do rosto do leão era impressionante, Nanna nunca tinha visto nada daquele jeito. Era uma mistura de poder, segurança, força e ausência de medo. Aquilo era o que mais a intrigava: ausência de medo. Incrível.

Aqueles olhos amarelos penetraram a alma de Giovanna, e ela se acalmou. E aí ele falou:

— Dona Braveza, está assim por quê? Tsekenu sabe o que você precisa, e isso nem sempre é o que você quer. Está vendo esses cactos? Pegue seu canivete, corte os espinhos, depois corte um desses pedaços, faça um furo e veja o que acontece.

Nanna se sentia intimidada pelo leão, mas ao mesmo tempo o amava. Fez exatamente como ele falou e, quando fez o furo, de dentro saiu uma água bem fresca, que ela tomou avidamente.

— Nossa, melhor água que já tomei fora de Laniwai. Essa água veio de lá, né?

— Veio sim.

— Ah, saco tudo de Laniwai!

Depois de se hidratar, um velho conhecido apareceu. "ROOOAAAAAARRRRRRR."

— Que que é isso, garota? Vai sair um monstro pela sua boca!

— É fome!

— Pega o canivete e abre o pedaço do cacto que você furou. É como coco, tem uma carninha gostosa. Vai acalmar o T-rex aí dentro.

Realmente, a carne do cacto era muito gostosa. Quando acabou, se sentiu outra. Mas o sol estava tão forte que faltava coragem para continuar. Percebendo o problema, Mikah ficou entre ela e o sol. Abrindo as asas, fez uma sombra perfeita. Assim dava para caminhar. Foram em frente, deixando os cactos para trás. Giovanna olhava atentamente, vigiando se por ali também tinha algum gigante maluco. Andaram muito tempo, e parecia não chegar nunca. Até que ela voltou a ver aquela coisa pontuda. Não era um prédio, parecia um foguete gigantesco.

Curiosa, esqueceu de procurar gigantes e foi se aproximando para ver melhor. Era mesmo um foguete gigantesco. Azul-escuro, apontava para o céu, acoplado a uma estrutura descomunal. Lá no alto, reconheceu aquele que só podia ser o maluco beleza. Tinha uma barba que ia quase até os pés, e os cabelos pareciam um bombril enfurecido. Seus olhos estavam arregalados e ele estava na parte mais alta da estrutura, com roupa de astronauta, berrando alucinadamente:

— Por aqui, por aqui! Alguém pega essa anta e coloca de volta na fila, por favor!

Um rapaz, também vestido de astronauta, saiu em busca da anta. Aquilo parecia uma cena de *A Era do Gelo*. Animais

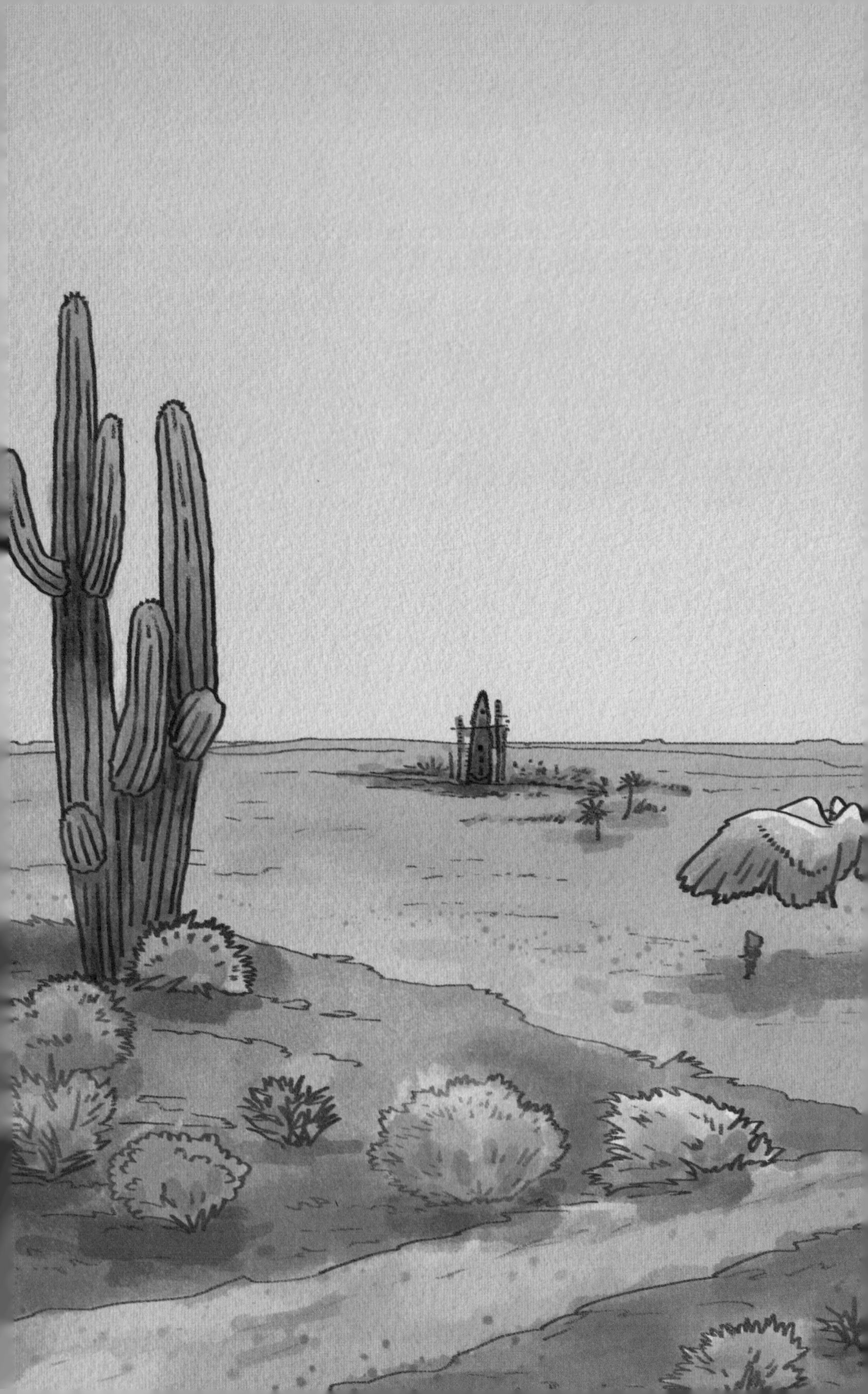

de todas as espécies, em fila, entrando no foguete. Na porta, eles recebiam um capacete de astronauta. Tinha para o elefante e também para o grilo. Quatro mulheres estavam na porta, encaixando os capacetes em cada um e dando instruções: "Elefantes, vocês descem três andares; anacondas, vocês se enroscam naquele canto; passarinhos, comigo no andar de cima."

— Elas estão mesmo falando com os animais? E parece que eles entendem! E quem é essa gente, Mikah, que tribo doida é essa a que você me trouxe? Olha aquele pobre coitado correndo atrás da anta!

— Essa é a família Sailor. Estão há décadas construindo esse foguete, e há mais um bocado de tempo acomodando esses animais.

— Eu, hein... o que ele quer fazer, levar os animais para a Lua? Gente, e eu achei que já tinha visto de tudo nessa vida...

— Vamos lá, precisamos falar com Sailor Pai.

— Acho que ele não vai me ouvir daqui de baixo.

— Bom, então teremos que subir! Se segura!

Giovanna segurou-se em Mikah e num piscar de olhos estavam ao lado de Sailor Pai. A plataforma era mesmo muito alta. Giovanna focou em não olhar para baixo. O maluco beleza pareceu nem notar a chegada deles. Continuava gritando: "Não acredito que você perdeu a tartaruga, Sailor Júnior! Você que se entenda com a sua mãe!"

Nanna até tentou não rir mas, sinceramente, quem perde uma tartaruga? Ela riu, e riu alto. Finalmente Sailor Pai notou a presença deles. Virou com cara de bravo, para ver quem teve a ousadia de rir dele. Já estava cansado das piadas e do bullying. Ao ver Mikah, sua expressão se acalmou.

— Mikah, meu velho, o que te traz aqui? E essa fedelha, veio rir da minha cara também? Pode rir, queridinha, eu já sou cascudo com vocês que me criticam e riem da minha cara o tempo todo. "Andei" para você, viu? Humpf.

— Eu, hein, tá maluco, é? Estou rindo porque nunca na vida pensei que alguém fosse capaz de perder uma tartaruga, só isso. Deixa de ser rabugento, viu?

— Pensando bem, até que tem sua graça. Mas, de qualquer jeito, não vai ficar rindo do meu filho também não, viu? É bullying! É bullying!!!

— Calma, senhor Sailor, não falei nada, só ri um pouquinho!

Sailor Pai percebeu que estava exagerando. Respirou fundo e sentou-se na plataforma. Olhando para ele, Nanna viu um cansaço e uma tristeza tão profundos que seu coração doeu. Sentou-se ao lado dele e falou baixinho:

— Me desculpe, não foi minha intenção. Também já fui vítima de bullying, sei o quanto dói.

— Não, você está certa, eu dei uma surtada bem doida, sem necessidade. Acho que estou tão cansado e traumatizado que agora tudo me faz surtar.

— Quer me contar o que aconteceu? E se quiser me explicar o que está acontecendo aqui, terei prazer em escutar. Tenho tempo!

— Eu não, mas vou te contar mesmo assim. Vivo aqui em Zwinschen Flüssen desde que nasci. Esse era um bom lugar, Tsekenu vinha muito aqui. Não era esse deserto brabo, como é agora, mas desde que chegou à cidade uma família nova, as coisas começaram a mudar. Não sei, eles pareciam legais, mas ao mesmo tempo havia algo neles que me dava calafrios, mesmo quando estavam sendo amigos e sorrindo. Eles gostavam muito de dar jantares que acabavam em balada, e convidavam as famílias. Até as crianças! Meu avô não ia de jeito nenhum, nem deixava meu pai ir. E a verdade é que ele estava certo. Esses encontros na casa da família Eósforos... — Giovanna tremeu da cabeça aos pés.

— V-v-v-ocê disse E-e-e-ósforos?

— Você os conhece?

— Conheci um, lá em Node. Ele era horrível!

— Ah, não devem ser parentes, os que aqui chegaram eram as pessoas mais bonitas, arrumadas e simpáticas que já haviam morado na cidade. Mas por dentro, eram podres. Eles foram contaminando todo mundo com essa podridão, a tal ponto que hoje não podemos mais sair de casa. A maldade anda solta nas ruas, e muitas vezes se confunde com coisas boas.

— Mas por que eles vieram destruir as pessoas desse lugar?

— Porque eram todos amigos de Tsekenu, e eles odeiam Tsekenu; tomaram como missão destruí-lo. Como não podem com ele, vão destruindo tudo e todos que ele ama.

Lembrou-se da conversa com Mathousálas sobre isso. Definitivamente eram parentes.

— Ok. Mas o que esse foguete tem a ver com isso?

— Não faço a mínima ideia. Tudo o que sei é que Tsekenu me pediu para construir e colocar os animais lá dentro. Sou obediente e estou fazendo exatamente o que ele me mostrou, mas estou exausto. Além do trabalho de construir, que já é grande o suficiente, ainda tenho que administrar as críticas, as zoações, os cancelamentos. Bullying é pouco para o que fazem comigo e com minha família aqui. Só não desisti e mandei tudo e todos para "aquele lugar" porque confio que Tsekenu sabe o que está fazendo, e está cuidando de mim e da minha família. Decidi obedecer, mas não foi e não é nada fácil.

Nanna ficou bem pensativa. Bullying era uma coisa muito difícil de lidar. Cancelamento, zoação... ela sabia muito bem o que fazem no coração de uma pessoa. Voltou a observar Sailor Pai e, apesar desse ar de loucura, ele também emanava paz. Como poderia ser isso? Como se tivesse ouvido o pensamento, ele continuou:

— Mas, mesmo não sendo fácil, uma coisa posso te dizer de coração: não existe melhor sensação neste mundo do que estar em sintonia com Tsekenu. Obedecer o que ele fala é SEMPRE a melhor opção. Eu sinto muita paz, apesar de não parecer.

— Mikah me falou que você tem uma charada para mim, e que se eu adivinhar terei direito a fazer uma escolha. Você pode me dizer qual é a charada?

— Ah, você é a Giovanna Hart? Seu amigo Gabriel passou por aqui e deixou um bilhetinho, tome.

A roupa de astronauta tinha um bolso do lado, mas era tão fundo que Sailor Pai se encurvava todo para pegar o bilhete lá dentro, e Nanna olhava, nervosa, pensando que ele ia se espatifar lá embaixo. Não se espatifou. Tirou um papel bem dobradinho do bolso e colocou na mão dela. Ela abriu e leu: "Nos vemos em Pearl City! Obrigado por me convidar. Gabriel." O bilhete não tinha nada de mais, mas ela ficou emocionada. Sentiu um aperto de saudade do Gabriel e de outras pessoas. Quem mais será que estava indo também?

— Bom garoto, o Gabriel. Posso dizer qual é a charada? Tenho certeza que você vai adivinhar.

— Manda ver.

Sailor Pai fez uma cara pomposa e abriu o tablet que estava no outro bolso. Quando tocou na tela, saiu dela um pergaminho, onde ele leu com voz grave:

"Bem, bem, bem... belas palavras vou ler, você precisa conhecer. Se corretamente responder, uma escolha poderá fazer. Avista-se novo céu, aproxima-se nova terra. O que você conheceu já não é, e o que sempre foi, acabou. De beleza arrebatadora, desce do firmamento aquela que foi prometida, fulgurante, resplendente, suave e bela. Possui a beleza preciosa que vem do mar, e seu brilho não se vai. Luz perene, paz perene, harmonia eterna entre si e o Universo. Se conheces teu destino, abraça-o agora mesmo, e me diga, bela menina, onde se encontra tamanha ventura, prazer e beleza?"

Enquanto Sailor Pai lia, de olhos fechados ela visualizava tudo aquilo. Em êxtase, quase como se estivesse fora de seu próprio corpo, respondeu suavemente, com o coração ardendo de felicidade:

— Pearl City.

— Isso aí, garotaaaaaaaaa!

A curiosidade para saber o que poderia escolher estava alta! Sailor Pai, no entanto, não foi logo falando. Fez toda uma preparação, criou um clima, para só depois falar:

— A partir de agora, você poderá escolher se quer viajar de barco ou de bicicleta.

— Obaaaaaaaa! Eu AMO andar de bicicleta!

O maluco beleza começou a se contorcer todo novamente, e tirou do bolso uma caixinha que parecia uma caixinha de joias. Lentamente, estendeu a caixinha para Giovanna. Confusa, Nanna a pegou. Por um momento ficou pensando se ele estava fazendo um pedido de casamento, mas lembrou que tinha visto a mulher dele lá embaixo. Sem entender, a abriu.

Dentro da caixa estava uma minibicicleta, que parecia feita de cristal. Era transparente e muito pequena. Pegou com delicadeza e viu que era um broche. Olhou confusa para Sailor Pai, depois para Mikah. O rosto virado para ela era o de águia, não dava para saber o que estava pensando. Olhou de novo para Sailor Pai, esperando uma explicação.

— É sério, isso? Você me enganou!

— Calma, garota! Queria uma bicicleta em tamanho normal aqui em cima? Essa é uma bike mágica. Quando toca o chão, tem tamanho normal. Se tirar do chão, vira um broche. Como você pretendia levar uma bike dentro do barco, posso saber?

— E por que você acha que eu já tinha pensado nisso? Só pensei que queria uma bicicleta. Amei essa, obrigada!

— Vamos descer para experimentar!

Sailor Pai simplesmente pulou. Caiu no meio da bicharada e, de alguma maneira, não teve um arranhão. *Maluco beleza é pouco para esse aí...*, pensou Nanna.

Segurando em Mikah, Giovanna desceu. Tirou a bike da caixinha, a colocou no chão, e no mesmo segundo ela ficou no tamanho normal.

— Ohhhhhh... — disse Giovanna, junto com as outras pessoas e os próprios animais.

A bicicleta era incrível. Transparente, forte, resistente; ela estava louca para testar. Antes, tirou a mochila das costas e guardou a caixinha com cuidado. E agora, o que ia fazer? Só voltar de bike para o barco? Provavelmente alguma outra coisa ia acontecer, então esperou para ver.

— Agora, você pode escolher se vai de barco ou de bicicleta. Você poderá ir alternando, um pouco de cada — disse Mikah —, mas para ir de bike você precisa usar a fé.

— Claro, tenho muita fé de que não levarei um tombo.

— É... fé nisso também. Mas é o seguinte: você não vai ver o caminho, na verdade o caminho aparecerá dependendo da sua obediência. Tudo o que você verá são as placas indicando a direção a seguir, e quando obedecer à placa, verá um pedacinho da estrada aparecer.

— E se eu não obedecer?

— A bicicleta encolherá, você terá que ir caminhando sem mapa. Além disso, seu escudo perderá força, e seu capacete também. O caminho será muito mais longo e difícil, e há grandes chances de você se perder e nunca chegar a Pearl City.

— Vixi... não quero nem pensar nisso.

— Mas é bom pensar. Se decidir ir de bicicleta daqui até nossa próxima parada, terá que se comprometer com você mesma e com Tsekenu, e ficar focada na viagem o tempo todo. Mesmo quando parar para comer ou descansar, terá que ficar esperta. Você vai precisar voltar ao rio para pegar mais pedras, porque será necessário pagar por hospedagem e comida. E eventuais bobaginhas que apareçam pelo caminho, porque ninguém é de ferro.

— Nossa, estou muito animada para andar nessa bicicleta! Vamos correndo buscar o que preciso e deixar o que não preciso, que essa aventura vai ser épica!

Ela não sabia muito bem o que significava "épica", mas parecia uma coisa muito legal. Queria testar a bicicleta, mas ela só andava em direção a Pearl City, então não dava para garantir que ia chegar ao local onde o barquinho tinha ficado. Mikah, vendo a ansiedade e animação de Nanna, deu uma ajudinha, e os dois foram voando na velocidade da luz até o barco. Chegando lá, Nanna não sabia nem o nome dela, estava completamente tonta. Mas tinha sido uma delícia.

Entrou no barco e parou por um instante para raciocinar e não esquecer nada do que precisava. Encheu o bolso da frente da mochila com pedras para os gastos do caminho. Colocou bastante, pois estava com medo de faltar. Pegou a mochila, o capacete e o escudo, checou se estava com o broche da bicicleta, se a caixinha estava na mochila. Então olhou para o rio e se deu conta de que sentiria saudade. E também de que não tinha perguntado nada sobre o barquinho.

— Mikah, vou deixar o barquinho aqui? E se eu quiser voltar para o rio, não vou poder? Como vou fazer?

— Pensei que não ia perguntar, estava impaciente para falar, mas se você não perguntar, não posso dizer nada! É só puxar a cordinha, lembra? O barco vira uma bolinha e cabe na sua mochila.

— Verdade!

— Tudo que estiver dentro do barco vai encolher com ele, então tire tudo que vai precisar antes de puxar a corda. Quando quiser ir de barco outra vez, basta guardar a bicicleta e usar o barquinho de novo.

— Ah, já ia esquecendo, peraí...

Giovanna esquecera de marcar a localização de Eósforos em Node no app. Abriu o tablet, marcou e guardou. Decidiu dar um mergulho antes de ir embora. Pulou naquela água refrescante e faiscante. Contemplou toda aquela beleza e brilho por um bom tempo. Mergulhou, brincou, riu mais um pouco. O coração estava cheio de gratidão. "Tsekenu, muito obrigada por mandar o arco-íris me buscar." "Como você sabe que fui eu?"

— Ninguém mais faria algo tão incrível por mim...

— O que disse, Nanna?

— Estava falando com Tsekenu, Mikah. Ele é incrível. Estou superfeliz por estar aqui.

Enquanto mergulhava e se divertia, um arco-íris surgiu do rio. Ali ela podia ver como estava se saindo no *game*:

FASE 2: VENCIDA
FORÇA: 15
NÍVEL: 2
HABILIDADE 1: 50%
EQUIPAMENTO: 6
BÔNUS: 1

— Força 15, só nesta fase? Caramba! E quantos níveis são, no total?
— Sim, quanto mais você fala com Tsekenu, mais forte fica. O nível máximo é o 500.
— Vixe! E o que é a habilidade? Estou indo bem?
— Nesta fase, a habilidade é a fé. Está sim, está arrasando! São 3 habilidades.
— E equipamento? É barco, mochila, bicicleta, tablet?
— Sim, escudo e capacete também.
— E o bônus?
— Você ganha quando marca Eósforos.
— Cara, tô curtindo muito esse jogo...
— Termine sua despedida, então. Precisamos continuar!
— Por falar em despedida, nem disse adeus à família Sailor! Será que o caminho vai passar por lá? Queria dizer tchau.
— Sim, passaremos por lá, não se preocupe.
— Ótimo, então só mais uns minutinhos.

Nanna mergulhou, pulou, rodopiou e brincou com uns peixinhos furta-cor que apareceram por lá. Sentiu então que já podia ir, e não demoraria demais a voltar.

Saiu da água, prendeu o cabelo, vestiu o capacete, colocou a mochila nas costas e segurou o escudo. Ia colocar a bicicleta no chão quando Mikah falou:

— Melhor irmos a pé, porque nunca se sabe o caminho da bicicleta. A partir de Zwinschen Flüssen você sobe na bike.

— Sim senhor! Mas... o que exatamente você quis dizer com "nunca se sabe o caminho da bicicleta"?

— Já esqueceu? Você só vê um pedacinho do caminho, tem que pedalar por fé.

— Ah é, lembrei... e se eu desobedecer às placas, é encrenca, e da grande.

— Exato. Podemos ir?

Nanna segurou na asa de Mikah e lá se foram novamente em direção ao foguete. A confusão continuava reinando. Os animais esperando para entrar, Sailor Pai berrando lá em cima e sua família organizando a entrada. Dessa vez, reparou que havia muita gente ao redor, também. Ao se aproximarem, percebeu que aquelas pessoas não eram nada amigáveis com a família Sailor. Tinha gente torcendo para o pai cair lá de cima, gente zoando aqueles malucos que achavam que aquela geringonça ia voar, tantas palavras feias! Giovanna ficou extremamente incomodada com aquelas pessoas.

— Esse cara é um idiota! E ainda fala que a gente não perde por esperar, que se não nos arrependermos o bicho vai pegar... É um louco, alguém precisa calar a boca dele.

— Não adianta, ele não desiste, não volta atrás. Já até apedrejamos a casa dele, proibimos as pessoas de falarem com todos da família, as lojas não deixam eles entrarem... nós praticamente cancelamos a existência deles, e não adiantou. São casos perdidos.

Cancelar... disso ela já entendia. Adorava cancelar todo mundo, até o dia em que foi cancelada. Aquilo abriu um buraco enorme em seu coração, e a brincadeira perdeu completamente a graça. "É fácil criticar e ser má, mas muito difícil ser criticada e sentir a maldade dos outros..." Sentiu vergonha pelas vezes em que cancelou pessoas e foi má.

— Vamos, Nanna, essa confusão pode acabar nos atrasando.

Mikah tocou suavemente em seu ombro, e ela sentiu como se despertasse de um sonho. Segurou a asa de Mikah e seguiram pelo meio da multidão. Era uma grande aglomeração, ela não lembrava disso quando chegaram lá. E as pessoas pareciam com raiva, ofendidas. Ela sentia uma agressividade no ar, era amedrontador. Segurou forte o escudo e ajeitou o capacete. Ao ajustá-lo, começou a ouvir um choro. Na verdade, vários. Ajustou a viseira do capacete, e viu as expressões dos rostos mudando. Tirou o capacete: ouvia a gritaria e a raiva; colocou o capacete: ouvia choro e tristeza. Que loucura era aquela? "Com esse capacete você consegue ver as pessoas como eu vejo: por dentro. O que realmente pensam e sentem. É por isso que não sinto raiva quando elas falam besteira. Sei o que realmente estão sentindo." "Você também me ouve assim?" Uma mistura de alívio e vergonha encheram seu coração. Era muito bom saber que alguém nesse mundo sabia o que realmente acontecia dentro dela.

Pediu a Mikah para entrar em suas asas, e foram atravessando a multidão que parecia com raiva, mas por dentro era tristeza, medo e solidão.

Chegando perto do foguete, Nanna saiu das asas de Mikah. Ali o clima era muito melhor. Apesar de tanta negatividade, aquela família de "malucos beleza" continuava leve e ocupada em seus afazeres.

Subindo até onde estava Sailor Pai, lá estava ele vestido de astronauta, organizando as coisas e gritando como louco.

— Senhor Sailor, viemos nos despedir.

— Já vai, pequena? Que visita rápida. Desejo que você chegue bem a Pearl City. Não vai inventar de sair do caminho, viu? Minha família gostou muito de você. Quer ir falar com eles rapidinho?

— Claro! Sua família é muito especial, vai ser incrível quando nos encontrarmos de novo.

— Pessoal! Família!!! — Sailor Pai gritava lá de cima. Todos pararam para ouvir. — Giovanna e Mikah já estão partindo, e pararam para se despedir de nós.

— Mas já? Venha cá, querida, quero te dar um abraço e um presente muito especial.

A senhora Sailor era uma fofa! Mesmo de capacete com lentes e ouvidos ajustados, ela só via e ouvia beleza, alegria e paz. Ela vinha com uma caixa redonda com laço vermelho, e Nanna estava muito curiosa.

Lembrou-se da mãe mandando ela ser bem-educada e pegou a caixa com delicadeza, dando um longo abraço naquela mulher tão especial. Alguma coisa parecia solta lá dentro, e a curiosidade só crescia. Quando abriu, viu dois olhinhos arregalados olhando para ela.

— Que coisa mais fofinha! Quem é ela?

— Essa é a Jabuticaba, uma tartaruguinha muito especial. Tsekenu pediu para cuidar dela até você chegar.

— Além de ser tão fofa, o que mais ela tem de especial?

— Ah, ela vai ser muito útil. Vocês podem conversar e se conhecer melhor no caminho.

— Ela fala???

— Falo sim! — a voz de Jabuticaba era uma graça, assim como ela.

— Quando eu penso que as surpresas acabaram...

— Jabuticaba é muito doce e sabe se comportar. Come tudo o que você comer, dorme onde você dormir e quando

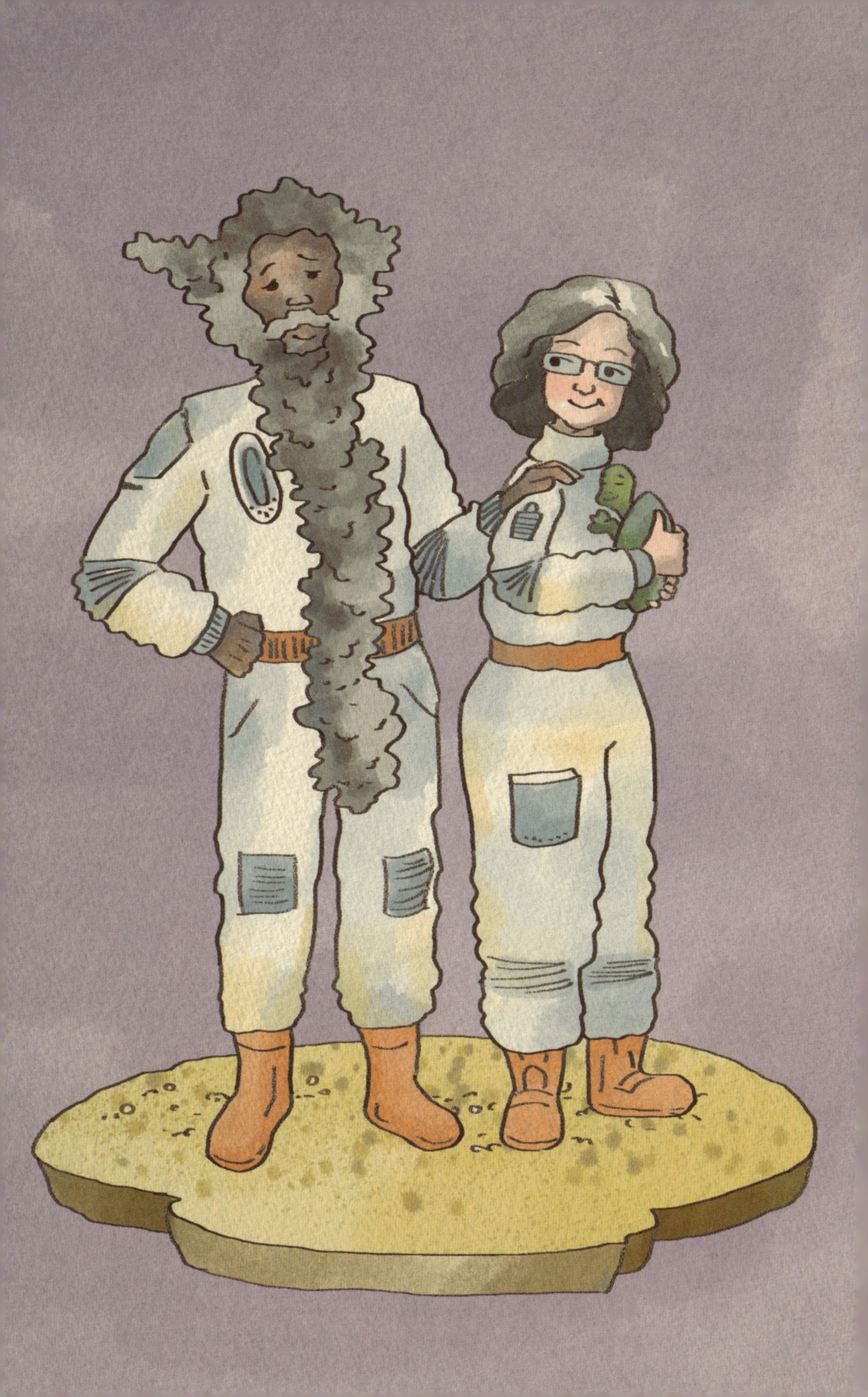

voltar para o rio, vai ver como ela nada! Cabe no bolsinho lateral da sua mochila. Vocês serão grandes amigas.

— Vem aqui, fofinha, estou muito feliz por ter sua companhia! Meu nome é Giovanna, vamos sair juntas e arrasar!

— Agora, menina, vá. As coisas aqui vão ficar estranhas. Coloque a bike no chão e siga direitinho as placas. Nos vemos em Pearl City.

A garotinha pulou no pescoço da velha senhora e encheu sua bochecha de beijos.

— Nos vemos em Pearl City!

Tirou o broche e colocou a bicicleta no chão. Ela voltou ao tamanho normal, e Giovanna se preparou. Ajeitou tudo, colocou Jabuticaba no bolsinho e abraçou todo mundo. Subiu na bicicleta e imediatamente viu uma placa indicando a frente. Começou a pedalar e viu surgir um caminho de vidro à sua frente. Nessa hora apareceu uma garota, bem da idade dela. Olhou a bicicleta, olhou o caminho, olhou Giovanna. Deu um lindo sorriso, caloroso, e perguntou:

— É verdade que essa bicicleta só anda em um caminho?

— É sim! Se eu não seguir as placas e mudar de caminho, ela some.

— Puxa vida, uma bicicleta tão radical, e só dá para andar por um caminho? Onde está a aventura? A espontaneidade? A liberdade de ir e vir? Estou vendo que você é muito empoderada, acho que Tsekenu tem medo de perder você.

— Como você sabe que estou com Tsekenu? — perguntou Giovanna para a menina, que parecia absolutamente doce e linda. Ela era a cara daquela *influencer* mais top, mas tinha alguma coisa estranha.

— Ô amiga, conheço essa bicicleta, só ele tem dessas. Eu já tive uma também.

— É mesmo? E cadê ela? Você está indo para Pearl City também?

— Ah, eu desisti. Ganhei uma bicicleta também, mas achei que não valia a pena sacrificar minha liberdade de escolha por causa de um lugar que não tenho certeza que existe. Descobri muita coisa legal aqui em Zwinschen Flüssen e decidi ficar. Tem uma galera massa, uns lugarzinhos da hora. Se você quiser, posso te apresentar tudo e todo mundo. Olha aqui no meu Insta o que a gente comeu hoje.

Nanna pegou o celular que estava na mão dela e viu as fotos com o filtro predileto dela, e num lugar incrível. Estava todo mundo lindo e feliz. Sentimentos conhecidos voltaram. Começou a se imaginar ali, sem precisar pedalar, sem se preocupar com Eósforos, gigantes e outras tretas. Enquanto pensava nisso tudo, começou a sentir um frio por dentro. Lembrou-se do chip que tinha comido. Esse frio era péssimo sinal. Mas como poderia ser uma coisa ruim o que a menina estava falando? Ela era linda, superdoce, tranquila. Com certeza os amigos dela eram legais também; ela queria muito ser parte daquele mundo.

— Olha, Nanna... posso te chamar assim? Para chegar nesse lugar, é só ir para esse lado, em vez de fazer o que a placa está mostrando.

Ela estava quase convencida a ir quando se lembrou do que Mikah tinha falado. Será que valia a pena? Eram tantos pensamentos e sentimentos ao mesmo tempo... A vontade de se jogar naquele lugar com aquelas pessoas era quase irresistível, mas a saudade de Tsekenu gritava dentro dela. Lembrou-se de quanta tristeza, raiva e frustração já tinha sentido por causa de pessoas e lugares, e seu coração flutuava com a lembrança de dançar com Tsekenu na hora mágica. Voltou a olhar para a garota à sua frente. Olhou dentro de seus olhos. Por um milésimo de segundo, viu em seus olhos uma sombra que já tinha visto antes. E viu que seu sorriso escondia maldade. Eósforos!

Sem nem se despedir, virou as costas e saiu andando.

— Grande Giovanna! Você fez a escolha perfeita, garota! Venha cá, vou te mostrar onde essa história ia acabar.

Nanna segurou-se em Mikah e subiram. Lá de cima, ela viu a menina, decepcionada e brava por não ter conseguido convencê-la, seguindo pelo caminho que apontara. Pouco adiante, viu um lugar lindo, cheio de gente bonita, meninas posando em lugares incríveis, música tocando, decoração de cair o queixo, puro glamour. Quando começava a ter dúvidas se havia feito a escolha certa, Mikah começou a subir mais. Enquanto subiam, ela começou a perceber um brilho estranho, como de fogo, embaixo daquele lugar. As risadas que tinha ouvido começaram a soar como choro. Ajustou mais uma vez o capacete e viu as pessoas se arrastando, em desespero, tristeza e solidão. Quanto mais subiam, mais o fogo era visível, e parecia engolir o lugar. Até que, de fato, engoliu. Ela ouvia os gritos de almas angustiadas, como num filme de terror. Só que era de verdade. Ficou apavorada e começou a chorar.

— Eu quase fui com aquela garota! Será que ela morreu? Que coisa horrível, que pavor!

Mikah esperou Nanna se acalmar.

— Nanna, precisamos falar sobre isso. As coisas realmente terminaram mal para ela, infelizmente. Eu não minto, nem alivio as coisas. Apesar de vocês serem novas, já sabem fazer escolhas. Você escolheu ir se encontrar com Tsekenu, ela escolheu outro caminho e outro amigo. Como já te falei, escolhas têm consequências. Sei que você está se sentindo péssima, mas tem uma coisa que você pode fazer pelas pessoas que fazem esse tipo de escolha: escreva o nome delas no tablet que você ganhou.

— Ok, vou mesmo. Não quero ninguém fazendo escolhas que terminem dessa maneira. Podemos ir agora?

Mikah ficou surpreso com a maturidade de Giovanna. E feliz.

Voltaram ao chão e, depois de checar se tinha tudo que precisava, colocou a bicicleta no chão. Ajustou mais uma vez o capacete, olhou para frente e viu a primeira placa. Era para virar à direita. Pronta para uma nova fase, pedalou até a placa e virou. Diante dela apareceu uma estrada de vidro, que flutuava no ar.

Essa aventura seria inesquecível.

≈

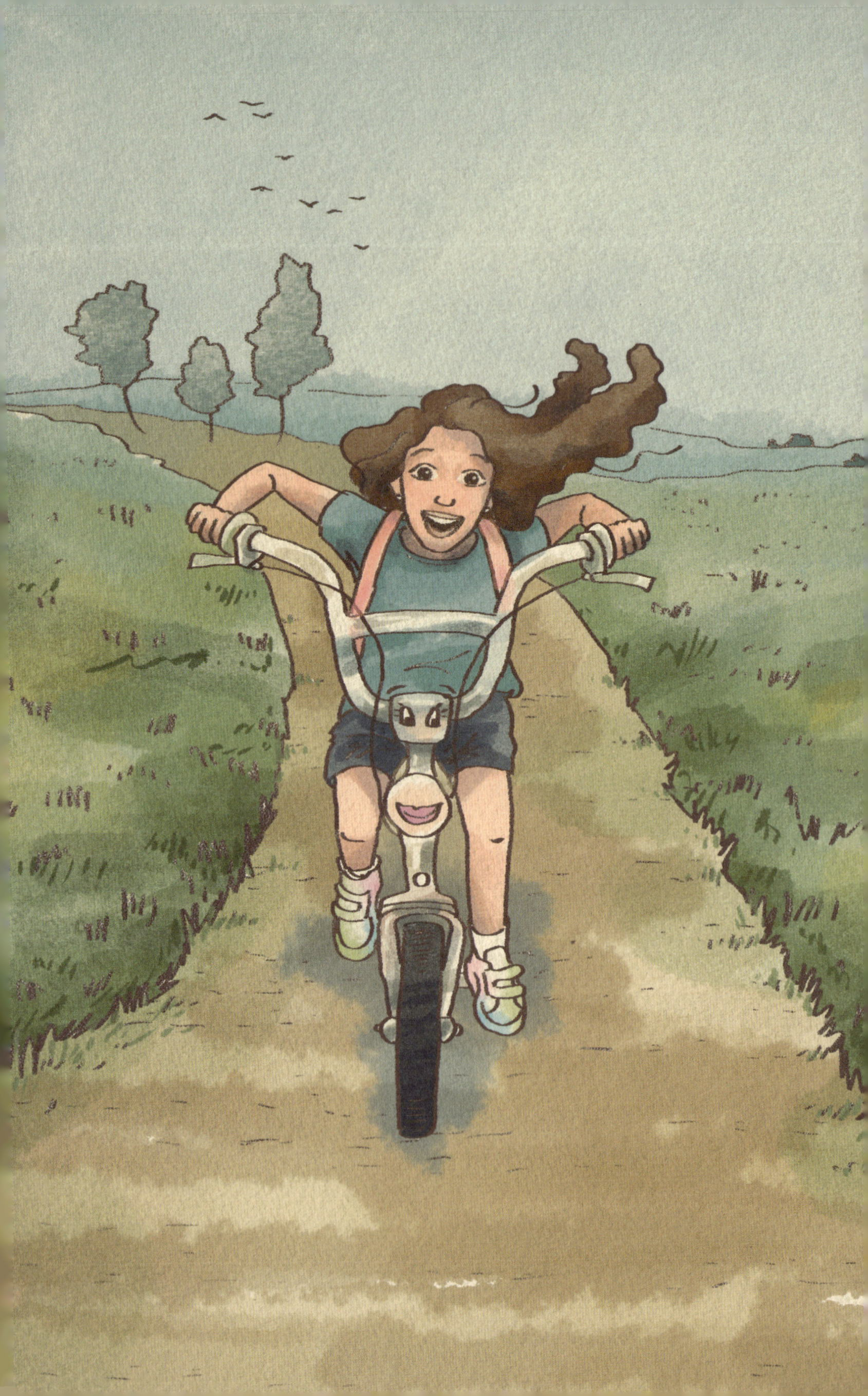

De Zwinschen Flüssen a Melah

Aquilo era incrível. A estrada ia aparecendo conforme ela pedalava. Era de um vidro que parecia cristal. Estava mais para uma ponte, ou viaduto, porque ia por cima de tudo. Parecia mais um voo do que uma pedalada.

Kanoa soprava, refrescando a menina, que pedalava animada. As placas iam aparecendo e sumindo, e por enquanto ela estava só subindo. Zwinschen Flüssen era um lugar muito deserto, só tinha pedra e areia. Mas o caminho ia serpenteando entre o deserto e o rio. Ainda era possível ver a beleza do Pisom e suas pedras faiscantes.

Nanna estava preocupada de esquecer de pedalar, de tão encantada que estava com a paisagem. Mas Mikah estava lá, cuidando para que ela não saísse da estrada. Apesar do sol forte, havia uma nuvem que ficava o tempo todo entre ela e o Sol, aliviando o calor.

Pedalou por um bom tempo, encantada. De repente, veio a pergunta:

— Para onde estamos indo mesmo?

— Pensei que não ia perguntar! Estamos indo agora até Melah.

Pensou em perguntar o que encontraria lá, mas decidiu que nem queria saber agora. Queria simplesmente estar ali, aproveitando o momento. Jabuticaba estava quietinha no bolso da mochila, e Nanna colocou-a na cestinha da bicicleta para que pudesse aproveitar o passeio também. Seus olhinhos estavam arregalados, e ela sorria. Parecia muito feliz de estar ali.

A bike tinha uma caixinha de som, e ela apertou o botão. A caixinha começou a falar com uma voz engraçadíssima, meio anasalada.

— Senhorita Giovanna, bom dia, pensei que nunca ia me chamar! Meu nome é Bombom, e tenho infinitas playlists para você. Meu dispositivo leitor de emoções escaneia você e escolhe a melhor para o momento.

— Essa bicicleta é a coisa mais irada que já tive na vidaaaaaaaaaa!!!

Ao som de músicas perfeitas, Nanna pedalou por horas. De repente, Bombom falou:

— Está na hora de parar por hoje. Fui. Boa noite.

— Como assim? Não quero parar ainda!

— Mas você precisa. Tem que se alimentar e descansar.

— Mas eu não quero!

— Giovanna, você tem que parar. Já esqueceu a regra do jogo? Se não descansar, perde força.

— Mas que saco, não quero parar! Não vou parar, pronto.

Jabuticaba se escondeu em sua casquinha. Bombom desligou. Mikah ficou em silêncio. Será que era tão difícil entender que ela não queria parar? Como não aproveitar tudo aquilo por mais tempo? No entanto, sentiu-se culpada. Chateada, pedalou mais e mais forte, mas a alegria já tinha ido embora. A *vibe* mudou, ficou pesada. Depois de um tempo, entregou os pontos.

— Me desculpem. Eu fui muito grossa. Preciso mesmo parar, não quero ficar fraca. E daqui a pouco vai começar o show na minha barriga. Desculpem. Mikah, você me perdoa?

— Claro!

— Tse, desculpe. Fiquei tão animada que fiquei meio doida, também. Não farei mais isso, prometo. — Ela percebeu que Tsekenu sorriu, e seu coração ficou em paz.

— Mikah, me mostre onde vamos parar, por favor.

— Essa é minha garota. Ali na frente você verá uma placa que tem seta para os dois lados. Se você for para a esquerda vai encontrar o lugar para parar por hoje.

Cinco minutos depois a placa apareceu, e ela virou à esquerda. O caminho foi descendo até tocar o chão e sumiu. Ali havia uma placa: "Bem-vinda a Ru". Giovanna riu. Aquele lugar tinha cada nome...

Tudo que havia era a placa, mais nada. Desconcertada, ficou sem saber para onde ir. Enquanto decidia, fez um carinho em Jabuticaba e colocou-a no bolso da mochila. Ajustou o capacete e tirou a bicicleta do chão. Ela virou broche, e Nanna a pôs na camiseta. Começou a olhar em volta, e então ouviu: "Olhe com a fé..."

Quando olhou outra vez, começou a ver surgir uma pequena e linda cidade. Era toda colorida e aconchegante. Tinha apenas uma rua, com casas lindas e flores que caíam das janelas. As flores tinham um cheiro delicioso, e cada casa tinha flores de uma cor diferente.

Foi descendo a rua e vendo as placas: Pousada da Rute, Bistrô do Rubens, Galeria Rubiana, Lojinha da Rubalina.

— Agora entendi por que a cidade se chama Ru...

Espiou dentro da lojinha. Quanta coisa linda! Roupas e sapatos incríveis. E acessórios, makes e perfumes.

— Gente, a lojinha da Rubalina é o paraísooooooooo!

Começou a escolher roupas para experimentar. Depois sapatos. Montou inúmeros looks. Escolheu acessórios e make. E as pedras que ela tinha trazido davam e sobravam! "Não, pera... tenho ainda que comer e me hospedar. Não sei quanto vai custar. Vou escolher o que mais gostei e depois volto para comprar o que der." O que sua mãe pensaria se a visse? Giovanna era compradora compulsiva, normalmente ela teria escolhido comprar tudo, mesmo que precisasse dormir na rua e ficar em jejum. É bem verdade que ela sabia que seu pai e sua mãe sempre dariam um jeito, e ela levaria tudo o que queria e mais um pouco. Mas ali, sem pai nem mãe, e aprendendo tantas coisas, ela estava fazendo escolhas muito bem pensadas.

Agradeceu à vendedora e saiu, dizendo que voltaria depois. Rusa, a vendedora, disse que estaria lá à disposição.

Em frente à lojinha estava a Central Telefônica Rugiero. O que seria uma central telefônica, minha gente? Ao entrar, viu vários aparelhos celulares fixados na parede. Entrou numa cabine e tocou na tela. Era o celular dela! Como poderia ser isso? Procurou a pasta secreta de fotos, e estava lá. Antes que alguém visse, fechou correndo. Olhou os apps, abriu o WhatsApp, mexeu em tudo, e era mesmo o celular dela. Que doideira!

— Mikah, quanto tempo vou poder ficar aqui? Posso usar meu telefone? Daqui consigo falar com meus amigos de lá?

— Você pode fazer duas coisas: convidar um amigo e fazer um post nas redes sociais. Vamos encontrar outros lugares desse ao longo do caminho, e você terá tempo para fazer sempre a mesma coisa: convidar um amigo e fazer um post. Você não poderá ver comentários desse post e também não conseguirá ver postagens de ninguém. Mais para frente, dependendo de como você for lidando com as coisas, as regras podem mudar para melhor ou pior.

— Ok. Convidar é fácil: Gabriel. Mas como ele vai chegar até aqui?

— Quando você convida alguém, Tomé vai até a casa da pessoa e faz como fez com você.

— Então quer dizer que alguém me convidou? Eu vou poder saber quem foi?

— Pensei que não ia perguntar! Foi sua prima Ana Maria!

— A Aninha? Gente, nunca imaginei que ela lembraria de me convidar! Tem tempo que não nos falamos.

— Sim, foi ela. Vocês devem ter parado de se falar quando ela veio para cá.

— Deve ter sido.

— Bom, como faço para mandar o convite para o Gabriel?

— Quando você selecionar o nome dele no WhatsApp, em vez de escrever você já vai ver a mensagem "Convite enviado".

Ela fez o que Mikah falou, e logo viu mesmo a mensagem. *Massa*, ela pensou, *agora vou fazer um post*.

O telefone estava grudado na parede, não tinha como sair e tirar uma foto do lugar. Também não tinha tirado nenhuma foto até aquele momento, pois não tinha câmera. O que postar? O que dizer? Pensou, pensou, e não conseguiu imaginar nada. "Tsekenu, alguma ideia? Já pensei em tanto post que faria se tivesse meu telefone, e agora que tenho, não sei o que fazer." "Pode pensar com calma. Divirta-se!"

Nanna ficou olhando para o celular. Abriu as fotos, para ver se encontrava uma legal para postar. Abriu o álbum de selfies e começou a procurar. Rolou e rolou a tela, e não encontrava nada. Queria uma que tivesse a *vibe* daquele momento que estava vivendo, mas a verdade é que a última vez que ela tinha se sentido desse jeito tinha sido muito antes de ter um celular. Quando viu, estava rindo das fotos. De quem ela esperava chamar a atenção? "Gente, eu lá naquele outro universo sou muito besta mesmo, viu?" Ela ouviu direitinho a risada gostosa de Tsekenu.

Então ela resolveu fazer uma foto nova. Tirou uma selfie, pôs um filtro de arco-íris e colocou vários GIFs divertidos. Na legenda, postou: "A melhor coisa da vida é dar risada até a barriga doer!" Publicar. Publicado.

Já tinha mesmo cansado de ficar naquela cabine pequena e apertada enquanto o mundo lindo lá fora a esperava. Colocou o celular de volta na parede e saiu pulando e cantando.

Ru era uma fofura, dava vontade de abraçar tudo e todo mundo.

— Mikah, quanto tempo vamos ficar aqui?

— Vamos ficar um tempinho. Que tal irmos até a pousada escolher um quarto, e lá nós conversamos?

— Ok.

Foram até a Pousada da Rute, que parecia já estar esperando por ela. As pedras que havia levado eram suficientes; ela poderia ficar lá por muito e muito tempo. Secretamente, esperava não precisar ficar muito tempo, pois já estava com saudade do rio e da estrada. No entanto, quando abriu a porta do quarto, repensou se não queria mesmo ficar bastante tempo ali.

O quarto era incrível, realmente aquele universo onde estava era muito mágico. Por trás da porta absolutamente normal se escondia o quarto mais incrível do mundo. Era gigantesco e dava para um pátio maravilhoso. Todos

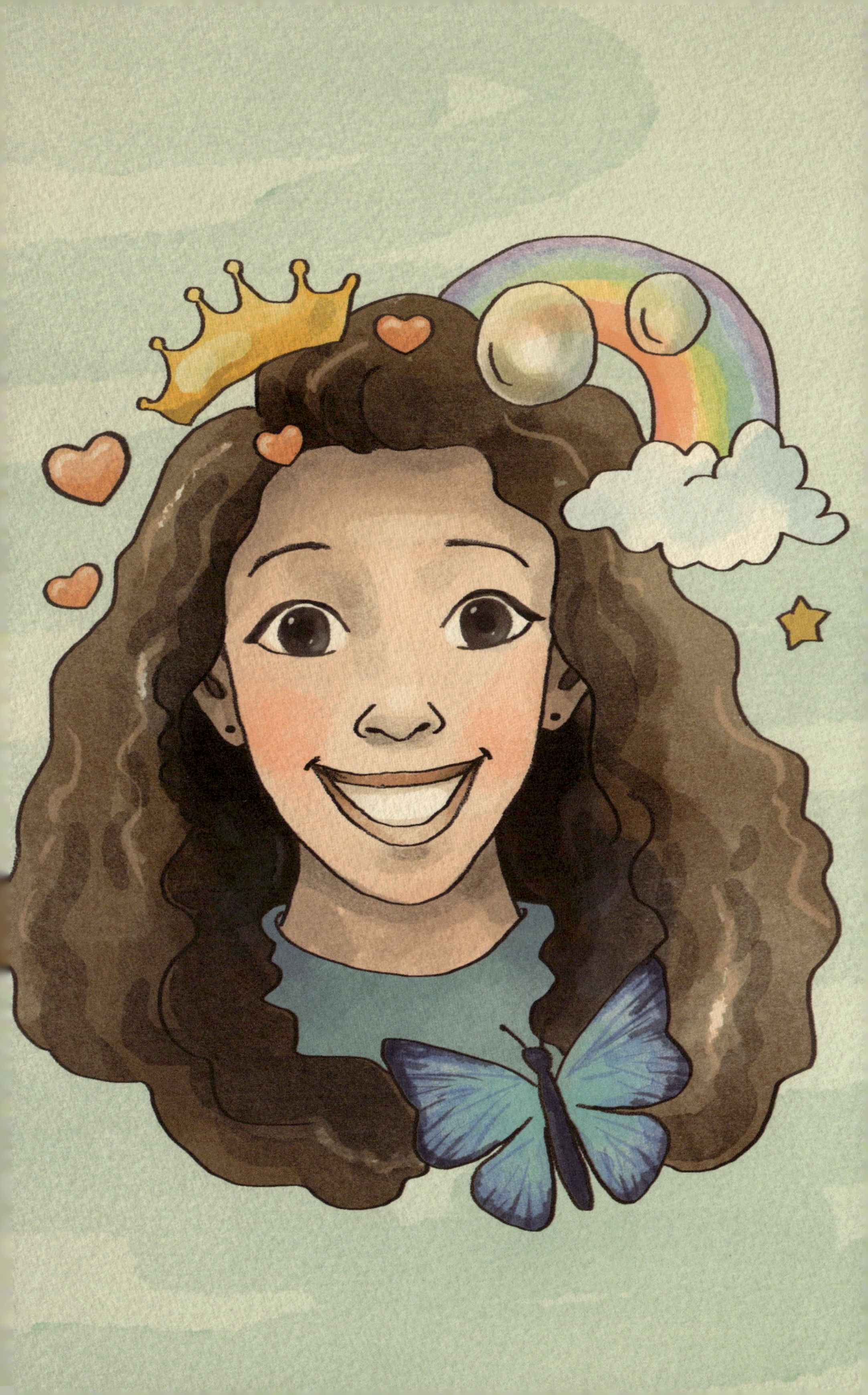

os quartos eram virados para esse pátio, que tinha uma piscina cristalina como o Pisom e era cercado de palmeiras bem altas, e flores, muitas flores. No meio do pátio havia redes para descanso, amarradas... no ar. Elas ficavam por ali, flutuando como balões, vagando pelo pátio. Havia um espaço para acender uma fogueira, que devia ser uma delícia à noite. Tinha um quiosque lindo, com bebidas coloridas e fotos de pratos lindos, supergourmet. *Que lugar instagramável*, pensou. Como não dava para tirar fotos de verdade, resolveu tirar fotos mentais. Uma das redes se aproximou suavemente, e ela se sentou. Imaginou que era como o tapete do Aladim. Será que dava para voar que nem ele?

— Oi, dona rede! A senhora por acaso teria um nome? — sentiu-se meio idiota, mas, como ali tudo podia acontecer, não dava para perder a chance de um passeio especial.

— Oi, Nanna! Tenho um nome: Rumackrazy!

— Como? Posso chamar de Ruma, né?

— Hahaha, pode sim. Dizem que sou tão louca quanto meu nome. Você vai se divertir.

— Disso tenho certeza!

Ruma e Nanna voaram a tarde inteira, e Mikah já perdera a paciência há muito tempo. Apenas respirou fundo e continuou fielmente atrás delas. As risadas eram ouvidas de longe enquanto as duas rodopiavam no ar, davam rasantes da única rua de Ru, balançando as placas e soltando flores das varandas, provocando uma chuva arco-íris. Quando finalmente Ruma entrou no pátio, uma Giovanna completamente descabelada ficou de frente para uma cara de boi poucos amigos. Das quatro faces de Mikah, por incrível que pareça, a que mais a assustava era a do boi, sempre sério. Ela tinha uma curiosidade, mas ainda não tinha tido coragem de perguntar: eles tinham um cérebro só para todo mundo ou um para cada?

— Precisamos conversar.

— Ok... Ruma, foi muito divertido. A gente vai se ver de novo, né?

— Vai, sim! Todos os dias, se você quiser. Nem sempre vamos sair como loucas, mas serei sua companheira em horas importantes. — Chegou mais perto de Nanna e sussurrou: — Mikah não está bravo, fique tranquila. Só é impaciente.

— Ok...

Ao descer de Rumackrazy, viu a cara de gente de Mikah, e viu que estava mesmo tudo bem. Entrou de volta no quarto, e só agora estava prestando atenção. Ele era muito claro, tinha um mezanino onde ficava a cama, e a parede virada para o pátio era vidro de alto a baixo, com uma cortina que deixava quem estava dentro ver o lado de fora, mas quem estava de fora não via nada lá dentro.

A parede onde ficava a porta que dava para a rua tinha uma pintura, parecia uma tela de aquarela gigante, de cores suaves, mas fortes, tudo ao mesmo tempo. Embaixo do mezanino que abrigava a cama havia uma mesa com um suporte para o tablet e vários livros numa estante. Deu até vontade de estudar naquele cantinho. *Devo estar louca mesmo... querer estudar é novidade para a minha pessoa*, pensou.

Tinha um encaixe na parede para a caixinha de som, e uma caminha fofa para Jabuticaba. Jabuticaba! Ela tinha esquecido a tartaruguinha! Deu um frio na barriga; será que ela estava bem? Quando abriu o bolsinho da mochila, lá estava ela, dormindo bem quietinha. Acordou, piscou os olhinhos e sorriu. Giovanna pegou Jabuticaba com todo o carinho e colocou-a bem perto de seu rosto, olhando dentro de seus olhinhos doces.

— Honi!
— O que?
— Honi!

Sem entender, Giovanna chegou mais perto do rostinho da pet para ouvir melhor. Ao fazer isso, Jabuticaba esticou seu pescocinho e, docemente, encostou sua pequena testa na testa de Nanna, fechou seus olhinhos e ficou ali uns instantes. Surpresa, Giovanna também se deixou ficar ali por um tempo, em contato com sua amiga. Alguns segundos depois, Jabuticaba abriu os olhinhos, encolheu o pescoço e repetiu: "Honi". Então Nanna entendeu que Honi era aquele beijo de testa. Amou; foi um momento muito doce.

Deixou Jabuticaba no chão para esticar as perninhas. Ela, bem feliz, andou para lá e para cá, balançando graciosamente a casquinha. Foi ao pátio, respirou o ar perfumado de Ru, bebeu água da piscina, nadou um pouquinho e entrou novamente no quarto. Mikah e Nanna estavam conversando.

— O tempo que você vai ficar aqui vai depender de você. Melah é um lugar onde você só pode ir se estiver muito bem treinada, e o treinamento acontece aqui em Ru. Você vai aprender sobre defesa pessoal, vai ter aulas sobre os ensinamentos de Tsekenu e será testada até ser aprovada para ir a Melah.

— Mas por que tudo isso? O que tem nesse lugar?

— Melah é um lugar muito mau, dos piores que existem. Não existe uma forma de chegar a Pearl City sem passar por lá, não importa o caminho que você escolha. Se chegar despreparada, morrerá lá. Não é brincadeira. O tempo que você passará em Ru vai depender de você. Quanto mais rápido aprender, mais rápido vamos continuar.

— E onde é esse treinamento, aqui na pousada mesmo?

— Ah, não... Aqui você tem espaço para fazer suas tarefas de casa, o estudo complementar e esse tipo de coisas. Você terá alguns treinadores: Ninrode, o caçador; Isaak, o guru; Saraha, a poderosa; e Ankaliázo, o sobrevivente.

— Vixi, a parada ficou séria. Quero conhecer essa Saraha. Até o nome é poderoso, ó: Sa-ra-haaaaaaa!

Até o boi riu. Giovanna estava cada dia mais leve e mais engraçada. Enquanto ia crescendo e se fortalecendo, também ficava mais leve. *Daqui a pouco vai concorrer com Fisalída*, pensou Mikah.

— Não será fácil. Você precisará de muita fé, e outras coisas que seus gurus vão te ensinar. Vai doer, você vai querer desistir, e por isso o mais importante é o tempo que você vai passar aqui estudando os livros de Tsekenu. Você já entendeu que ele é o grande mestre, não é?

— Sim. E até aqui, tudo que falou aconteceu exatamente como ele disse. E tem alguma coisa dentro de mim que me faz confiar nele. Além disso, tem aquela bolinha que ficou aqui dentro do peito, daquele chip que eu comi. Toda vez que ele fala alguma coisa, vem o calorzinho gostoso no coração. Estou louca para começar esse treinamento, vou dar muitos "kiai" por aí! Bora, Mikah!

— Calma. Vamos começar amanhã, às seis da manhã. Aproveite seu dia aqui hoje, se prepare. Ali na parede em frente à mesa estão algumas páginas dos livros para você ler antes de começar os treinos. Você também terá uma alimentação especial. A Rute já tem o cardápio, e você deve comer TUDO que ela te servir ao voltar dos treinos.

— Ok. Farei tudo o que for necessário.

— Tsekenu estará com você o tempo todo, e eu... nem preciso falar.

Giovanna gostava tanto de Mikah que até doía o coração. Ele não era muito de mostrar sentimentos, e não tinha muito como abraçar aquela criatura daquele tamanho. Então ela se lembrou do que Jabuticaba havia feito mais cedo. Mikah estava parado e sua cabeça estava na altura da cama, e o rosto que se via era o de leão. Nanna subiu a escada até ficar de frente para aquele rosto maravilhoso e aproximou-se, até tocar testa com testa. Os dois ficaram ali parados um tempo, sentindo o amor dentro do quarto. Então ela se afastou, sorriu e desceu a escadinha, correndo para o pátio para encontrar Rumackrazy. Se o treino só começaria no dia seguinte, ela ia brincar mais um pouco antes de ler os livros de Tsekenu.

 Quando o sol se pôs, o quiosque no meio do pátio abriu e Rute estava lá, sorridente, arrumando a comida de cada hóspede. Os pratos tinham o nome de cada um. Giovanna estava curiosa: será que eram pessoas como ela? Animais? Seres de outra galáxia? Foi lendo os nomes: "Lennon", "Annina", "Akuti", "Welion" e "Tessa". Cada prato tinha coisas e cores diferentes.

 Aos poucos eles foram chegando e, para surpresa dela, eram todos humanos. Estavam todos na mesma jornada, se preparando para ir a Melah. A noite foi muito animada. Akuti acabara de receber aprovação para prosseguir, Lennon havia chegado um dia antes de Nanna, Welion e Annina estavam mais ou menos no meio do treinamento. Tessa não falou nada; pegou sua comida, pediu licença e voltou ao seu quarto. Todos falaram muito pouco do treinamento, mas falaram muito sobre Tsekenu, do que haviam aprendido, e deram algumas dicas que Nanna ouviu com muita atenção:

 — Se eu tivesse gastado mais tempo lendo os livros, teria ficado pronto muito antes. Achei que o mais importante era o treino com Ninrode, Isaak, Saraha e Ankaliázo, mas não adianta ralar com eles e não aprender o que Tsekenu tem a ensinar.

Essa dica do Akuti é bem importante, pensou ela.

— Sim, mas se você também ficar só com a cara enfiada nos livros, não adianta. A gente precisa ter equilíbrio — disse Annina.

"Equilíbrio..."

— Mas como é o treinamento, o que a gente tem que fazer? — A pergunta era de Lennon, mas a curiosidade era de Giovanna também.

— Não se preocupe em saber detalhes. Mas todo mundo precisa saber duas coisas: não é fácil, e você vai conseguir. Ninrode, Isaak, Saraha e Ankaliázo não dão mole, mas são absolutamente incríveis. Aproveitem esse tempo.

Percebendo que não teria mais informações, o assunto mudou. Cada um estava sentado em uma rede flutuante e, quando a noite caiu, saíram todos para um voo sob a lua e as estrelas. O céu estava simplesmente maravilhoso. Nanna e os outros *players* voavam livres em suas redes, seguidos de perto por Mikah e os outros guias. Foram se afastando de Ru e estavam já longe quando veio um frio no coração. Antes que dissesse alguma coisa, Welion falou:

— Gente, estou com um frio por dentro. Acho que devemos voltar.

Ela se sentiu aliviada, não estava achando a menor graça e queria muito voltar. Ficou surpresa ao ouvir Annina:

— Ah, não, gente, vamos só mais um pouquinho! Não tem mais nada aqui, qual pode ser o perigo?

— Não sei, mas esse friozinho é um aviso para nós. Se todos estão sentindo, então é melhor prestar atenção e voltar. — Lennon já estava virando sua rede para voltar.

— Gente, que bobagem! Nossos guias estão aqui, Tsekenu cuida da gente, o que pode acontecer? Vocês são desanimados demais, fala sério!

A animação de Annina estava contagiando Nanna, mas ela não conseguia deixar de sentir o frio no coração. Estava muito indecisa. Olhou para o céu estrelado, o espaço aberto, e se sentiu muito tentada a seguir. Mas então viu o rosto de águia olhando para ela e pensou em Tsekenu. Mikah falou:

— Veja como uma águia.

A pequena fechou os olhos e se imaginou como uma águia, olhando tudo de cima. Então ouviu um grito e abriu os olhos exatamente a tempo de ver uma grande sombra branca, parecendo um furacão, surgir do nada e engolir Annina, que continuava seguindo em frente, sem olhar para trás. Num piscar de olhos, a menina sumiu e sua rede vazia foi cuspida de dentro do furacão.

Em completo estado de choque, todos voltaram, estarrecidos com a visão da rede vazia diante deles. Não sabiam o que pensar ou fazer. As lágrimas foram chegando e ninguém conseguiu segurar. Por que ela tinha ignorado o aviso? De onde havia aparecido aquele furacão? Que loucura!

— Akuti, o que fazemos? Você é o mais treinado de nós, diga o que devemos fazer, por favor! Será que ela morreu?

— Não sei o que dizer ou fazer... mas sei quem sabe. Venham, vamos falar com Tsekenu.

Havia um sentimento de solidão em cada um, acompanhado de uma necessidade de se conectar uns com os outros. Então foram aproximando-se em suas redes, num círculo, e seguraram nas mãos uns dos outros. Lennon, de olhos arregalados, apertava a mão dos amigos que acabara de conhecer. Eles baixaram suas cabeças, sentindo o peso da morte. Akuti falou primeiro:

— Tsekenu, precisamos de você, não sabemos o que fazer. Não entendemos o que aconteceu, e estamos com muito medo. O que aconteceu com Annina? Ela morreu?

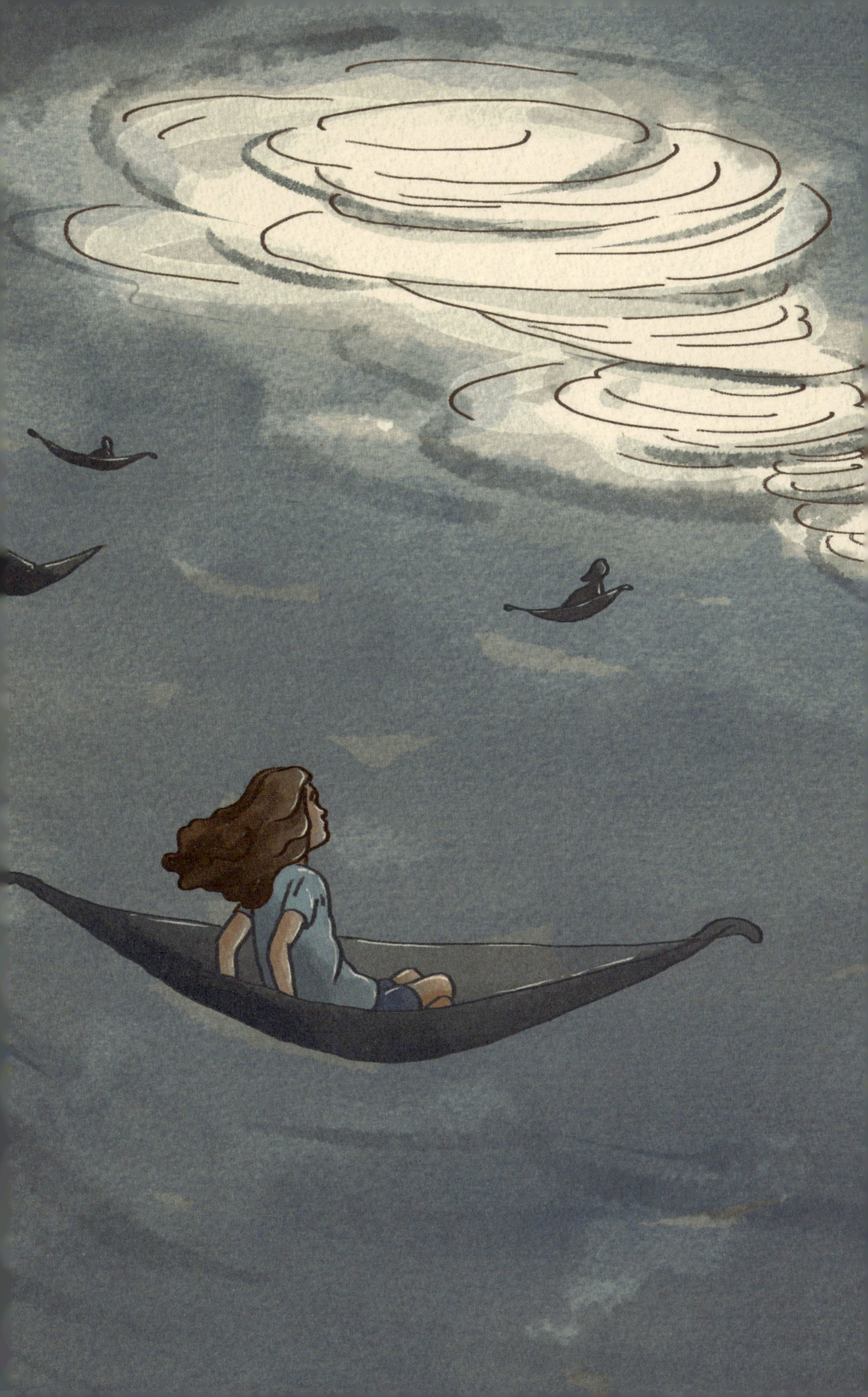

No silêncio da noite, aquele pequeno círculo de crianças atingidas pelo trauma e pelo medo, cercadas de seus guias, esperaram.

De repente, a luz da lua ficou mais brilhante e as estrelas cresceram. O grupo parecia envolto em uma cintilante e doce luz.

— Tsekenu está falando comigo! — Welion estava espantado e concentrado. — Ele está dizendo para não ficarmos com medo nem ansiosos. O que aconteceu era para matar Annina, sim, mas ele já havia cuidado de tudo. Ela vai se recuperar, mas terá que voltar para Zwinschen Flüssen, recomeçar de lá.

Todo o grupo sentiu o coração quente e uma grande paz. Welion continuou:

— Tsekenu também está dizendo: Annina fez uma escolha. Colocou sua vontade acima do que aprendeu. Assim como vocês, ela sabe que tudo aqui depende de escolhas, e que escolhas erradas podem acabar muito mal. Para mim, nada importa mais do que ter todos vocês comigo em Pearl City, e eu sempre tenho um caminho de volta quando fazem o que não deveriam. Mas é um caminho mais longo, uma estrada mais complicada do que a jornada que eu desenhei desde o princípio. Como prometi, estarei com vocês sempre, o tempo todo, mas chegar ou não a Pearl City é uma escolha de vocês. Amo vocês o suficiente para deixar cada um livre para escolher se quer estar comigo ou não.

Em suas mentes e corações, cada um conversou com Tsekenu. Nanna chorou por Annina, mas agradeceu porque estava viva, e ainda tinham chance de se ver em Pearl City. Também se sentiu grata por Mikah ter chamado sua atenção. E pelo chip que engoliu.

Ficaram ainda um tempo ali, sentados em suas redes flutuantes, sob a pacífica luz da lua. Tsekenu estava ali e, embora eles não pudessem ver, sorria. Ficaria tudo bem com Annina, e aqueles que estavam ali reagiram da maneira correta ao acontecido. Eram um grupo diferenciado, embora não soubessem disso. Olhou carinhosamente para cada um. Giovanna estava tão concentrada, tão conectada com ele, que parecia que a lua, na verdade, estava dentro dela. Tsekenu se aproximou e deu-lhe um longo abraço. Ela não podia vê-lo, mas sentiu o abraço e se aconchegou nele. Por fim chegaram de volta à Pousada, onde Rute havia preparado um chocolate quente "à la Ru" para acalentá-los.

Todos pegaram seu chocolate e foram tomar em seus quartos, mas Nanna voltou para Rumackrazy e deitou-se, olhando para aquele céu maravilhoso.

A experiência daquela noite tinha mexido muito com ela. "Tsekenu, você existe só nesse mundo ou existe lá no meu também?" Na verdade, ela já sabia que, de alguma forma, ele existia. Segundos antes de tudo acontecer, Mikah tinha lhe dito que olhasse com olhos de águia, e então ela parecia estar vendo tudo de cima e em dois lugares ao mesmo tempo. Ela voltou ao dia em que sua amiga Renata desobedeceu a mãe e sofreu um grave acidente, sobrevivendo por milagre. Foi a mesma coisa; ela estava lá e viu. Só alguém poderoso como Tsekenu poderia ter salvado a amiga. Apesar da experiência horrível, o fato de Annina ter sobrevivido permitiu que pensasse sobre tudo e se lembrasse de que já tinha vivido a mesma situação antes, apenas desconhecia que alguém tinha controle de tudo, e tinha se desesperado. Seu trauma com o caso da Renata foi tão profundo que precisou de tratamento para estresse pós-traumático. Agora era diferente; mesmo muito preocupada, ela conhecia Tsekenu, sabia que estava cuidando de tudo e não se desesperou.

A lua estava linda e as estrelas piscavam, completamente despreocupadas. Nanna se sentia, ao mesmo tempo, muito triste pela nova amiga, mas muito em paz por causa de Tsekenu. "É natural se sentir abalada, pequena, mas vai passar. Confie em mim, e vai passar. Será um aprendizado para ela e para você. As coisas que vão acontecer pelo caminho podem parecer horríveis e não fazer sentido. Podem causar dor e até paralisar. Mas use seu escudo, seu capacete e continue a jornada. Sei o que estou fazendo." "Não sei se consigo, Tse... Hoje foi muito difícil. Não sei se consigo passar por outra coisa dessa, ou pior." "Não se preocupe. É meu trabalho fazer você suportar tudo. Lembre-se: fé, esperança e amor." "Vou me lembrar." Exausta, Giovanna adormeceu em sua rede, que a levou até o quarto, onde Mikah a colocou na cama e a deixou bem aconchegada. O sono foi profundo e, quando estava sonhando com o pôr do sol mágico de Laniwai, ouviu uma leve batida na porta. Desceu de sua cama deliciosa e viu Jabuticaba olhando para fora. Quando abriu a porta, encontrou uma bandeja com seu café da manhã e um bilhetinho fofo de Rute, que dizia: "A bondade de Tsekenu te cerca por todos os lados. Tenha um bom dia! Beijos, Rute". Havia um envelopinho cor de rosa ao lado da xícara, e quando o abriu, leu: "Não se preocupem comigo, Tsekenu me salvou. Nos vemos em Pearl City!"

O alívio tomou conta da pousada. Todos tinham recebido um bilhetinho. Até os pássaros voltaram a cantar, especialmente as maluquinhas maritacas.

Jabuticaba tinha ido dar um passeio. Não precisava esperar por Nanna, pois o quarto tinha uma portinha especial para tartarugas fofas de olhos doces. Voltou, subiu na mesa e sentou-se ao lado da bandeja, esperando Nanna dizer o que ela podia comer. A fofura de Jabuticaba era demais; Nanna não sabia lidar. Colocou uma frutinha perto dela. Jabuticaba pegou delicadamente a fruta e começou a comer com pequenas mordidas. Seus olhinhos brilhavam e, enquanto mastigava fazia um barulhinho de quem estava saboreando.

Mikah bateu no vidro, para não assustar ninguém, e entrou.

— Bom dia! Vejo que se sente melhor. Recebeu o bilhetinho?

— Recebi. Graças a Tsekenu, está tudo bem com Annina. Tive muito medo ontem à noite, Mikah, muito mesmo. E se eu também fizer uma escolha errada?

— Todas as pessoas, em algum momento, fazem escolhas erradas, não se preocupe tanto. Tsekenu não vai te abandonar, mesmo se você errar. Tudo para ele tem conserto. Enquanto você tiver vontade e fé, ele estará com você.

— Isso faz com que me sinta melhor. Farei tudo para escolher certo, mas se não escolher, vou confiar. O que vamos fazer hoje?

— Acho melhor colocar capacete, escudo e respirar fundo. Hoje a parada fica séria.

Giovanna deu uma boa risada. Mikah falava umas coisas meio ridículas. Mas que as coisas estavam ficando sérias era verdade. Colocou o capacete, pegou o escudo, acomodou Jabuticaba na mochila, pôs a mochila nas costas e saiu, decidida a aprender tudo o que podia.

Não restavam dúvidas de que Giovanna Hart era corajosa, capaz e ousada. Os dias de treinamento eram intensos. Como seria muita coisa a contar aqui, ficaremos apenas com esta descrição: intenso.

Ela voltava para a pousada todos os dias exausta. Estava mesmo colocando todo o seu talento, esforço e força naquilo.

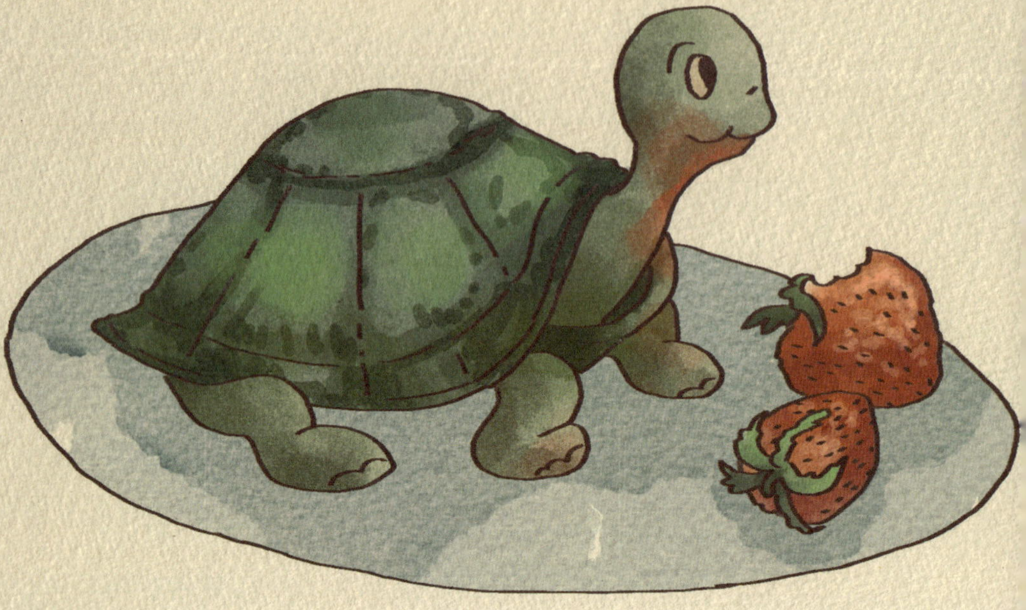

Seu crescimento era visível. O lema do treinamento de Tsekenu era: "Casca grossa, coração mole". Seu corpo estava mais forte, e seu espírito e sua mente, nem se fala. Ela agora era casca grossa mesmo. Já estava pensando até em se aventurar como atleta de MMA. Seu coração também estava muito mais forte. Mas, ao contrário do corpo, quanto mais forte, mais mole era o coração, ao mesmo tempo. Não aquele mole que chora por tudo, faz drama, chantagem emocional, desmaia, surta. Para tudo isso, o coração era agora uma fortaleza. No entanto, no quesito amor ela estava sim muito mais mole. Saía muito amor de dentro dela. Amava Tsekenu, Rute, Mikah, Jabuticaba, seus pais, seu irmão... Amava tudo que Tsekenu tinha criado. Estava se tornando o próprio Amor. Amava seus companheiros de treino. Seu coração sangrava com a dor dos outros. E chorava com saudade de Pearl City. Uma noite, durante o tempo de estudo, começou a ler sobre o que Tsekenu contava da cidade e, de repente, não conseguia mais nem ver através das lágrimas. Sentia uma saudade que a consumia por dentro. Não conseguia entender como podia sentir saudade de algo que nem ao menos conhecia.

Toda manhã, o arco-íris trazia uma frase do livro OQTF. Na manhã seguinte ao choro de saudade do que não conhecia, a frase do livro que voava dentro do quarto era: "Eu coloquei a eternidade no seu coração". O que será que isso queria dizer? Ela tinha aprendido que eternidade é uma coisa que não tem começo ou fim. Se a eternidade era em Pearl City e a saudade também era de lá, então começava a fazer sentido. Ou não? "Ah, sei lá. Daqui a pouco vou entender."

Isso acontecia demais na parte de estudo. Às vezes as palavras eram difíceis e complicadas, e ela procurava ajuda nos livros que ali estavam. Mas, às vezes, simplesmente não tinha explicação. Então, aquilo ficava em sua mente por um tempo, até que ela conseguia entender.

Numa das vezes em que isso aconteceu, ela acabou entendendo por uma cena de comédia. Perto da casa de Saraha vivia uma velha rabugenta, que implicou com Giovanna desde o primeiro dia. Primeiro era apenas implicância, mas à medida que o tempo passava, foi virando raiva, e depois puro ódio, não dava para entender. Não importava o quanto Giovanna fosse boa com ela, tudo que a velha fazia era odiar cada vez mais. Todos os dias, quando Nanna passava, ela estava com uma cesta cheia de pedras pontudas, que jogava sem dó nem piedade. Com o escudo, Nanna se defendia, mas ia ficando com raiva também. Por causa do treinamento, nunca fez nada com a velha. Uma noite, depois de passar o dia sentindo dor por causa de uma pedra que tinha acertado sua canela, começou a bolar um plano para acabar com a mulher. Ela já tinha passado de todos os limites. Era mal-educada, agressiva e violenta. Quando não tacava pedras, cuspia. Ela era nojenta. Alguém precisava parar aquela mulher. Estava apenas esperando a oportunidade para dar uma lição na doida.

No entanto, quando começou a estudar naquela noite, leu o seguinte: "Tsekenu não espera o óbvio de cada um. Não espera que sejamos amigos de quem é nosso amigo. Não... Tsekenu nos desafia a gostar de quem nos odeia". E leu mais: "Se alguém te odiar, faça algo bom para esse alguém. Com isso, você colocará brasas vivas na cabeça dessa pessoa."

Ela ficou com muita raiva ao ler aquilo. Lembrou imediatamente da velha rabugenta, e o sangue ferveu. Tsekenu estava zoando com a cara dela, só podia ser. Gostar daquela agressiva mal-educada que odiava de graça? Fala sério, não ia rolar. Ficou tão irritada que fechou o livro e largou o estudo, indignada. E como assim, fazer algo bom para ela? De jeito nenhum; ela ia era acabar com a velha rabugenta! Andava de um lado para o outro, tentando terminar o plano que tinha começado, para destruir a velha. Jabuticaba andava atrás dela, com olhinhos preocupados, fugindo dos pés que batiam com força no chão.

Ficou ali, soltando fumaça, tentando resolver como dar uma lição na mulher, mas não conseguia ficar em paz com seus próprios pensamentos.

"Nanna, amanhã, quando passar por lá, olhe para ela. Mas olhe com os meus olhos. Você vai se lembrar disso?"
"Sim, vou lembrar".

Indignada, saiu e sentou-se em Rumackrazy. Jabuticaba pulou em seu colo. Deitou, olhando as estrelas, e a tartaruga se aninhou do lado de sua cabeça. Os olhinhos doces sempre a acalmavam. Virou-se de lado, fechou os olhos e sentiu a pequena encostar sua testinha na dela. Ficou ali um pouco, até Jabuticaba chegar para trás e dizer: "Honi."

Ruma balançava suavemente, e o movimento foi acalmando o coração bravo. Algumas lágrimas inesperadas caíram. Eram de puro cansaço, físico e emocional. O vaivém embalou seu coração e ela dormiu profundamente. Ruma deixou-a no quarto, onde Mikah a aconchegou, e quando o sol surgiu, surgiu um novo humor, também.

Quando a bandeja do café chegou, o estômago rugia como um urso selvagem. Com o café, Rute colocou na bandeja um bolinho pequeno, lindo e cheiroso, com um bilhetinho: "Adoce o dia de alguém". Imediatamente procurou alguém que estivesse por ali, amou a ideia de adoçar o dia dos amigos. Mas ninguém estava por ali, nem mesmo Rute. Colocou na mochila para o caso de encontrar alguém no caminho.

Preparou-se para sair, colocou capacete, mochila nas costas, pegou o escudo e saiu. Lembrou-se de Tsekenu dizendo para olhar com os olhos dele, então ajustou o visor do capacete.

Quando viu, de longe, a casa da velha, a raiva veio chegando. Ao se aproximar, a velha abriu a porta com sua cesta de pedras na mão, e ia começar o "tiroteio". Não demorou nada e as pedras começaram a voar. Enquanto se defendia, Nanna olhou para ela. E, em vez de ver uma velha maluca, viu uma menininha que chorava muito. A menininha se sentia só, e queria alguém que a amasse. A imagem comoveu seu coração. Ainda se defendendo das pedras, começou a andar em direção à casa. A raiva da velha foi aumentando, e ela tacava mais e mais pedras, mas o coração comovido continuava fazendo Nanna caminhar em sua direção. Acabaram as pedras da cesta, e a mulher não sabia o que fazer. Começou a correr em direção a Nanna com o que tinha na mão e gritando. Sem medo, a garota abriu a mochila, tirou o bolinho de lá e continuou caminhando em direção à doida. O bolo exalava um cheiro maravilhoso e doce, o ar estava todo perfumado. Ao sentir o cheiro, a velha foi correndo com menos intensidade. Parou, baixou as mãos, e ficou ali parada, sem reação.

— Acho que a senhora está precisando adoçar um pouco a vida! Veja, trouxe um bolinho para a senhora.

— Um bolo para mim? — A mulher não sabia se ria, chorava ou cuspia.

— Sim, para adoçar o seu dia!

Não dava para adivinhar qual seria a reação da mulher. Surpresa, incredulidade, raiva, desconfiança, dava para ver tudo com o visor do capacete no lugar. Sem saber o que dizer ou fazer, a velha segurava o bolo com uma mão e a cabeça com a outra. Num misto de sentimentos, ela gritou:

— Menina, você me deixa de cabeça quente!!!

De olhos arregalados e respiração presa, um turbilhão de pensamentos passou na cabeça de Nanna numa fração de segundos. Antes que ela abrisse a boca, a velha começou a rir.

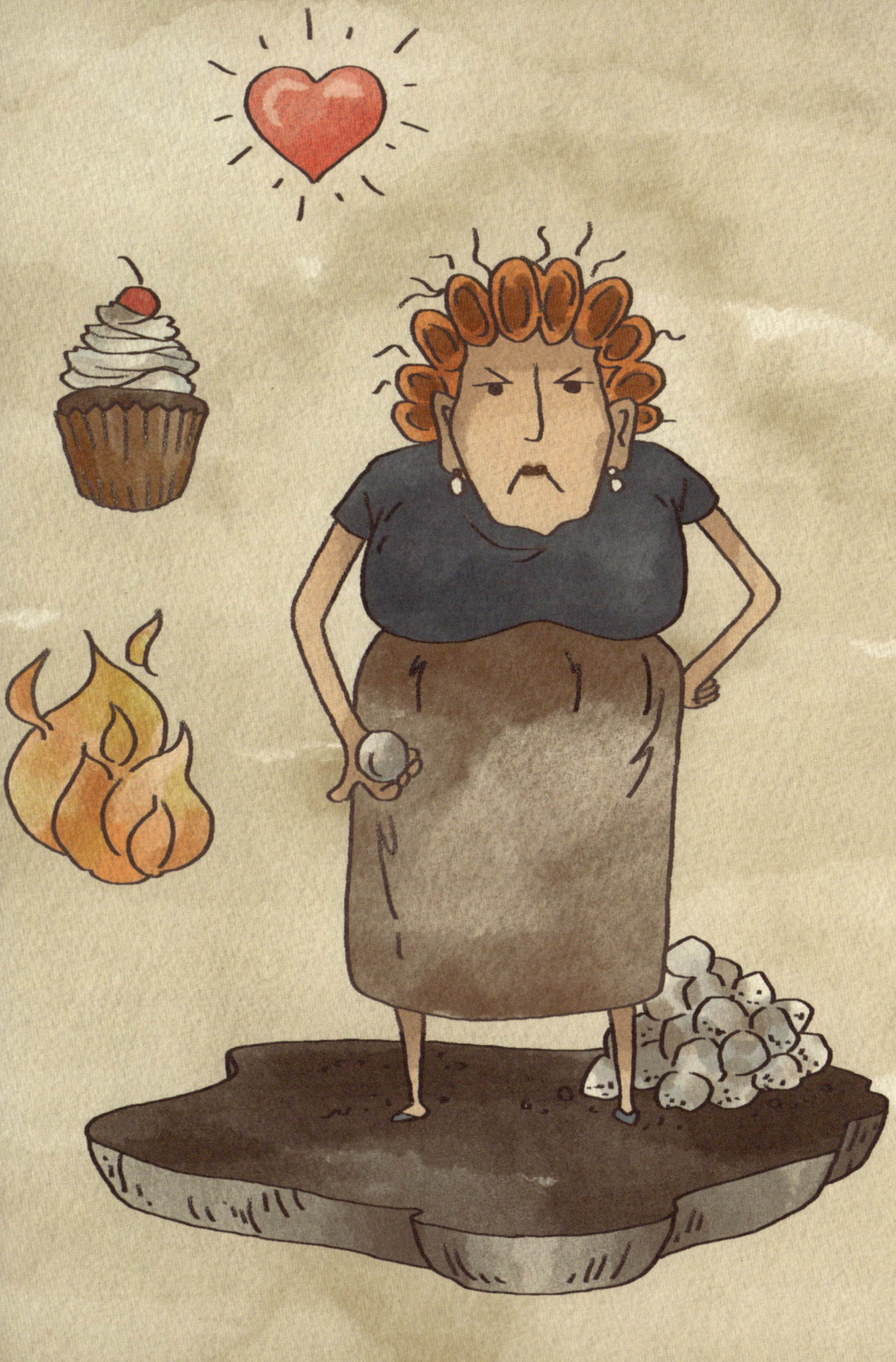

Primeiro uma risada incerta, meio risada meio braveza, mas por fim virou uma grande gargalhada. Giovanna começou a rir também, sem entender nada, até que de repente lembrou: "Se alguém te odiar, faça algo bom para esse alguém. Com isso, você colocará brasas vivas na cabeça dessa pessoa." Agora fazia sentido, e ela ria às gargalhadas, junto com a velha, que já não estava rabugenta.

Depois Nanna soube de sua história triste, suas dificuldades, a violência que sofrera durante boa parte da vida, e entendeu dona Rutiene. Esse era o nome dela.

E assim, os ensinos de Tsekenu iam se tornando coisas práticas, ao mesmo tempo que Ninrode, Isaak, Saraha e Ankaliázo trabalhavam com ela em todas as áreas: física, mental, emocional e espiritual. Venceu batalhas e desafios que nunca poderia imaginar.

Uma tarde, ao chegar de volta, encontrou seu quarto repleto de balões coloridos cobrindo todo o chão e voando por todo lado. O sol, passando pelo vidro, enchia todo o ambiente com arco-íris. Jabuticaba desceu correndo da mochila e começou a dar cabeçadas naquelas bolas lindas. Para uma tartaruga, ela era bem rápida!

Na parede estava o cartaz: "Parabéns, você completou seu treinamento!"

— Mikah, terminou? Eu consegui?

— Sim, pequena, conseguiu! Você já pode ir até Melah!

Com pulos, rodopios e corridinhas, ela festejou. Tinha esperado tanto por esse dia, e ao mesmo tempo desacreditado tantas vezes que ele chegaria! Um misto de felicidade e apreensão tomava conta dela. Era muito bom estar em Ru, com pessoas boas, naquela pousada gostosa e vivendo tantas experiências intensas. A ideia de ir a um lugar desconhecido e que precisava de tanta preparação a assustava.

— Quando partimos?
— Amanhã de manhã!
— Mikah do céu, não estou pronta! Preciso me despedir de Ru!
— Por isso voltamos um pouco mais cedo hoje. Sua tarde está livre para ir ver os amigos, fazer as comprinhas que queria e o que mais tiver vontade.
— Ok. Então deixa eu ver quantas pedras ainda tenho. Oba, tenho bastante! Minha mãe ficaria orgulhosa, ela sempre disse que eu sou uma máquina de perder dinheiro! Vamos lá na loja! Ah, não, peraí. Deixa eu fazer minha lista.

Procurou papel e caneta e fez duas listas: uma das coisas que queria para si, e outra das pessoas para quem queria comprar uma lembrancinha. Segurando a asa de Mikah, saiu saltitando do quarto. Jabuticaba ficou por ali mesmo, se divertindo com os balões.

A lojinha da Rubalina estava linda, toda decorada com flores e balões, e o cheiro estava uma delícia.

— Estava te esperando, garota! Parabéns pelo final do treinamento! Soube que você foi excelente, fiquei muito feliz.
— Obrigada!

Nanna estava tão feliz que pulou no pescoço de Rubalina, dando um longo abraço apertado.

— Queria ficar mais tempo aqui, mas já vou embora amanhã cedo. Vim comprar aquelas coisas que estou namorando desde que cheguei. Também fiz uma lista de presentinhos que quero comprar. Vou comprar primeiro os presentes, depois compro o que der para mim.

Rubalina ficou emocionada de ver que a garotinha estava mais preocupada em presentear os outros do que a si mesma. Ela escolheu cada lembrancinha com carinho, e depois correu para as coisas que tinha desejado por tantos dias. Ao final, deixou várias para trás, até porque não tinha onde levar. Para si mesma acabou comprando um tênis com rodinhas embutidas, um abrigo que se ajustava à temperatura do ambiente e secava automaticamente quando molhava, e uma pochete. Também encontrou uma cestinha acolchoada que se encaixava na bicicleta e também no barco, perfeita para Jabuticaba. Pagou tudo e ficou impressionada de ver que ainda havia sobrado dinheiro. Rubalina fazia embrulhos para presente maravilhosos, e ela saiu da loja usando a roupa e a pochete novas, toda feliz com seus presentes e comprinhas. Caminhou pela rua de casas coloridas e varandas floridas já com saudade dali, pensando se algum dia poderia voltar.

— Mikah, vou poder voltar aqui algum dia?

— Sim, pequena, poderá voltar. Nossa jornada tem momentos de descanso, e nesses momentos você pode voltar para onde quiser, menos Laniwai. Você consegue voltar até as cachoeiras, se desejar.

— Ah, que alegria! Vou deixar anotados então meus lugares preferidos, para me ajudarem a escolher quando puder voltar.

— Aqui existem outros lugares além desses que estamos passando, posso ser seu guia de turismo quando quiser.

— Oba! Vou querer conhecer tudo! Quero conhecer as pessoas, ver as roupas que usam, ouvir suas músicas, comer suas comidas... Quero viver e experimentar tudo que puder!

Enquanto essas palavras saíam de sua boca, sua mente voltava ao quarto triste onde uma menina solitária sentia medo de tudo e de todos. Ela gostava muito mais dessa nova Giovanna!

No seu último dia, foi até a casa de sua nova amiga, a dona Rutiene, levando um livro de fotografias de flores e animais. Também levou um livro de receitas mágicas para Rute. Não que ela precisasse, mas o livro era lindo demais para não comprar. Entregou presentes para todos os amigos de jornada, a cestinha de Jabuticaba, e até uma capa nova e muito bonita para Rumackrazy. Arrumou suas coisas, deixou tudo limpinho, e correu para um pulo na piscina. Depois sentou-se em Ruma e deram seu último voo maluco, até se encontrarem em Pearl City. Foi um dia delicioso. Só voltou dos voos quando a lua já estava bem alta no céu. A rede desceu bem suave até o pátio, e Nanna ficou ali deitada, vendo aquele céu azul profundo e pensando em tudo que vivera até ali. Era incrível. Passou perrengues, mas estava feliz como nunca tinha sido. A não ser pelo acidente com Annina, seu coração não tinha gelado nenhuma outra vez. Havia encontrado Eósforos e seus comparsas várias vezes durante os treinos, e já não tinha medo. Conhecia seu poder, mas não tinha mais medo.

Foram dias de paz. Sentiria saudade daquele quarto. Pensou que, quando voltasse para casa, ia falar com a mãe para fazer algumas mudanças no seu quarto.

A noite estava linda, a iluminação suave do pátio, as flores cheirosas e coloridas. "Obrigada, Tsekenu. Você é demais. Obrigada por me amar, ensinar e cuidar de mim. Obrigada por este exato momento, em que tudo está perfeito. Guardarei para sempre em meu coração; quando não estiver tudo perfeito, me lembrarei dos momentos perfeitos com você, e esperarei pelos próximos. Amo você." "Te amo muito mais. Você é minha joia preciosa, a flor mais linda e cheirosa do meu jardim. Descanse agora, amanhã começa uma nova fase." Sentiu-se abraçada por Tsekenu, e estava segura com Mikah cuidando dela. Pela última vez, adormeceu em paz em sua rede e foi levada para o quarto. Dormiu com Jabuticaba aninhada ao seu lado e, quando o sol nasceu lá fora, parecia estar nascendo em seu coração também.

Estava de volta à estrada, e ficou impressionada em ver como suas pernas estavam muito mais fortes, e como quase não ficou cansada depois de pedalar o dia inteiro.

Quando viu uma placa anunciando que Melah se aproximava, sentiu um frio na barriga. Estava muito bem-preparada, mas sentiu medo. Mikah falou tão seriamente sobre Melah que ela não conseguia parar de pensar se estaria à altura do desafio. Mas não se entregaria ao medo. O problema do medo é quando a coragem tira férias, e a dela estava trabalhando em tempo integral.

— Mikah, estou com medo, mas estou pronta. Você estará grudado em mim, certo?

— Sim, pequena. Você já sabe o que fazer quando precisa de mim. Não vou te deixar, fique tranquila. Tsekenu está aqui também, vai ficar tudo certo.

— Eu sei. Estou com frio na barriga.

— Sei disso. Apenas siga em frente.

À medida que se aproximavam, a atmosfera foi ficando sombria, como naquele trecho do rio, logo no início da jornada. Havia um cheiro, algo estranho no ar. Mas, ao contrário do que ela esperava, Melah não era um lugar feio nem escuro. Era muito bonito, na verdade. Vários prédios modernos, muito vidro.

Viu muitas lojas, de tudo que se podia pensar. Parou na vitrine de uma loja para meninas como ela, mas achou as roupas um pouco estranhas. Todas mostravam demais e custavam uma pequena fortuna. "Será que não tem roupa de gente normal aqui, não?"

— Mikah, você ainda não me falou o que vamos fazer aqui. Vamos encontrar alguém? Alguma palavra de sabedoria?

— Não. Vamos dar uma volta e daqui a pouco te conto. Não podemos conversar sobre isso aqui.

— Ok...

Depois de reconhecer o local, os dois saíram da cidade e subiram uma colina. Lá no horizonte era possível ver o brilho do Pisom e as árvores que o cercavam, e depois o deserto que vinha crescendo até onde estavam. No lado oposto do rio o horizonte estava cheio de pontos de fumaça subindo, parecia um cenário de *Mad Max*, uma coisa tipo "pós fim do mundo". O ar tinha um cheiro forte e estranho, que dava um pouco de enjoo.

— É enxofre — disse Mikah.

— Hã?

— Esse cheiro de ovo podre é enxofre. Estamos sobre um poço de enxofre. É preciso cuidado onde pisa, ok? Não podemos demorar aqui, ou você terá problemas para respirar. E se pisar num dos buracos de onde sai esse vapor, poderá ter queimaduras sérias.

— Ah, que maravilha! E será que o doutor pode me explicar o que estamos fazendo aqui?

— Acontece o seguinte: Melah inteira está em cima dessa bolha, desse poço de enxofre. É como se fosse um vulcão gigante de enxofre, e está prestes a explodir. Não vai sobrar nada nem ninguém. Os moradores sabem que em algum momento em breve isso vai acontecer, mas são tão apegados a suas coisas que não querem sair de jeito nenhum. A cidade tem um outro problema gravíssimo. Há muito tempo eles expulsaram Tsekenu e qualquer pessoa que falasse o nome dele da cidade. Então, Tsekenu, que é muito educado e respeita a vontade das pessoas, se retirou, e com ele foram embora a fé, a esperança e o amor. Não existe mais bondade na cidade. Vamos observar um instante, olhe lá.

Horrorizada, viu um garoto atropelar uma idosa com sua bicicleta e nem olhar para trás. A senhora caiu no meio da rua, e as pessoas passavam olhando seus telefones e nem viam que ela precisava de ajuda. Três carros quase a atropelaram. Ela acabou se levantando sozinha, se contorcendo toda. Estava suja, arranhada e tinha um corte no joelho. Voltou para a calçada e foi andando e cambaleando. O coração de Nanna gelou com aquilo. Como podiam ser tão insensíveis?

Continuaram observando a senhora caminhar com dificuldade. Não muito mais à frente, um homem veio correndo, colocou uma arma na cabeça dela e pegou sua bolsa. Antes de deixá-la, deu uma coronhada que abriu um grande corte em sua cabeça. Com sangue escorrendo pelo rosto, a senhora cambaleou até uma porta e entrou no que deveria ser sua casa.

Sem pensar, Giovanna saiu correndo em direção à cidade, pisando com cuidado, para falar com aquela senhora. Mikah veio atrás dela, bem de perto.

"Tsekenu, como podem viver sem você? Vou lá socorrer aquela mulher, alguém precisa fazer alguma coisa." "Você tem todo o meu apoio, vamos lá." A porta da casa da senhora tinha várias marcas de mãos com sangue, umas mais antigas, outras mais frescas. Aquilo foi um soco na boca do estômago de Nanna. Não era a primeira vez que ela chegava ferida em casa. Muito triste.

Bateu levemente na porta, e alguém gritou lá de dentro:

— Só um instante!

Quando a porta se abriu, a senhora levou um susto ao ver uma menininha.

— Olá, quem é você, posso te ajudar em alguma coisa?

— Bom dia, sou Giovanna! E a senhora?

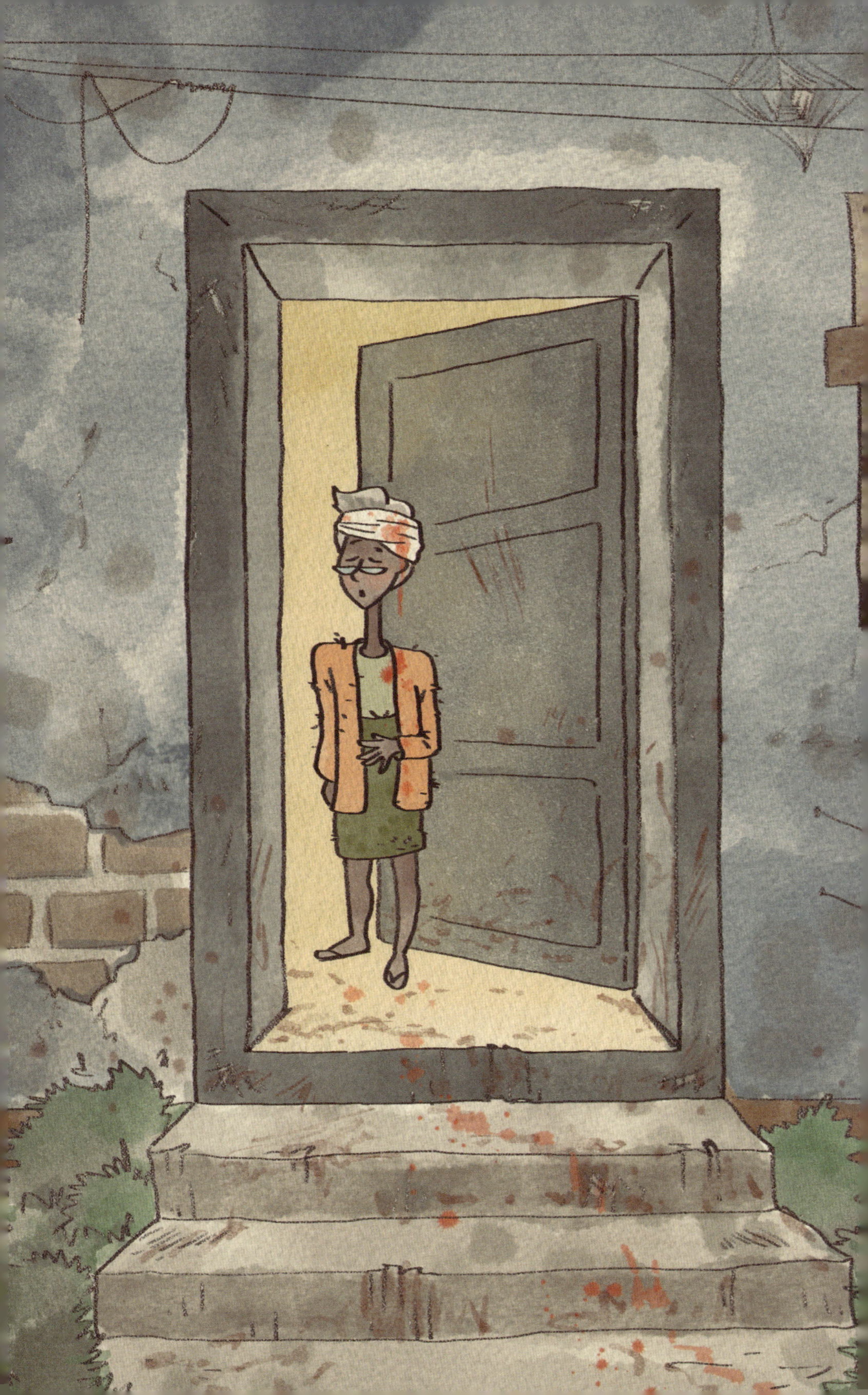

— Meu nome é Lo-Ami. O que você quer?

— Bom... eu vi que a senhora se machucou na rua, e depois aquele cara bateu na senhora, e vim ver se precisava de ajuda.

— Ah, não, não se preocupe, estou acostumada!

— OI???

— Sim, garota, a vida é assim, não adianta. Essa dor faz parte. As coisas que tenho compensam esses probleminhas.

— Dona Lo-Ami, me desculpe, mas a senhora está enganada!

— Venha. Entre e vamos conversar.

Olhando ao redor, puxou Giovanna para dentro e fechou a porta. Ela não parecia ter visto Mikah, que ficou de guarda do lado de fora. Nanna olhou para a casa e foi um choque. As marcas de sangue estavam em todos os lugares. A casa era linda por dentro, mas aquelas manchas de sangue eram desconcertantes. Lo-Ami foi andando, sem dar a mínima para as marcas ou pelo sangue que ainda saía de sua cabeça. Ela parecia não dar mesmo a mínima para aquilo, era algo muito estranho. Foram até a cozinha, onde a mulher machucada puxou uma cadeira para Giovanna sentar-se à mesa. Obediente, a garota sentou, sem conseguir tirar os olhos das paredes. A mulher pegou um pano, molhou e amarrou na cabeça para estancar o sangue. Não se deu ao trabalho de limpar os outros machucados, ou as mãos. Enquanto a observava, ouviu Tsekenu de forma muito clara: "Essa cidade vai ser destruída em quatro horas pela explosão do enxofre que existe embaixo dela. Você precisa sair da cidade e levar Lo-Ami com você". "Como é que é???" "É exatamente o que você ouviu. Gosto muito dela, não quero que ela morra. Mas você precisa saber de uma coisa, e ela também: só há uma maneira de sobreviver nessa fuga; é simples, mas não é fácil. Vocês não poderão pisar durante mais de cinco segundos no mesmo lugar, nem pisar duas vezes no mesmo lugar, ou o chão vai ceder. Também não poderão carregar peso. Se estiverem pesadas demais, o chão também cederá. Para saírem vivas de Melah terão que caminhar leves, sem parar e sem vacilar, para fora da cidade. Você entendeu direitinho?" "Entendi."

Lo-Ami voltou e sentou-se. Depois olhou para as janelas e achou melhor fechar as persianas. Olhava desconfiada para fora, deixando Nanna com um sentimento de medo bem desconfortável, sensação que só piorou quando viu que as persianas eram de ferro. Sentiu-se numa prisão. Linda, arrumada, moderna e confortável, mas ainda assim, uma prisão.

A mulher, com o pano da cabeça cada vez mais encharcado de sangue, sentou-se como se nada estivesse acontecendo. Olhando para ela pelo visor do capacete, Giovanna viu sua desesperança e a falsidade do sorriso. Ela tentava insistentemente se convencer de sua felicidade e sucesso, mas a dor e as marcas não permitiam. Lo-Ami tinha profundas feridas no coração. Sentindo um amor por ela, Giovanna perguntou:

— É comum acontecer esse tipo de coisa por aqui?

— Ah, menina, com certeza! Aqui em Melah a gente tem tudo de bom, tudo que eu sempre quis encontrei aqui: emprego, bons salários, shoppings maravilhosos, casas perfeitas, salões de beleza que deixam a gente com cara de atriz de Hollywood. Aqui do lado tem um spa que é um verdadeiro sonho. E os restaurantes? Três estrelas Michelin; se existisse a quarta, teriam também. Não tem nada que você possa desejar que não exista aqui. É um lugar onde tudo pode e tudo tem. Mas, respondendo à sua pergunta, é muito comum acontecer esse tipo de coisa. E é estranho, porque aqui todas as pessoas têm muito dinheiro e podem ter o que querem. É pura maldade e inveja. As pessoas querem mais, sempre mais, e o pior: não querem que você tenha nada. Não basta ter, precisa tirar o que é da outra pessoa. Mas não estou nem aí. Apanho um pouco, mas olha esta casa! Vamos lá em cima ver meu closet?

Nanna não sabia o que dizer, apenas foi. O closet era praticamente do tamanho da casa em que ela morava com seus pais e o irmão. Quando Lo-Ami abriu a porta, as luzes foram se acendendo e revelando prateleiras, gavetas, cabides e sapateiras lotados, cheios das roupas, sapatos e acessórios mais lindos que ela já tinha visto. O queixo da garota não caiu, despencou. De boca muito aberta, olhava para tudo aquilo sem acreditar: vestidos de festa deslumbrantes, blusas, saias, casacos... colares, pulseiras, brincos, bolsas... e os sapatos? Ela achou que ia desmaiar. Aqueles saltos maravilhosos, as botas, as sandálias, era tudo inacreditável. Enquanto olhava tudo, viu Lo-Ami de relance no espelho e achou estranho. Com tudo aquilo no closet, ela usava uma roupa esfarrapada e um sapato pior ainda.

— Eu não percebi na hora, mas parece que estragaram sua roupa também, né?

— Ah, não, eu não sou nem louca de sair com nada que tem aqui nesse closet.

— Ué, você não usa nada do que tem aqui?

— De jeito nenhum, fora de casa só uso essa roupa aqui.

— Nem quando vai ao shopping? Sai para jantar com as amigas?

— Nunca. E que amigas? Uso tudo em casa mesmo, jamais na rua. E não saio com amigas.

Aquilo era muito estranho. Como assim, um closet inteiro para ficar em casa? Lo-Ami permitiu que Nanna experimentasse o que quisesse. Fizeram um desfile de roupas maravilhosas. Riram e se divertiram. Mas era tudo muito estranho. Uma hora já havia passado.

Lo-Ami também fez um tour pela casa. Tudo era incrível, a casa era toda automatizada. No banheiro havia uma banheira de hidromassagem e uma TV de 60 polegadas 3D. Na cozinha, a cafeteira, o fogão e até a geladeira eram por comando de voz. Foi inacreditável quando a geladeira estendeu o suco para ela, até com um limão decorando o copo.

Realmente, aquela casa tinha tudo que era possível pensar em termos de coisas boas. Mas também era um lugar sufocante com aquelas persianas de aço fechadas. A luz interna imitava a luz natural, mas ainda assim permanecia a sensação de sufocamento. Quem já esteve em Laniwai não consegue se conformar com Melah. Nanna teve vontade de contar sua jornada, e Lo-Ami ouvia encantada. Liberdade, amor, ar livre, mágica... era tudo que ela buscava nas coisas que não podia nem mostrar para ninguém. A conversa com Nanna estava incomodando, mas ela não conseguia parar de ouvir. Aquela garotinha tão pequena tinha tanta vida, tanta sabedoria! Enquanto ouvia sobre as cachoeiras, a bolha Fisalída e os rios, começou a imaginar quais seriam suas escolhas. O que ela faria?

— E onde está o Mikah? Deixou você vir sozinha?

— De jeito nenhum, ele ficou na porta. Você não viu que eu estava acompanhada quando abriu a porta?

— Não, não vi nada.

— Acho que nem todo mundo pode vê-lo mesmo. Tomara que você consiga, ele é lindo demais. Agora, preciso te falar uma coisa muito séria: Tsekenu me mandou aqui. Ele me avisou que daqui a duas horas o vulcão de enxofre que existe embaixo da cidade vai explodir, e não sobrará nada de Melah. As pessoas que ficarem, morrerão. Você quer ir embora comigo?

Lo-Ami precisou de um momento para absorver a notícia. Como assim, desaparecer? Isso não podia ser verdade. Claro que não era verdade. Se fosse, o serviço de geologia que vigiava o movimento do vulcão já teria avisado. Ou não, né? Como saber? Será que eles já tinham saído da cidade para salvar a própria pele? Mandou a Alexa ligar para o serviço de geologia, só para descobrir que ninguém atendia. Ligou umas vinte vezes, e nada. As conexões wi-fi também estavam estranhamente instáveis. Levantou um pouco a persiana e achou que estava tudo estranhamente calmo lá fora. Foi quando ouviu uma batida na porta e sentiu o sangue gelar. Olhou pelo celular e viu o grupo armado em frente à porta. O pânico estava estampado em seu rosto, apesar da postura calma.

— Pois não, posso ajudá-los?

— Senhora, vamos direto ao ponto. Tem algo muito estranho acontecendo, e as câmeras apontam como único movimento atípico na cidade a entrada de uma garota na sua casa. Acho melhor facilitar as coisas e já entregá-la de uma vez. Vamos fazer algumas perguntas.

— Desculpe, estou confusa. Entrando na minha casa? Que perguntas?

— Lo-Ami Runas, você sabe que temos olhos e ouvidos em todas as partes. Manda essa menina sair, ou então entraremos e, além de perguntas para ela, teremos uma conversinha com você.

O coração de Nanna já estava completamente congelado, ela sabia que algo estava muito, mas muito errado. Além disso, viu que faltava apenas uma hora para o fim. Respirou fundo, lembrou-se de seu treinamento, e falou com Tsekenu:

"Por favor, dê ordem ao Mikah para confundi-los e nos proteger." Enquanto isso, Lo-Ami ia ficando desesperada, sem saber o que fazer. Ela sabia bem do que eles eram capazes, mas não tinha coragem de entregar Giovanna. Então, de repente, a conexão caiu e os homens não conseguiram mais vê-la ou falar com ela. Mikah havia entrado em ação. Suas asas abertas agora escondiam toda a casa, e o grupo ficou completamente confuso. Não via a casa, não conseguia falar com a moradora... Alguma coisa estava muito errada. Numa última tentativa, avançaram em direção ao ponto onde a casa deveria ficar e apontaram suas armas a laser. Atiraram, e elas falharam miseravelmente. Apesar da queda da conexão, Lo-Ami e Giovanna viam e ouviam o que acontecia lá fora, e Lo não conseguia acreditar.

— Esse é meu amigo Mikah! — Giovanna gritava e pulava. — Vamos, precisamos sair agora! Falta só uma hora!

— Mas e minhas coisas? Não posso levar nada?

— Lo-Ami, vou te falar exatamente o que Tsekenu me falou: para sobreviver, temos que ser leves e rápidas. Não podemos ficar mais de cinco segundos no mesmo lugar, ou o chão cede. Se estivermos pesadas demais, ele cede também.

A mulher estava sofrendo. Levara tanto tempo para comprar tudo que tinha... Olhava em volta, querendo acreditar que era brincadeira, ou só um teste, algo assim. Mas, no fim das contas, não estava disposta a perder a vida para salvar as coisas. Pegou uma pequena caixa que cabia no bolso e gritou:

— Vamos, antes que eles deem um jeito de entrar!

Nesse momento veio um enorme rugido de dentro da terra, como um monstro acordando de seu sono milenar. Mikah entrou correndo, elas seguraram em sua asa e saíram pelo telhado, no exato momento em que os homens invadiam a casa. Destruíram tudo e atearam fogo. Lo-Ami chorava desconsolada.

— Querida, sei que é duro, mas concentre-se. Tem alguém que você queira avisar? Precisamos ser rápidas! Mikah, você vai nos levar para fora da cidade?

— Não posso fazer isso, cada um tem que fugir por sua própria conta. Estarei por perto e, se mais alguém for, quando estiverem fora de perigo direi para onde devem ir.

— Ok. Mas seria possível voarmos pela cidade, avisando às pessoas o que fazer?

— Sim, isso podemos fazer.

Passaram a fazer um voo rasante pela cidade e, usando o telefone como *speaker*, Nanna e Lo-Ami avisaram às pessoas que o tempo estava acabando, e que quem quisesse salvar sua vida devia encontrá-las na saída norte da cidade.

Faltavam vinte minutos quando muita gente começou a chegar, e elas disseram o que ia acontecer, que a fuga deveria ser imediata e que não poderiam carregar muito peso, sob pena de afundar.

— Lembrem-se: pisar num lugar por mais de cinco segundos causará sua morte. Carregar peso causará sua morte. Indecisão causará... sua morte. Então, prestem atenção: essa garota e seu amigo estarão conosco, e aqueles que conseguirem chegar receberão instruções sobre o que fazer em seguida. Não percam tempo. Se já entenderam, podem começar a correr.

Começou então uma corrida desesperada e alucinada pela vida. Giovanna e Lo-Ami começaram a correr; faltavam apenas dez minutos. Mikah voava bem próximo, vigiando seus passos. Nanna corria muito, mas procurava não se distanciar muito de Lo-Ami. A mulher estava muito confusa, correndo pela vida e sofrendo suas perdas. Em alguns momentos seus pés iam fraquejando e a dúvida tomava conta de sua mente. Giovanna gritava enquanto corria, animando sua nova amiga e evitando que desistisse. Nessa corrida desesperada viram muita gente desistir, muitos tentarem voltar e serem engolidos pelo enxofre, que soltava um cheiro terrível. Alguns teimosos tentavam carregar coisas demais e afundavam também. Os gritos eram aterrorizantes e a terra rugia cada vez mais alto. Nanna pulava de um pé para o outro, veloz e confiante. Em seu caminho, empurrou muitas pessoas que estavam desistindo. Se voltava para ajudar alguém, cuidava para não pisar no mesmo lugar. "Tsekenu, manda o Mikah me ajudar, por favor!"

— Mikah, quando eu chegar na área segura com alguém você puxa pela mão. Eu voltarei por outro caminho para ajudar outras pessoas.

E no meio daquele caos, a garotinha triste e solitária, que morria de tédio em seu quarto, corria sem se cansar e salvava todos os que podia. A maior parte das pessoas, infelizmente, nem sequer acreditou e tentou sair da cidade, a não ser quando já era tarde demais. Muitos que chegaram a acreditar foram vencidos por suas dúvidas e pelo apego às coisas que possuíam. Várias não foram rápidas o suficiente, não tinham preparo para correr por suas vidas.

No meio do rugido da terra, da fumaça amarela com cheiro de ovo podre e dos gritos desesperados dos que eram engolidos pela terra, Giovanna corria segura e forte, ajudando, puxando, empurrando e animando. Quando não havia mais tempo, jogou a última pessoa para Mikah e sentiu todas as forças acabarem. A terra cedeu abaixo dela e ela ia começando a cair, quando sentiu a mão forte de Mikah agarrando a sua. Sentadas à beira do abismo,

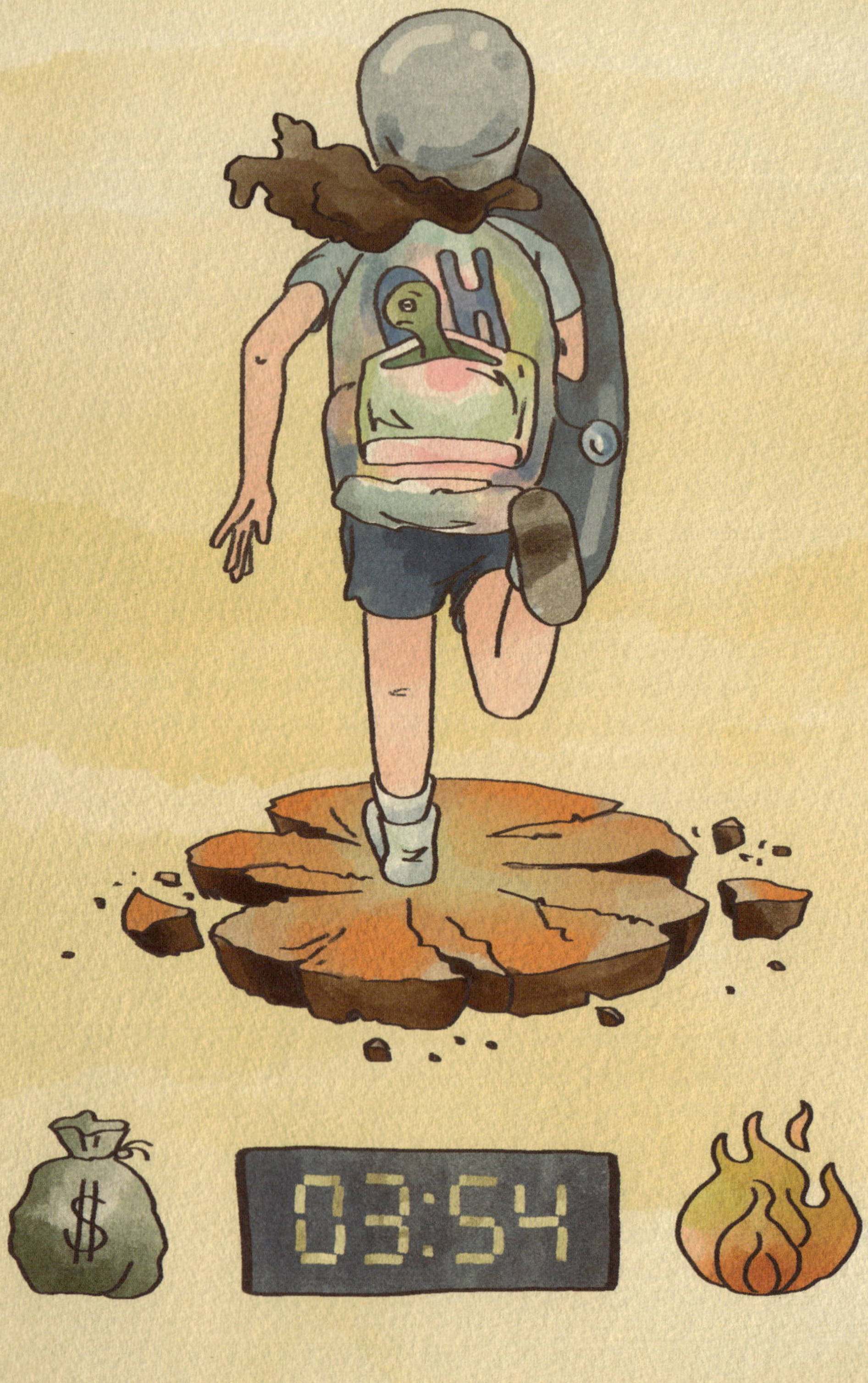
$
03:54

Nanna e Lo-Ami observavam com terror e admiração a explosão gigantesca, amarela e de cheiro insuportável que transformou a bela e poderosa Melah, com toda sua tecnologia, em pó.

De repente, tudo se calou e se acalmou, e todos os sobreviventes estavam estarrecidos e sem fala, se sentindo gratos e ao mesmo tempo culpados por terem sobrevivido. Eles estavam como que anestesiados, sem saber o que fazer ou para onde ir.

Depois de recobrar o ar, a garotinha que era tão tímida se levantou e tomou a frente.

— Gente, não conheço vocês, mas estou extremamente feliz por estarem aqui. Sei que estão em sofrimento, acabaram de sofrer uma perda que não dá para medir. Mas quero dizer que meu amigo Tsekenu vai cuidar de vocês. Meu amigo Mikah dirá o que devem fazer.

— Boa tarde, senhoras e senhores. Bem-vindos ao primeiro dia do resto de suas vidas. Ao mesmo tempo que sofremos pelas pessoas e pelas coisas que perdemos, precisamos compreender que ficamos vivos por algum motivo, e precisamos fazer esse motivo valer. Meu amigo Tomé está aqui, e tudo o que precisam fazer é segui-lo até o lugar onde receberão tudo o que precisam, e começarão uma nova e diferente jornada.

Imediatamente o arco-íris Tomé surgiu, enorme, radiante e fazendo cosquinhas gostosas no coração de Giovanna, que estava bem quentinho. Deu um abraço em Lo-Ami e disse que se encontrariam em Pearl City. Diante da expressão confusa da amiga, apenas riu e disse que ela entenderia em breve. Sabia que Tomé estava levando todos para Laniwai. Lo-Ami começou a caminhar atrás de Tomé e os demais foram seguindo os dois. Cansados e machucados, todos foram caminhando numa velocidade surpreendente e logo desapareceram. Quando não conseguia mais vê-los, Nanna voltou-se para o lugar onde antes estava Melah. Só havia aquela fumaça amarela esquisita. Não dava para acreditar que aquela cidade tão moderna tinha sido engolida por um fenômeno natural. Afinal, tsunamis eram previsíveis. Tsunamis não, furacões. Quem falou em furacões? Claro que eram geadas... As ideias de Nanna estavam completamente confusas, ela sabia que estava misturando as coisas, mas simplesmente não conseguia organizar seus pensamentos. As coisas foram ficando escuras e ela começou a ouvir vozes ao longe. "Tsekenu, é você? Deu certo? Não foi possível tirar todo mundo, me desculpe..." "Pequena, eu falei para você falar com Lo-Ami, e você foi muito além, se esforçou por muito mais gente, fiquei muito orgulhoso de você. Por causa de você, muitos salvaram suas vidas hoje, e é muito provável que vocês voltem a se encontrar em Pearl City. Não se preocupe se não deu para salvar todo mundo. As pessoas não podiam ser arrastadas, elas precisavam escolher sair de lá por conta própria. Bom trabalho, garotinha! Lutou como uma Avenger!"

A voz de Tsekenu soava meio longe e meio perto, e ela percebeu que estava deitada embaixo de uma árvore. Abriu os olhos e viu Jabuticaba em cima de sua barriga e se sentiu confortada por seus olhinhos doces. Sentou-se devagar, meio tonta, pegou a tartaruguinha e segurou-a perto do rosto. Sorriu, falou "honi" e encostou em sua testinha. As palavras de Tsekenu confortaram a alma, e o carinho de Jabuticaba a descansou.

Um pouco mais afastado, Mikah observava aquela menina que não retrocedeu diante da injustiça e não deixou ninguém para trás. A imagem dela correndo para dentro e para fora do vulcão, implacável na missão de resgatar o máximo de gente possível e sua capacidade de se concentrar nesse objetivo, sem se distrair com gritos e puxões, deixou o anjo muito impressionado.

Giovanna não era uma menina triste e só. Era uma heroína, no melhor e mais profundo sentido da palavra.

≈

De Melah
a Luxor

O contato com o enxofre deixou Giovanna muito enjoada, e o esforço a deixou bem fraca. Por isso, achou melhor voltar um pouco para o barco; precisava se recuperar. Nem perguntou qual seria a próxima parada, pois tinha medo da resposta. Segurando-se em Mikah, voaram até o lindo rio, onde ela colocou a bolinha, puxou a corda, e o barquinho apareceu. Exausta, ela também estava com muita fome. Não sabia o que comer, já que para ela tudo em volta fedia a enxofre. Puxou a capotinha, ajeitou Jabuticaba em sua caminha, colocou um pouco de água para ela e se deitou, pensando no que iria comer, ou se ao menos conseguiria comer. Então, lembrou-se da mochila e, estendendo a mão, puxou-a para perto de si. Quando abriu, havia uma latinha e uma sacolinha de papel. Na latinha estava escrito "Xarope antienjoo" de um lado e, do outro, "Agite e beba tudo de uma vez". Ela obedeceu, e o xarope era mágico. Quase dava para sentir a limpeza que ele ia fazendo, levando todo o enxofre embora. Agora era como se nada tivesse acontecido.

Pegou o saquinho e encontrou um pão lindo e cheiroso, o pão mais fofo que já tinha visto. Estava quentinho, e tinha manteiga e um pouquinho de geleia. A geleia era simplesmente divina. *Deve ser feita de frutas de Laniwai*, pensou. "Exatamente", foi a resposta.

De barriga cheia, deitou-se para descansar. Mikah estava por ali.

— Mikah, que loucura foi essa... Melah confundiu minha cabeça. Parecia um lugar perfeito e, no entanto, que gente má! Não sei se achei pior a maldade e a crueldade ou a cegueira. Lo-Ami simplesmente achava que a vida era daquele jeito mesmo! Aquela casa linda cheia de marcas de sangue... Que coisa mais doida. Meu coração ficou gelado o tempo todo em que estivemos lá. Aquilo certamente era obra de Eósforos.

— Exatamente. Ele cria ilusões, como Tsekenu falou. As pessoas, enquanto usufruem de tudo de bom, são massacradas em sua dignidade e sua felicidade, e nem percebem. Esse é o jeito que ele mais age, enganando e mascarando o mal com o bem.

— Estou chocada. Quantas pessoas perderam a própria vida para não perder as coisas... Muito triste.

Com a cabeça cheia, ela adormeceu e se viu de volta em casa, agarrada às suas coisas e mostrando os dentes como um bicho para quem estava tentando pegá-las. No sonho, havia uma pessoa que parecia tentar tirar dela as coisas de que mais gostava, e ela se defendia literalmente com unhas e dentes. Até que percebeu que o lugar estava afundando, e ela ia afundar com tudo. De repente, percebeu que a pessoa não estava tentando pegar as coisas, mas a mão dela: tentava salvar sua vida. O coração doeu muito, mas deixou as coisas para trás, segurou aquela mão e salvou a própria vida. E quando saía desse buraco com as coisas antigas que estava perdendo, as coisas em volta agora eram lindas e muito mais legais do que o que estava afundando. Depois disso, Giovanna dormiu profundamente por muitas horas. Acordou, pulou no rio para se refrescar, voltou e dormiu mais uma vez. Precisava se fortalecer, recuperar as energias. O barulho suave da água ia embalando o sono. Jabuticaba também tinha ficado cansada e dormido tanto quanto sua amiga. Apenas Mikah ficou bem desperto, prestando atenção a tudo, como Tsekenu havia pedido. Ainda estavam na região de Melah, havia muitos perigos. Ao longe ainda subia a fumaça amarelo citrino de onde um dia existira uma bela cidade.

A noite veio, e o anjo cobriu a garota com um cobertor bem fofinho. Já haviam descido uma boa distância rio abaixo e o perigo passara. Por alguns momentos, Nanna acordou novamente. Olhou para o céu, a lua e as estrelas estavam lá, incríveis. E ela pensava: "Como pode, alguém que criou o Universo tão imenso, que manda em tudo, controla tudo, ter sempre tempo para falar comigo, rir comigo e cuidar de mim? Nunca vi nada parecido." O coração transbordava gratidão e amor. Cada dia mais ela amava e confiava em Tsekenu, e se divertia mais nessa jornada maluca em que embarcara. Não via a hora de encontrar Gabriel, para contar tudo e ouvir tudo.

Nanna dormiu ainda por muitas horas, enquanto todo o seu corpo e cérebro iam sarando e se recompondo. Jabuticaba às vezes chegava pertinho para ver se ela estava respirando. Muito tempo depois, ela finalmente acordou. Sentia-se bem e estranhamente forte, já que não comia nada há muito, muito tempo.

Sentou-se, admirando a água do Pisom, tão linda e fresca. Jabuticaba estava subindo em seu colo quando de repente...

"Rooooaaaaaaarrrrrrrr!!!!" A pobrezinha caiu para trás de susto, com a casquinha para baixo e os olhos arregalados. Rindo alto, Nanna pegou a pequena e a colocou numa boa posição. O estômago atacava novamente. Olhou ao redor e não havia nada. Resolveu olhar na mochila, e... *voilà*! Uma enorme garrafa com a *pink lemonade* e um sanduíche maravilhoso, acompanhado de batatas fritas incrivelmente crocantes e perfeitamente salgadas.

Não era exatamente o lanche mais saudável de todos, mas era exatamente o que a alma dela precisava naquele momento.

— Mikah, eu dormi muito!

— Sim, pequena, dormiu mesmo. Você precisava de tempo para se recuperar. Luxor é diferente, mas é preciso estar bem para passar por lá com tranquilidade.

— Como é Luxor?

— Ah, é bem diferente de Melah. Não é tão moderna, mas é muito luxuosa. As pessoas são um pouco melhores, também. O caminho até lá é bem tranquilo, você vai poder se divertir e descansar um pouco. Não temos nenhum lugar para parar, mas você já sabe: não vai faltar nada.

— Não estou nem um pouco preocupada.

Depois de terminar o sanduíche e as batatas, pegou sua *pink lemonade* e sentou-se no pufe embaixo da capotinha, absorvendo com os olhos toda a beleza do rio e das árvores ao redor. Eram tantas flores, tanto brilho! As nuvens no céu pareciam muito fofinhas, e ela começou a ver as formas das nuvens. Tsekenu não perdeu a oportunidade e fez várias para ela: cachorro, elefante, cacho de uva, girafa, dinossauro, tartaruga, anjo e uma infinidade de formas lindas e divertidas. O rio estava calmo e não havia vento. As nuvens se refletiam no rio brilhante, um espetáculo de beleza e amor. Amor... essa era uma palavra que nunca tinha feito tanto sentido para Nanna. Ela desejava muito amar e ser amada, e já tinha sofrido bastante por isso. As pessoas em sua vida a decepcionaram de várias formas em satisfazer esse desejo. Algumas, inclusive, dizendo que a amavam, fizeram feridas profundas em seu coração. Por essas e outras coisas o treinamento em Ru tinha sido tão bom e tão duro. Para crescer e ficar forte de verdade, é preciso mexer em feridas. O guru Isaak a ensinou a deixar Tsekenu cuidar delas mesmo quando doía. E, agora, ela se sentia livre de verdade, livre das coisas que faziam seu coração tão dolorido.

De repente, Nanna se lembrou:

— Mikah, aqui no barco tem esqui. Como é que usa?

— Que ótima ideia! Hoje é o melhor dia para experimentá-los. Você já esquiou?

— Não!

Num minuto ela estava com os pés enfiados nos esquis, segurando uma corda amarrada no fundo do barquinho. Mikah colocou uma corda na frente do barco e foi voando baixo, em rasante, puxando o barco e a menina, que tentava se equilibrar em pé. Ela caía, rolava, ficava em pé novamente, e ria sem parar. Rapidinho ela conseguiu aprender como fazer, e era IRADO. Deslizava suavemente, mas muito rápido, sobre a água faiscante, o vento batendo em seu rosto, refrescante. O movimento da água fazia com que brotassem arco-íris de todos os lados, enchendo o ar com uma infinidade deles. De dentro do barco, Jabuticaba olhava tudo com seus olhos arregalados e ria alto.

Nanna sentia finalmente que Melah estava saindo dela. Aquele lugar, o cheiro, os sons, tudo ficou impregnado nela. Mas o vento e a água estavam lavando sua alma. A brincadeira foi incrível.

De Melah a Luxor

Quando o sol foi se pondo, Nanna voltou para o barco. Seus braços estavam tão moles que pareciam dois espaguetinhos. E as pernas? Tremiam e tremiam sem parar.

Nanna se sentou no chão do barquinho e Jabuticaba corria em volta dela sem parar, falando como uma matraca:

— Você gostou? Parecia que estava voando? É difícil? Como você fez para ficar em pé?

— Jabuticaba, nunca te vi tão animada! Hahahahaha! Foi demais, foi... foi... estrambólico!

— Estrambólico? O que é isso???

— Sei lá, é divertido falar essa palavra.

Até Mikah estava rindo com suas quatro bocas. Uma tarde inesquecível. A noite chegou e o rio tranquilo continuava faiscando sob a luz da lua cheia. Nanna deitou-se de barriga para cima, admirando o céu carregado de estrelas. O céu estava tão limpo que dava para ver claramente a Via Láctea. Lembrou-se da vizinha, dona Lourdes. Ela amava as coisas do céu e da natureza, e ensinava muitas coisas legais sobre o céu. Falou sobre a Via Láctea, onde ficava nossa galáxia, e que tinha esse nome por ser branquinha como leite. *Ah, então pelo menos estou na mesma galáxia, ainda...*

Sentadas nas cadeiras atrás de suas casas, que dividiam o mesmo quintal, dona Lourdes, suas filhas e mais umas cinco meninas da rua passavam noites e noites observando o céu. Elas piscavam para as estrelas e as estrelas piscavam de volta para elas. A sabichona dona Lourdes ia mostrando as constelações: Cruzeiro do Sul, Três Marias, Órion, Centauro, e os planetas, como Marte e Vênus. Juntas viram eclipses da lua, chuvas de meteoros e estrelas cadentes. Nanna era absolutamente fascinada pelo céu, ficava tentando imaginar as galáxias, os buracos negros, os cometas, os anéis de Saturno e a constelação Caixinha de Joias. Dona Lourdes contou que seu primo tinha um telescópio poderoso e que, quando ela ainda era uma criança, pelo telescópio ela viu os anéis de Saturno e, bem ao lado, um monte de estrelas de diversas cores. Seu primo contou que era uma constelação chamada Caixinha de Joias.

— O que é constelação?

— É um grupo de estrelas.

— Mas isso não é uma galáxia?

— Não, a galáxia é muito maior, tem várias constelações, planetas, estrelas, cometas e meteoros. Até poeira tem! É a poeira espacial, o que sobra de estrelas e outros astros que ficam velhos demais. Sem falar nos buracos negros, tão misteriosos...

O tamanho da galáxia não cabia na cabeça de dez anos de Giovanna, nem na de suas amigas. Quanto mais o tamanho do Universo, que tem milhões de galáxias. Em sua mente sempre ficava a pergunta de como isso tudo tinha aparecido, começado a existir. Ela sonhava poder voar pelo céu cheio de planetas e estrelas, pisar na lua e escorregar nos anéis de Saturno. O céu era um grande mistério que a atraía profundamente. "Será que Tsekenu viaja pelo espaço?" A resposta foi rápida e direta: "Giovanna Hart, eu CRIEI o Universo". "Não pode ser!" "Claro que pode. E é."

Antes que ela pudesse pensar em mais alguma coisa para dizer, sentiu como se estivesse sentada na palma de uma mão gigante, e a mão foi subindo com ela, Mikah e Jabuticaba. Subiam e subiam. Passaram pelas nuvens, e tudo foi ficando pequenino lá embaixo.

Quando percebeu, vestia uma roupa de astronauta como da família Sailor. Jabuticaba também tinha sua roupinha. A gravidade não existia mais, e elas flutuavam soltas no céu; aquela era a sensação mais maravilhosa que poderia haver.

Era como um sonho. Segurando Jabuticaba, com medo de perdê-la, Giovanna ia como que nadando naquele mar de luz azul-marinho. De perto, estrelas e planetas eram muito coloridos, não somente prateados, como ela via da Terra. Mikah então avisou:

— Se prepare, garota, vamos dar o passeio das galáxias, literalmente!

Uma luz que vinha rapidamente em sua direção chamou sua atenção. Não deu tempo nem de se assustar; quando deu por si, estava em pé no meio da cauda de um cometa, feita de um pó dourado que lembrava o pôr do sol de Laniwai. Era como estar novamente dentro de Fisalída, só que era muito maior. A velocidade era enorme!

— Nanna, sou o cometa Kyklos, serei seu guia esta noite. Fisalída me avisou que você gosta de emoções fortes, é isso mesmo?

— Mas que bolha bocuda, hein? — Giovanna deu uma risada. — É isso mesmo, eu gosto é de fortes emoções.

— Ah, garota, então se prepare!

Kyklos não deu tempo de mais nada. Voava numa velocidade absurda, subindo e descendo, fazendo curvas e rodopios. Quando ele fez um looping foi uma loucura. Nanna e Jabuticaba riam alucinadas, enquanto Mikah... continuava com a mesma cara, já que era a de boi que elas estavam vendo. O engraçado é que, com toda aquela velocidade, as coisas passavam bem devagar, porque eram gigantescas e muito distantes umas das outras. Elas viram a Terra, e Nanna pensou: *Por que chama Terra, se tem muito mais água do que terra? Olha o tanto de azul e o tantinho de terra! Devia chamar Água!*

Voaram até a Lua, e acharam que parecia mesmo um queijo. Kyklos parou para que Nanna e sua pet descessem. Correram, pularam e riram muito. Encontraram uma

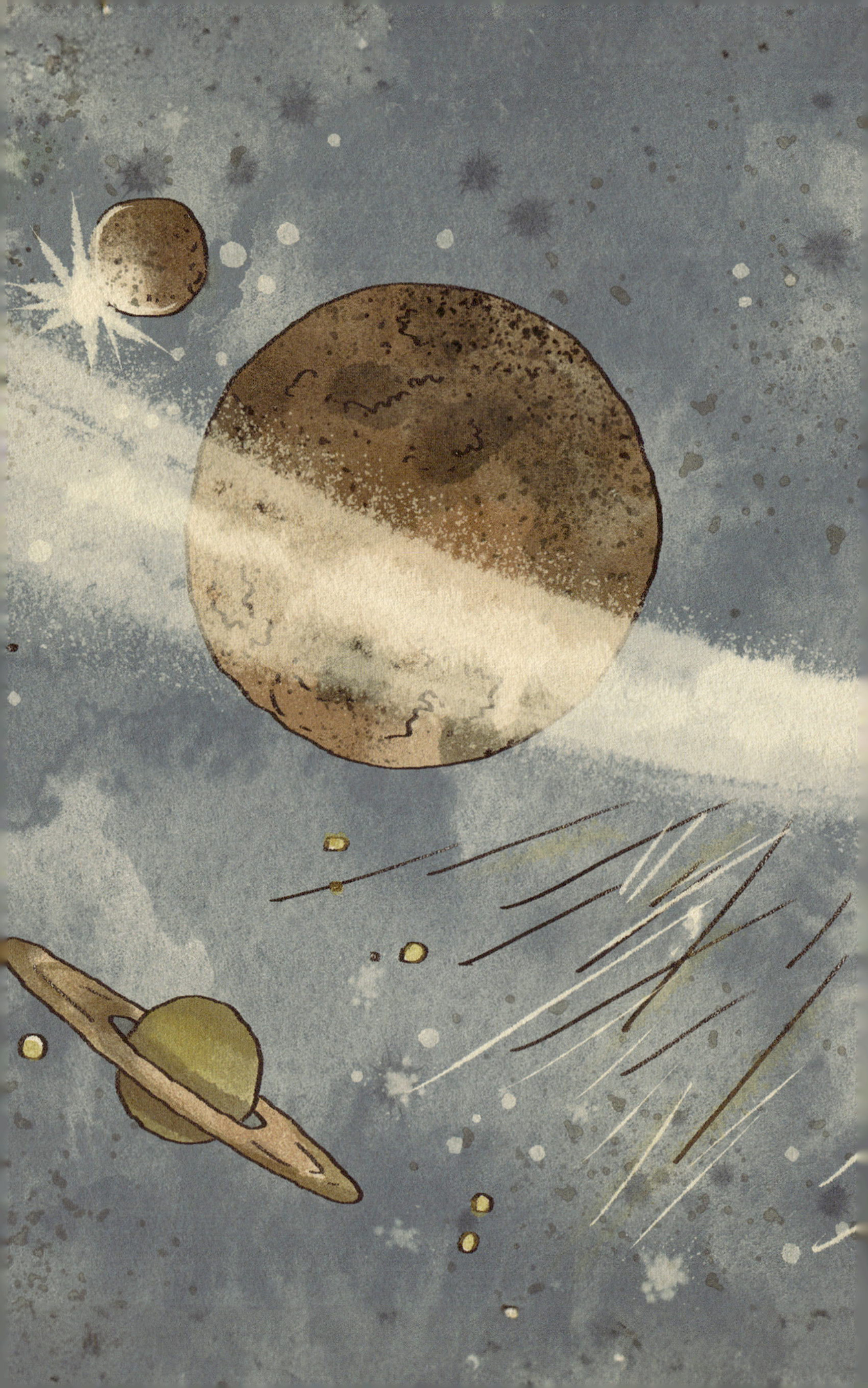

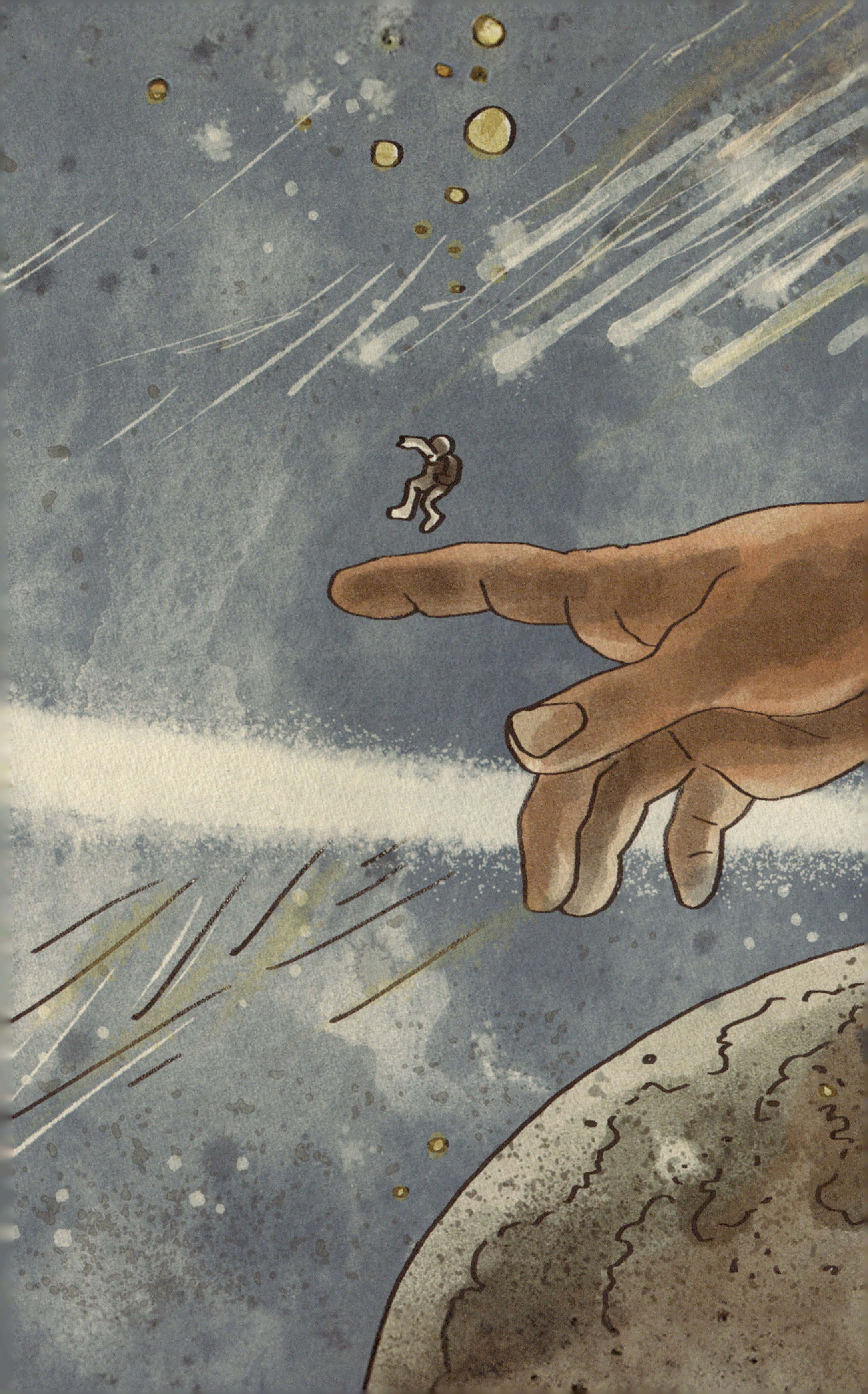

bandeira e uma pegada, e pareceu familiar. Lembrou-se de que tinha pesquisado no Google se alguém já tinha visitado a Lua e descobriu que Neil Armstrong tinha sido o primeiro ser humano a pisar nela, e tinha a foto da bandeira e da pegada. Ela gravou a frase que ele disse quando deu o passo: "Um pequeno passo para o homem, um enorme passo para a humanidade".

— Jabuticaba, o seu é o primeiro passo de tartaruga na Lua. Um pequeno passo para a tartaruga, um grande passo para a tartarugada!

Voltaram a Kyklos e continuaram a corrida espacial. Ela viu bem de perto a "Caixinha de Joias", e parecia mesmo uma. Também parou em Saturno e realizou o sonho de escorregar em seus anéis. Viram um buraco negro, cruzaram com outros cometas e fugiram da chuva de meteoros. Voaram a noite inteira, voltaram para o barquinho com o sol nascendo. "Obrigada, meu querido Tsekenu. Nunca esquecerei esse passeio."

Com os olhos já quase fechados, viu o sol começar o dia com um show de luzes e cores. Dormiu e sonhou com seu passeio galáctico.

Ao acordar, sentia-se forte como nunca. Realmente, descansar fazia muito bem a ela. Mikah estava em cima do barquinho, como sempre, mas muito alto, observando algo ao longe. A mochila, por algum motivo, chamou sua atenção. Ao abri-la, encontrou um tipo de roupa. Era como uma blusa, mas não era de lã ou tecido. Seus fios pareciam de algum tipo de metal. Lembrou-se de já ter visto aquilo em algum filme, talvez em armaduras de soldados, mas não tinha certeza. Era metal, mas muito leve. Tinha uma cor maravilhosa, parecia um *rose gold*, mas também um chocolate, dependia do ângulo que se olhasse. Achou que a blusa ficaria enorme, mas quando a vestiu, ela foi, como mágica, se ajustando perfeitamente ao seu corpo. Mikah desceu de seu "posto de observação":

— Nossa, essa couraça ficou linda em você!

— Couraça? Não sabia que isso era uma couraça. É porque cobre o meu couro?

— Digamos que sim, hahahaha.

— Que coisa, uma blusa tão delicada ser chamada de couraça é uma injustiça.

De repente, Giovanna sentou-se e soltou um enorme suspiro.

— O que houve, minha pequena?

— Não sei muito bem. É que esses últimos dias foram tão maravilhosos e divertidos, queria que essa diversão nunca acabasse, sabe? Essa couraça me diz que vem luta aí na frente e, para falar a verdade, só queria ficar aqui um pouco mais.

— Sei como está se sentindo, e gostaria de poder falar outra coisa, mas a real, garota, é que a jornada é assim: coisas ruins, boas, terríveis e maravilhosas vão se sucedendo, provocando em você todo tipo de sentimento e reação. É como a própria vida. O segredo é se engajar nos momentos ruins e de luta, crescer e amadurecer, e depois aproveitar intensamente os bons momentos, porque não se sabe quanto tempo vão durar. Parece um passeio de bicicleta: às vezes vêm umas subidas pesadas, as pernas cansam, o coração dispara e você acha que não vai conseguir. Aí, quando acaba sua última gota de força, chega no topo, vê aquela vista maravilhosa e começa a descer com o vento no rosto e a sensação de ter conquistado o mundo. Suas pernas descansam e já nem se lembram da dor.

— Mikah, você já andou de bicicleta?

— Na verdade, não. Mas já vi milhares de pessoinhas como você pedalando e compartilhando comigo a experiência.

— Ah, tá... É que fiquei imaginando você numa bicicleta com essas pernas que não dobram. Além do tamanho que teria que ser a bicicleta para caber você. Hahaha, Mikah, você numa bicicleta seria hilário!

Nanna acabou com o momento melodramático. Havia compreendido o que Mikah falou e já tinha passado de fase. Fase?

— Mikah! Como fui nessa fase? Nem lembrei de ver!

— Vamos ver, né? Toque no arco-íris!

O arco-íris subiu do rio e mostrou:

FASE 3: VENCIDA
FORÇA: 305
NÍVEL: 31
HABILIDADE 1: 75%
EQUIPAMENTO: 6
BÔNUS: 3

— Caracaaaaa!!! Força 305? Como é issooooo???

— Elementar, minha cara... você falou muito com Tsekenu, marcou Eósforos e ajudou MUITA gente.

— Tô passada!

Era inacreditável quantos níveis tinha subido em tão pouco tempo. Estava impressionada, de verdade. Ela já não sabia dizer se o que estava vivendo era um sonho, um *game* ou a vida real; parecia que tudo se combinava magicamente. Mas não importava, na verdade. Aqueles já eram os melhores dias da vida dela, e tudo que desejava era não esquecer nada quando, ou se, voltasse para casa. "Tsekenu, você organizou a melhor *trip* da vida! Nunca seria capaz de organizar, nem ao menos de imaginar algo tão incrível. Estrambólico. Infinitamente *cool*. Valeu demais." "Ah, pequena... você nem imagina as coisas que tenho preparadas para você. Se você for corajosa, tiver fé, esperança e amor, vai viver a mais incrível e mirabolante das aventuras. Sua jornada será inesquecível. Estrambólica. *Super duper cool*."

Era incrível como os dias nesse mundo eram cheios de propósitos. Parecia que, ao mesmo tempo que era uma brincadeira, era uma missão, ao mesmo tempo que se chegava a temer pela própria vida, se experimentava a melhor das sensações, e Giovanna queria cada vez mais aquilo.

— Mikah, falta muito para Luxor? O que vamos fazer lá?

— Não, estamos quase chegando. Você tem uma missão em Luxor. A cidade fica no meio do pior deserto que existe. Ela é governada por um rei bem velho que fez um péssimo trabalho em preparar seu sucessor. Seu nome é Pepsituna, e ele ficou famoso por sua crueldade e tirania. Apesar de cruel e tirano, foi um banana criando o príncipe, e o jovem Pepsituna II não quer nada com nada. Só pensa em garotas, mais nada. E para ele não há idade. Você precisa prestar atenção, porque em Luxor eles muitas vezes procuram crianças para se casarem com os homens, especialmente os importantes.

— Ewwwww!!! Como assim? Por que casar com criança? Deixa a gente ser criança, eu hein!

Giovanna se admirou da própria fala. Apesar de ter dez anos, não se achava mais criança; se sentia praticamente uma adolescente. Fingia que não queria mais brincar, que não gostava de ir ao parquinho e que não ligava mais para suas bonecas e bichinhos de pelúcia. Mas durante seu treinamento foi entendendo como era bom ser criança, não ter preocupações, ser livre para brincar, experimentar, se aventurar e fazer maluquices. Até que, certo dia, quando se deu conta de que andava preocupada demais em parecer gente grande e que NUNCA MAIS voltaria a ser criança, sentiu uma vontade doida de sair correndo descalça, de cabelo solto e gritando. E foi exatamente o que fez. Correu e gritou até não ter mais forças. Suada e descabelada, chegou à pousada e pulou na piscina. Jabuticaba pulou junto. Como era gostoso brincar sem se preocupar com nada! Depois, sentou-se em Rumackrazy e foi dar rasantes nas janelas para provocar uma chuva de flores. Pulou de Ruma de volta na piscina. Fez penteados ridículos com os cabelos molhados. Aos poucos os outros foram chegando, e eles simplesmente brincaram por horas e horas, às gargalhadas e sem qualquer preocupação na cabeça, como toda criança deveria ser. Naquela noite, os amigos de Ru tinham feito um pacto: seriam crianças pelo máximo de tempo possível, sem perder uma chance sequer de brincar até ficarem completamente exaustos. E desde então, era o que ela fazia. Agora, ao ouvir que crianças se casavam, ficou se perguntando o que elas pensavam disso e odiou a ideia. "Tsekenu, como pode ser isso? Por que você deixa crianças se casarem? Elas não precisam aproveitar o tempo para serem crianças?" "E como precisam! Eu odeio que elas se casem, mas os povos são livres para fazerem suas próprias leis. Quando gostam de mim e me seguem, fazem leis um pouco melhores, mas quando me ignoram... até casar crianças, casam!" "Há alguma coisa que eu possa fazer sobre isso?" "Agora em Luxor, muito pouco, mas quem sabe mais para frente? Vamos conversar mais sobre o que se pode fazer para ajudar quem é vítima de leis horríveis." "Sim, por favor!"

— Alô, tem alguém aí???
— Mikah! Tô aqui, não consegue me ver?

— Está aqui, tem certeza? Acho que você foi dar uma volta em algum lugar aí dentro da sua cabeça e me deixou aqui falando sozinho. Vou ter que falar tudo de novo?

— Ah, vai... Sorry.

— Fala sério...

Se Giovanna aprendia com Mikah, ela também era uma lição de paciência para ele.

— Só vou falar mais essa vez. Se não me ouvir, azar o seu. Os Pepsitunas vivem no mais absoluto luxo e seus trabalhadores são escravos, mantidos numa prisão. O maior problema nem é estarem presos e serem escravos, mas estarem acomodados. Não gostam do que fazem, nem de sua vida, mas acham que não há outras opções e se conformam com tudo, felizes porque pelo menos o pão é gostoso.

— O pão? Só isso? Como é que pode? Com um mundo desse tamanho e tanta coisa legal e linda, se conformar em ser escravo porque pelo menos o pão é bom? Que vida triste!

— Sim, é uma vida triste. Apesar desse conformismo, alguns deles conhecem Tsekenu, e têm chorado e pedido a ele que tire todo mundo de lá. Tsekenu me falou que tem um plano e vai levar esse grupo de presos para um lugar muito legal. Não vai ser nada fácil, porque muitos deles só sabem reclamar da vida, e pessoas reclamonas sempre acham alguma coisa ruim para se agarrar. Vão dar trabalho.

— Ok. Qual é o plano?

Mikah pegou um mapa e abriu diante de Nanna.

— Olha só: aqui fica Luxor. Neste canto, a prisão. Em volta deles, o deserto mais seco que já existiu. Você vai ter que convencer esse povo a sair da prisão e ir até o deserto, onde um homem chamado Moshe estará esperando. De lá, irão para um lugar que Tsekenu está guardando para eles há um tempão. Sua missão é apenas tirá-los da prisão e levá-los até Moshe.

— Moleza.

— Veremos.

Alguns minutos depois, havia um portal luxuoso no rio onde se lia "Luxor". Quando o barquinho chegou perto, o portal se abriu, cheio de pompa. Eram portas negras gigantescas. Giovanna sabia do que eram feitas: ébano. Cheias de detalhes em ouro, aquelas portas impressionavam e davam um certo medo. O portal abria vagarosamente, como se quisesse testar se realmente havia intenção de entrar. Naquele ponto, o rio fazia uma bifurcação, e era possível continuar sem ir a Luxor. Ao passar pelos portões, o queixo de Nanna caiu. O rio estava ainda mais cheio de joias e nele flutuavam embarcações negras, feitas do mesmo ébano dos portais, entalhadas e também com detalhes em ouro. As velas dos barcos eram de algo que parecia gaze, fina e suave, em tons nude. Dentro dos barcos, homens altos, vestidos em roupas reais, imponentes, vigiavam o barquinho de Nanna, que agora parecia bem pobrinho. Com uma certa vergonha, tentou se arrumar um pouquinho, mas não tinha jeito. Em alguns barcos havia mulheres, igualmente chiques e imponentes, observando imóveis o nada discreto barquinho laranja passar. Naquele momento, o mundo olhava para Giovanna. E a garotinha, sem jeito, nem imaginava que a couraça que ela usava brilhava lindamente, deixando todo mundo confuso. Como alguém de tão nobre estirpe estava chegando NAQUELE barquinho esquisito?

Sentindo-se totalmente esquisita, puxou o remo e apressou a chegada. Encontrou um pequeno píer que, estranhamente, tinha um portal miniatura e uma placa com o nome dela. Ao se aproximar, o portal se abriu e duas lindas moças pareciam esperar por ela. Olhou confusa para Mikah, que olhava para frente com seus olhos de águia, tranquilo e sereno.

"Tsekenu?" "Estou aqui. Fique tranquila." Apesar do frio que sentia no coração, estava tranquila.

— Habib Giovanna, enfim estás aqui.

— Olá!

Ficou pensando quem seria Habib, mas entendeu que era ela mesma. As mulheres eram, na verdade, bem jovens, talvez somente uns dois ou três anos mais velhas do que ela.

— Habib Gabriel sabia que estavas vindo e nos pediu que preparasse tudo.

— Gabriel? O Gabriel está aqui? Finalmente!!! Ouviu isso, Jabuticaba? Até que enfim você poderá conhecer meu melhor amigo. Nem acredito. Venha, fofinha, vamos nos arrumar para encontrar o garoto mais divertido desse e de qualquer outro mundo!

Giovanna acomodou sua amiguinha na mochila, arrumou o prendedor no cabelo, checou se a bike estava lá, pegou o escudo, ajustou o capacete e foi amarrar o barco. Ao se levantar, tropeçou e caiu na água. "Bela entrada... essas mulheres impecáveis e eu... só sendo eu mesma. Tse, pare, que estou ouvindo suas risadas, tá?" E começou a rir também. Não estava nem aí, saiu da água, fez cara de gente importante e seguiu as duas moças. Mikah vinha perto. As duas nem ao menos olhavam para trás. As perguntas de Nanna ficaram no vácuo, e ela acabou desistindo. O grupo seguia pelas ruas e as pessoas se voltavam para olhar. A garota pensava se estavam admirando as duas na frente, ou impressionados com Mikah, mas a atenção era, na verdade, para o majestoso brilho da couraça. Quando percebeu, ficou intrigada.

— Mikah, que brilho maravilhoso é esse? Por que chama a atenção de todo mundo?

— Porque essa, Nanna, é a couraça da justiça. E o maior desejo de todos os seres viventes é justiça. Por isso ela atrai tantos olhos. Mas não se engane. Pouca gente é capaz de usar essa peça. A justiça tem um preço alto e ninguém pode pagá-lo.

— Nem esse povo aqui?

— Especialmente esse povo aqui.

— Então como é que eu posso pensar em estar com essa roupa? É óbvio que esse povo é muito rico.

— A justiça de Tsekenu, que é o material dessa couraça, não se compra com dinheiro.

— Está explicado. O que ela faz?

— Protege seu coração. O capacete protege seus pensamentos, a couraça protege sua própria vida.

— Isso me lembrou uma frase que aprendi no treinamento: proteja muito bem o seu coração, porque ele é a fonte da sua vida. Gostei muito dessa frase. Proteger o órgão coração e também o que ele significa: o lugar de onde saem os meus sentimentos. — Giovanna ficou pensativa por um momento. — Gostei dessa ideia de proteger meu coração com justiça. Esse Tse é fera mesmo.

— O mais fera que há.

Apesar de continuarem na frente, as duas pareciam ter diminuído o passo e esticado as orelhas para ouvir a conversa dos dois. Trocaram um olhar misterioso e voltaram à posição imponente. Enquanto isso, Mikah pensava como Nanna era cada vez mais surpreendente. Ela realmente gostava de pensar, prestando atenção a tudo, observando e tirando suas próprias conclusões. Era grande sua capacidade de ligar o que aprendia com as situações diárias da vida.

A caminhada foi longa, deu para ver bem o lugar. Não era uma cidade asfaltada e, apesar de ser banhada pelo rio, parecia o pior deserto por onde já haviam passado. O suor escorria da testa de Giovanna, por dentro da roupa e nas correias do escudo. Jabuticaba parecia até mais enrugada; talvez estivesse desidratando. Mikah se colocou entre a menina e o sol, e ela ficou profundamente grata. Deu uma olhadinha dentro da mochila e ficou felicíssima ao descobrir uma garrafa de *pink lemonade*. Colocou um pouco na tampinha para Jabuticaba, que bebeu revirando os olhinhos. Quando levava a garrafa à boca, uma das jovens gritou:

— Habib, o que é isso?

Assustada, deu um gole que desceu errado e começou a tossir sem parar. A outra garota tomou a garrafa de suas mãos e cheirou.

— Ankara, tem o mesmo cheiro.

— Não acredito, deixa eu cheirar. Tem mesmo. Joga fora, rápido!

Sem entender nada, Giovanna tentou protestar, mas ainda estava tossindo. Ankara, sem a menor cerimônia, jogou a garrafa dentro do rio. Nesse momento, Nanna olhou pela primeira vez para o rio, e ficou chocada. O rio dela, o Pisom, tão lindo e limpo, estava completamente podre ali. Havia todo tipo de lixo e sujeira. O cheiro estranho que sentia vinha da própria água. Aquilo era muito estranho, não combinava com a cidade.

Bom, ela não teria mesmo coragem de pular para salvar sua garrafa linda, então o jeito era continuar andando enquanto Mikah a protegia do sol. Estava muito chateada. Quem aquelas duas pensavam que eram para jogar fora a garrafa dela? Por isso não tinham uma couraça da justiça, pensou. "Não, é o contrário. Elas fazem isso porque não têm uma couraça da justiça." Tsekenu sempre tinha um jeito diferente de ver as pessoas e as situações, e aquilo era sempre interessante. Em vez de raiva, passou a sentir compaixão. Elas provavelmente não faziam ideia da delícia que era uma *pink lemonade* com água de Laniwai.

As casas de Luxor pareciam palácios saídos de um filme. A mãe de Nanna era fã de um filme famoso da época dela: *Indiana Jones*. Na verdade, eram vários filmes e assistir a *Indiana Jones* com a mãe era um de seus programas prediletos. Agora, parecia estar dentro de um deles, e olhava ao redor para ver se havia alguém com aquele chapéu e o chicote. "Queria um chicote daquele para mim." "Hahaha!" E foi só o que Tsekenu respondeu.

Algumas ruas eram cobertas com toldos feitos do mesmo tecido leve e bonito das velas dos navios. O vento quente balançava os toldos, pareciam ondas suaves. A única coisa suave daquele lugar, pelo menos até ali.

As duas garotas eram Ankara e Vega. Mal-humoradas, mas belíssimas, pelo menos na opinião de Nanna. Usavam vestidos compridos e dourados, e seus cabelos negros eram trançados de um jeito muito diferente. Elas usavam diademas que pareciam coroas e seus olhos eram delineados com algum tipo de lápis negro como nunca havia visto. Enquanto ela se desfazia em suor debaixo do sol causticante, Ankara e Vega pareciam estar caminhando num shopping com o ar-condicionado no mais forte.

Que caminhada interminável! Bem que Gabriel podia ter mandado um carro, ou o que quer que eles usassem naquela cidade. Que falta de delicadeza! Mas, pensando bem, o garoto nunca foi dos mais cavalheiros mesmo.

Enfim, pararam em frente a um dos prédios mais bonitos e impressionantes da cidade. Havia praticamente um exército em frente a ele. Mais uma vez, lembrava os queridos filmes do Indiana Jones de sua mãe, enquanto em meio a uma tropa imóvel, em formação impecável, ela se sentia uma pulguinha naquele universo pomposo e grande. Era um corredor com palmeiras altas como um prédio e colunas

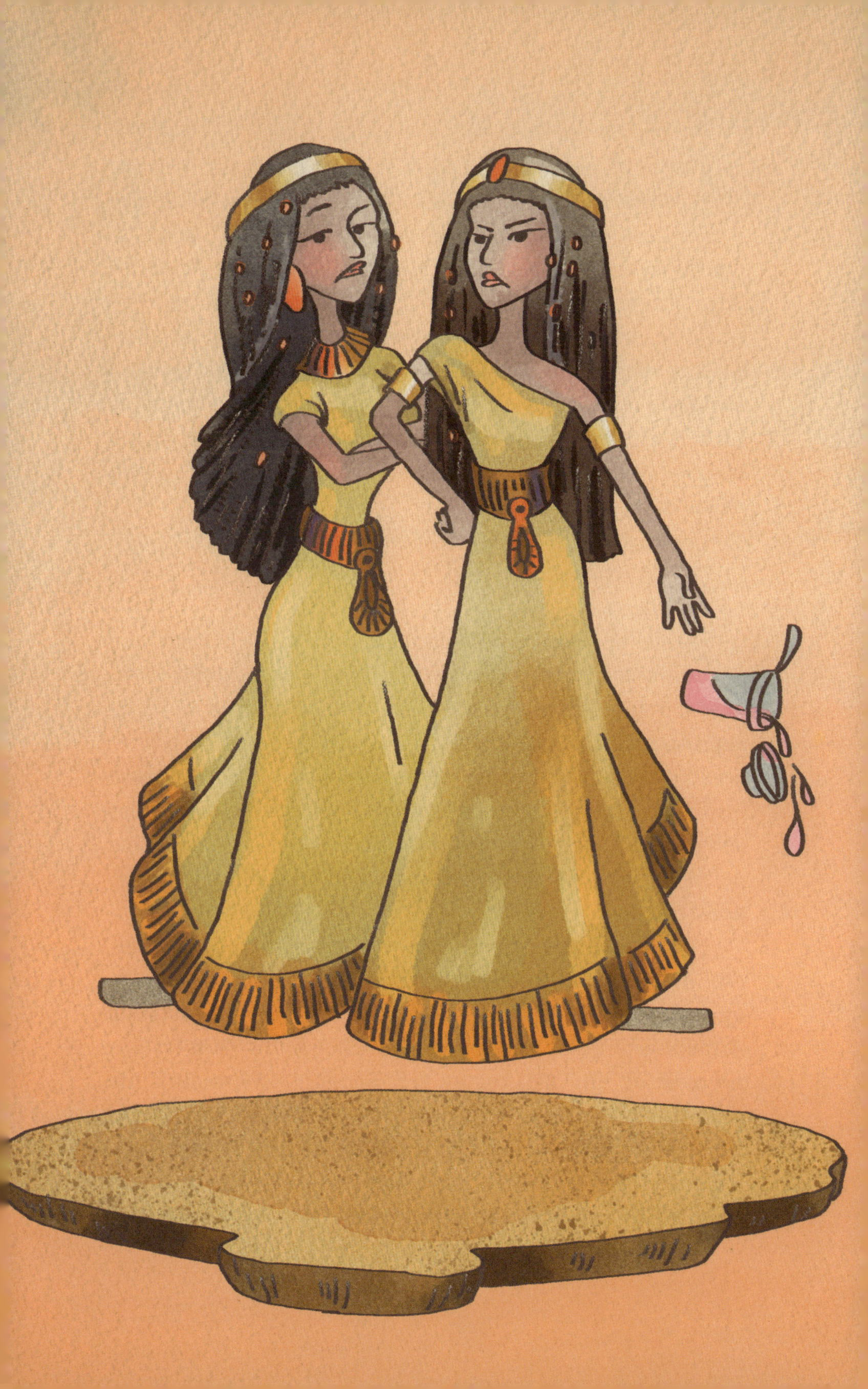

com leões de ouro em seu topo, muito majestosas. Ventiladores com pás gigantes rodavam lentamente, afastando um pouco o calor e o cheiro estranho do lugar. Como mágica, as enormes portas se abriram suavemente diante de Ankara e Vega, e aquelas duas não andavam, deslizavam suavemente como se estivessem num *snowboard*. Nanna tentava ver se embaixo do vestido havia alguma prancha ou patins. Quando as portas abriram, o vento balançou levemente a roupa de Ankara e, tcharam! Ela estava mesmo em cima de algo como um skate sem rodas que deslizava a poucos centímetros do chão. Falou baixinho:

— Ei, Mikah! Como posso arrumar um desses?
— Trouxe pedras?
— Claro!
— Cumpra sua missão aqui e te levo para comprar um.

Animada, Nanna deu um pulinho e um soquinho no ar, chamando a atenção das duas, que olharam com ar de reprovação. "Podem me cancelar, se quiserem, suas chatas, eu só estou aqui para ver meu amigo Gabriel. Se não fosse isso, já tinha largado vocês para trás." "Calma, pequena. Elas só sabem ser assim." Uma pontinha de vergonha tomou conta dela, mas logo passou. Aquelas duas eram muito sem graça, apesar de lindas.

Por fim, entraram no prédio, e era incrível. Era dentro, mas parecia fora. Havia árvores, o teto era tão alto que parecia nem existir, e muito fresco. Ventava bastante. Atravessaram esse enorme salão e chegaram a um jardim no meio de um prédio com três andares. Lá em cima, de olhos arregalados, estava Gabriel. Quando viu Giovanna, começou a pular, acenar e gritar. Ela também não conseguia se conter. Então, Gabriel subiu em seu skate voador e veio até ela. Eles se abraçaram longamente. Era o encontro das batalhas vividas até ali. Como era bom encontrar alguém que realmente se conhecia! Gabriel ordenou e Ankara e Vega saíram silenciosamente. Então os dois amigos conversaram muito animados, contando todas as aventuras, rindo das loucuras, se espantando com as situações difíceis. Gabriel havia escolhido o rio Tigre, e estava sendo uma loucura. A correnteza era muito forte, tão forte que ia arrancando tudo que havia nas margens.

— Sua guia se chama Zoe, não é? Como ela é?

— Sim, é minha protetora Zoe. Ela é doida, mas não teria chegado aqui se não fosse o cuidado dela. E como é o Mikah?

— Ah, o Mikah é incrível! Ué, cadê ele?

— Eles não entram aqui, só podem ficar do portão para fora.

— Oxe, por quê?

— Não sei. Sempre quero perguntar a Zoe, mas saio muito pouco, e quando saio nem dá tempo de falar sobre isso, é muito rápido. Mas se você prestar atenção quando sair, verá que todos os guias ficam lá fora. Aqui somos só nós.

Aquilo soou estranho. Um lugar onde Mikah não podia estar não parecia um lugar em que ela gostaria de ficar. "Tse, não me abandona aqui, por favor. Estou achando muito estranho. Cuida de mim e do Biel, por favor." "Estou aqui. Podem até segurar Mikah, mas a mim ninguém segura, fique tranquila." "Ok."

— Me conta da sua jornada, como está indo? Há quanto tempo está aqui? Seu rio deve ser muito rápido mesmo, para chegar tão na minha frente.

— Então... não sei bem há quanto tempo estou aqui, o tempo passa diferente, e não nos dão muita informação. Os dias simplesmente vão passando e estou esperando para ver o que vem depois.

Aquilo soava estranho. Em alguns momentos ela podia não saber tudo o que estava acontecendo, mas nunca havia acontecido isso de não saber nada.

— Tsekenu não te falou nada? Nem Zoe?

— Não me encontro com Zoe desde que cheguei, ela não pode entrar aqui. E Tsekenu... bem...

— O que tem Tsekenu, Gabriel?

— Tem um tempinho que não conversamos.

— Como assim? Por quê? O que houve?

— Não sei bem. Cheguei aqui e simplesmente fui ficando, e parando de falar com ele. Aí achei que ele não ia mais querer falar comigo, fiquei com vergonha de tê-lo abandonado, e agora acho que nunca mais vai falar mesmo.

— Gabriel, seu louco... ficar sem falar com Tsekenu é perigoso demais! Seu chip não está funcionando?

— Que chip, doida?

— Doido é você! O que Mathousálas te deu para engolir!

— Ah... então. Não engoli. Fiquei com medo e não engoli. Como assim, comer um chip? Escolhi não comer.

— Escolheu não comer? E a Zoe, o que disse? E Mathousálas? E Tsekenu?

— Bom, eles me explicaram, mas disseram que a escolha final era minha. Escolhi não comer.

— Gabriel, sua anta! Como é que você recusa algo que um sábio e Tsekenu te aconselharam a fazer?

— Ah, sei lá. Não quis, pronto.

— AFFFFFFFFF.

— E cadê seu escudo e seu capacete?

— Caíram do barco.

— Como assim?

— O rio corre rápido demais! E vai arrancando tudo pelo caminho, toda hora um tronco, uma pedra, alguma coisa

De Melah a Luxor

bate no barco. Aí minhas coisas caíram na água, sobrou só a mochila.

— Garoto... Me conta da sua viagem toda, vai.
— Conto. Mas vamos tomar alguma coisa?
— Sim, eu adoraria.
— Só um minuto.

Gabriel bateu palmas, e Ankara entrou. Ele pediu uma bebida e ela saiu novamente. Em poucos minutos voltou, com um sorriso estranho e um belo jarro e duas taças de cristal. A bebida na jarra estava tão gelada que o jarro parecia "chorar". Ankara tinha um olhar estranho, e o conhecido frio no coração de Giovanna apareceu. Colocou as taças na mesa, as encheu com o líquido verde-claro e entregou às crianças. O frio aumentou. Gabriel pegou a taça e virou o suco de uma vez só. Sentiu-se refrescado. O frio no coração aumentava, e Ankara olhava dentro dos olhos de Nanna segurando a taça. Nanna pegou a taça, pensando o que faria. Não ia beber aquilo de jeito nenhum. Teve uma ideia.

— Gente, me deu uma vontade enorme de ir ao banheiro!!!
— Beba e vá; fica logo atrás daquela porta.
— Não consigo aguentar. Se entrar uma gota, sai outra por baixo na mesma hora.

Colocou a mão como quem segura o xixi e cruzou as pernas. Ankara pareceu contrariada, e Nanna correu para o banheiro. "Tsekenu do céu, o que está acontecendo aqui?" "Ajuste seu capacete e preste atenção ao que está acontecendo. E dê um jeito de não tomar o suco." "Entendido." Quando ajustou o capacete, ouviu Ankara e Vega conversando baixinho:

— Não sei, essa garota é estranha, diferente dos outros. Gabriel foi moleza, já está dominado, mas ela vai dar mais trabalho.
— Ela tomou?

— Não. Já estava quase, e aí disse que precisava ir ao banheiro imediatamente. Melhor ficarmos de olho nela.

— Sim. Ela me pareceu mais esperta que os demais.

Quem seriam os demais? O que estava acontecendo ali?

Depois de realmente fazer xixi e jogar água no rosto, abriu a porta do banheiro fazendo bastante barulho. Ankara e Vega estavam perto da porta.

— Ai, obrigada! Quase não deu tempo. Agora já consigo tomar aquele suco.

As duas sorriram simpáticas, e Nanna entrou, tomando o cuidado de fechar a porta com elas para fora. Sentou-se casualmente, pegou o copo e puxou assunto:

— Que suco é esse? Nunca vi uma fruta dessa cor.

— Também não sei. Quando cheguei, jogaram minha *pink lemonade* fora e disseram que só podia tomar essa. É uma delícia, então eu concordei.

— Amigo, que lugar é esse? Estou achando tudo tão estranho! Você está aqui sem uma missão, sem um desafio, só passando os dias sem fazer nada?

— Ah, não! Para poder ficar nessa mansão e ter comida na mesa todo mundo tem que trabalhar. E trabalhar duro.

— Trabalhar? O que você faz?

— Sou parte da equipe de hackers de Luxor. Eles, todos os dias, nos entregam uma lista e temos que hackear contas de algumas pessoas. É irado.

— Como assim, você hackeia pessoas?

— Sim. Luxor é governada pelo Faraó Pepsituna...

— Faraó? Que raios é um faraó?

— Faraó é tipo uma mistura de rei com um deus. Se ninguém se mete com o rei, com o faraó é que ninguém se mete mesmo. Ultimamente ele cismou que o mundo inteiro — e eu nem sei de que mundo exatamente ele está falando —

está contra ele, e resolveu investigar todo mundo. Então, esse lugar lindo aqui é onde todos nós trabalhamos. É chato, somos obrigados a trabalhar horas e mais horas sem parar e não conseguimos aproveitar nada do que tem aqui. Lá fora o deserto é terrível, e aqui dentro pelo menos é fresco. E tem o pão... ah, que pão! Tão bom que é só dar uma mordida que esqueço essa chatice toda. Parece que aos poucos estou esquecendo de como é a vida fora daqui.

Quando ouviu isso, Nanna imediatamente lembrou das explicações de Mikah. Ali, então, era a prisão. Definitivamente não parecia uma. Mas o que Gabriel disse não deixou dúvidas. A missão era ali mesmo.

— Nanna, está me ouvindo?

— Oi? Desculpe, estou sim, claro. O que você disse mesmo?

— Se estivesse ouvindo, saberia...

— Ok, ok, desculpe, me distraí lembrando algo que Mikah falou.

— Ah, deixa Mikah para lá. Para que ficar por aí cumprindo missões malucas, correndo riscos, se podemos simplesmente ficar aqui, trabalhar e ter conforto?

Como responder? "Tsekenu, uma ajudinha aqui, por favor. Coloca as palavras certas na minha boca."

— Afinal, o que você disse?

— Perguntei se a senhora gostaria de dar uma volta para conhecer o palácio.

— Claro! Vamos!

— Espera, Ankara e Vega vão com a gente.

Ao ouvir o nome delas, Giovanna levou o copo à boca como se fosse beber. Assim que Gabriel virou em direção à porta, jogou o líquido na planta ao seu lado e colocou o copo de volta na boca. Quando as duas entraram, limpou a boca como se tivesse bebido tudo e colocou o copo na mesinha. Elas não pareceram perceber. Deram um skate a Nanna, que não perdeu tempo e testou. Logo saíram os quatro. As duas damas da corte — foi a maneira como Gabriel falou delas — iam um pouco à frente, conversando baixinho. Ajustando o capacete, Nanna ouviu:

— Ela bebeu, afinal?

— Até a última gota.

— Ótimo. Não dará mais trabalho. A garota chegou em ótima hora, o volume de trabalho está muito alto, e ela tem cara de ser esperta. Prepare AQUELA cesta de pães para ela no café da manhã.

— Sim, já solicitei. Pepsituna II ficará muito feliz. Por falar nele, você se inscreveu no concurso de noivas?

— Claro! E você?

— Sim, mas não me sinto muito segura. Sei lá, não era o que queria para minha vida. Ainda sou criança, não me sinto confortável, nem mesmo com vontade de casar.

— Para ser sincera, também não me anima muito, não. Mas imagine poder viver em todo aquele luxo! O que pode existir de melhor por aí? Brincar nessas ruas empoeiradas? Acho que é um preço pequeno a pagar para ter luxo nessa vida.

— Se o que você quer é luxo, não é mesmo. Mas tem uma parte de mim que me diz que existe mais do que morar em um palácio, sabe? É um palácio, mas é uma prisão, exatamente como esse lugar aqui.

"Prisão? Então elas nem estão aqui enganadas, sabem o que é! Como Gabriel não percebe isso?" "Ele perdeu o capacete, lembra? Por falar nisso, parabéns, você foi muito esperta em não beber o suco. Ele é um anestésico mental. É assim que as pessoas são aprisionadas e nem percebem." "Como Gabriel caiu nessa?" "Ele perdeu o capacete e o escudo, lembra? E não comeu o chip. Chegou aqui completamente despreparado." "Todo mundo aqui está na mesma situação que ele?" "Não. Alguns estavam bem treinados, mas não prestaram atenção. Outros chegaram ainda menos preparados que ele. Sua missão é levar essas pessoas daqui amanhã à noite. Amanhã à tarde você terá a chance de conversar com eles e dizer o que veio fazer aqui. Espere o meu sinal. E se encontrar com Pepsituna e seu filho mimado, não se preocupe. Abra a boca e vou colocar palavras nela."

— Giovanna Hart! Quer fazer o favor de prestar atenção? Esse aqui é meu amigo, Akuti.

— Akuti? O que você está fazendo aqui???

Giovanna não podia acreditar que seu amigo, tão bem treinado, estava ali na mesma situação de Gabriel!

— Ah, cheguei aqui cansado, fui tão bem recebido que acabei ficando.

— Mas... e sua missão?

— Missão? Ah, quando chegar a hora, eu vou. Enquanto isso estou aqui, trabalho para Pepsituna e em troca moro nesse lugar ótimo. E tem o pão. Por um pão desses eu trabalharia o dobro de horas.

Ankara e Vega trocaram um sorrisinho sarcástico.

"Tsekenu do céu, como assim? Se estão todos assim, como vão me ouvir?" "Existem alguns que já deixaram de tomar o suco e têm me chamado, por isso estamos aqui. A todos que encontrar, pergunte: 'sabe se tem previsão de chuva?' Os que responderem 'amanhã' estão acordados e sabem que quem fizer essa pergunta foi enviado por mim para tirar todos daqui." "Mamma mia, o negócio só piora..." "Vai dar certo, garota, fique tranquila."

— É quente aqui, né? Sabe se tem previsão de chuva?

— Amanhã — respondeu Akuti.

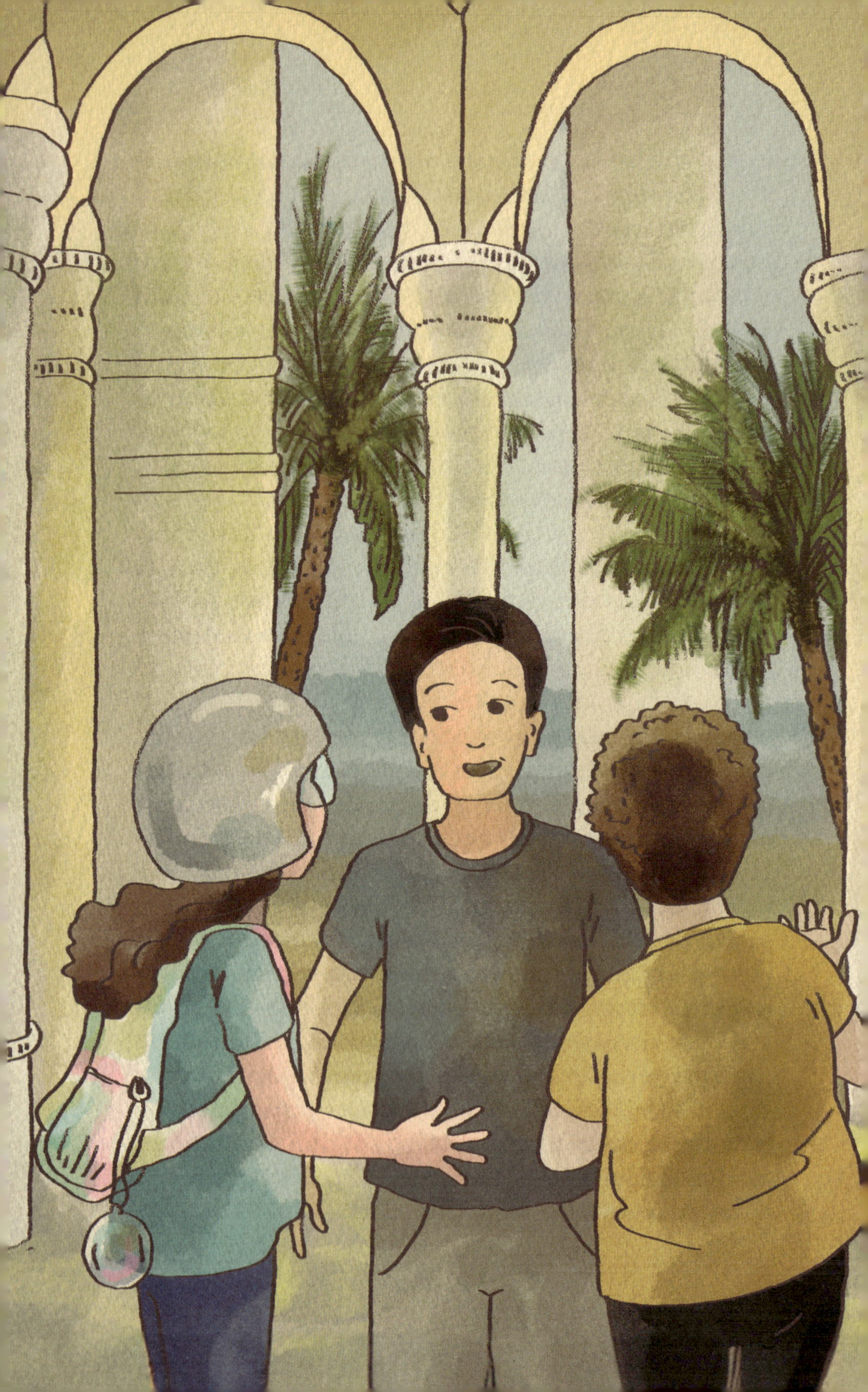

— Tá doida? Aqui não chove nunca. — Foi a resposta de Gabriel.

Akuti deu uma leve piscada para Nanna. Que alívio ter Akuti acordado. Ele era forte, decidido e bem treinado.

Durante um bom tempo foram encontrando pessoas, e mais ou menos a metade respondeu que a previsão de chuva era no dia seguinte.

— Que raio é esse de ficar perguntando para todo mundo a previsão de chuva?

— Ah, estou achando muito engraçado, cada um diz uma coisa! Se fossem bons hackers, já teriam hackeado a previsão do tempo também!

— Agora você está me ofendendo, ouviu?

Com uma risada, Gabriel voou até ela e puxou seu cabelo. Os dois correram atrás um do outro rindo e dando giros no skate voador, até serem interrompidos por um guarda enorme com cara de mau.

— Desculpe, senhor.

— É, foi mal. Mas estava muito divertido, por que não podemos continuar?

— Porque aqui é um lugar sério, senhorita. Vim avisar que o faraó e seu filho darão um baile esta noite e está convidada. Ankara e Vega a levarão a seu quarto, onde poderá se refrescar e se aprontar.

— Sim, senhor.

Chateada por parar de brincar, só teve tempo de ver Gabriel se afastando rapidamente e entrando em seu quarto. Foi levada ao andar de cima. Seu quarto era puro luxo. Em cima da cama, um vestido de alta costura, e na penteadeira produtos de maquiagem e acessórios quase infinitos. Havia uma varanda com vista para o deserto. Depois de mostrar como tudo funcionava e onde encontrar o que precisava,

Ankara e Vega saíram silenciosamente, e Giovanna foi até a varanda. Ao sair do quarto, o calor caiu sobre ela como uma bomba. A paisagem do deserto era desoladora. "Como vou levar essas pessoas ao deserto? Vamos todos morrer lá. Além do calor, deve ser cheio de animais perigosos e venenosos." "Você anda vendo documentários demais. Não se preocupe, sei o que estou fazendo. Agora vá se arrumar."

Quando olhou para cima, lá estava Mikah, o mais perto que podia. Giovanna acenou e fez um coração com a mão. Mikah sorriu com seu rosto humano virado para ela.

Tinha certeza de que tudo daria certo. O coração estava quentinho, sabia que o plano era perfeito.

Então obedeceu Tsekenu e foi se arrumar. O vestido era de tirar o fôlego. O tecido era brilhante e macio, azul-marinho profundo. Lembrou até a cor do céu de Laniwai. Era de um ombro só, delicadíssimo. No entanto, quando o vestiu e se olhou no espelho, sentiu-se estranha. Linda, nunca tinha se vestido de forma tão bela, elegante e luxuosa. Ao lado da cama havia um sapato de salto que parecia o da Cinderela. Não era de vidro, mas era transparente e bordado com fios de ouro e pedras azuis. Coube perfeitamente e o salto não era alto demais; era suficiente para alguém da idade dela. Em cima da penteadeira havia um bracelete, uma coroa e um anel feitos com aquele mesmo tipo de trabalho. Escolheu a coroa e o anel. Trançou o cabelo, fez uma make igual à de sua tiktoker preferida, supernatural, e pronto. Ao olhar no espelho, não se reconheceu. Estava maravilhosa, mas havia algo estranho. Sentou-se na cama em frente e permaneceu com os olhos fixos na imagem. O que a incomodava? Não sabia. Bom, uma coisa ela sabia: nunca tinha usado salto, estava achando estranho. Subir de salto no skate seria uma aventura e tanto...

De melah a Luxor

Então ela percebeu: estava sem a couraça. E agora? Não dava para colocar em cima do vestido. Decidiu colocar por baixo, não dava para ir sem. Tirou o vestido, colocou a couraça e colocou o vestido de volta. Ao olhar-se no espelho, viu que a couraça havia se tornado uma espécie de iluminador, era um brilho sob o vestido, ficou maravilhoso.

Ouviu uma batida leve na porta, e Gabriel entrou com Akuti. Os dois ficaram parados, olhando atordoados para a menina. Ela brilhava.

— O que foi, gente? Parece que nunca me viram!

— Como esse brilho, nunca vi mesmo.

— Nem eu.

— Por favor, tome cuidado com Pepsituna II. Ele vai ficar louco — disse Akuti.

— Pelo jeito, já é louco, né? Quem fica louco por uma menina de dez anos? Eu, hein! Sou só uma garota arrumada para um jantar chique. Estou pronta, só falta uma coisa. — Correu ao closet, colocou o capacete e pegou o escudo. Acomodou Jabuticaba e olhou em volta. Ela precisava comer e beber, mas lá só havia aquele suco esquisito. Abriu a mochila e encontrou um kit especial para a pet.

— Pode ir, Giovanna, vou ficar bem. E você, minha amiguinha, está linda, brilhando!

— Obrigada! Vou lá, então, estou morrendo de curiosidade para ver o que é um faraó, porque não faço ideia.

Levantou-se, pegou o skate e se juntou aos dois amigos, além de Ankara e Vega. Em silêncio, seguiram por um túnel guardado por soldados com lanças enormes. Entraram no palácio e o queixo de Giovanna não conseguia voltar ao lugar. Era tanto ouro, tanto luxo e tanto glamour que achou que ia desmaiar. Quanta beleza e riqueza, nunca tinha visto nada minimamente próximo àquilo. No entanto, havia um friozinho no coração que a alertava de que algo ali não era o que parecia. "Tsekenu do céu, que loucura! Nunca vi tanta beleza!" "Tem certeza?" A pergunta a levou diretamente a Laniwai e seu pôr do sol dourado. Sim, já vira não apenas tanta beleza, mas uma beleza ainda maior. "E tem mais, pequena: nenhum olho viu e nenhuma mente é capaz de imaginar o que criei e coloquei em Pearl City. Aqueles que chegam lá nem se lembram de que um dia viram e viveram isso aqui." "Uau..."

Havia um estacionamento para os skates na porta do salão, cada espaço com o nome do convidado. Ankara e Vega foram para a sala onde ficavam todas as acompanhantes, e Giovanna entrou com os dois amigos. Havia uma mesa gigante, com centenas de lugares. A toalha era preta, destacando os pratos, copos e talheres de ouro. Vasos finos e compridos, também de ouro, continham flores brancas com delicioso perfume. Em uma ponta havia um trono enorme. Na outra, um igual, em tamanho menor. Ela ouvira alguém dizer que as mulheres de faraó não participavam desses jantares, então deduziu que o trono menor era do príncipe. Um homem apareceu e mandou os meninos para um lado da sala, enquanto Giovanna foi levada para outro, onde estavam muitas meninas que aparentavam a mesma idade, cada uma mais linda que a outra. Não pôde deixar de perceber um ar preocupado nelas, e ficou se perguntando o que estava para acontecer ali. Lembrou-se mais uma vez da conversa com Mikah, a respeito das meninas ainda crianças se casarem. Não tinha acreditado muito na hora, mas agora fazia sentido.

Um som alto chamou a atenção. Parecia um mugido, mas era um tipo de trombeta feita com um enorme chifre. Giovanna já havia visto um berrante, o pai da Ana Maria tinha um e amava tocar aquele negócio. Mas aquele chifre era

De Melah a Luxor

diferente, ia se multiplicando em vários chifres menores, e era ENORME. Fazia um som de muitos instrumentos, mas era um só. Tudo em Luxor parecia ser maior e melhor. A maior mesa, a maior quantidade de ouro, a maior riqueza, a mais alta tecnologia, o melhor pão. Quando começaram a trazer a comida, era uma imensa fartura, e os pratos certamente haviam saído das mãos de grandes chefs. A bebida era servida sem parar, por garçons elegantes e silenciosos. Ao som do chifre, todos tomaram seus lugares à mesa, e aguardaram em pé a entrada do faraó e de seu filho. Faraó Pepsituna resplandecia como o sol, e seu filho não ficava atrás. Discretamente, ela ajustou seu capacete e olhou novamente. Percebeu que o brilho era fake. Pai e filho usavam um tipo de gel no rosto, e um refletor corria silencioso acima deles, criando o tal brilho resplandecente do sol.

Ao passar por Giovanna, algo chamou a atenção de Pepsituna II, o reizinho, que não tirou mais os olhos dela durante todo o jantar.

Depois que os dois se sentaram, os convidados tomaram seus lugares, e um homem com uma roupa que era vestido e terno ao mesmo tempo ergueu-se com o skate no ar. A saia era de um tecido dourado maravilhoso, e o terno, de veludo negro. Giovanna imaginou Mikah com aquela roupa e deu uma risada. Todos se voltaram em sua direção e ela ficou sem graça. O homem olhou fixamente para ela. Depois de longos segundos, voltou a voar e começou a falar:

— O Faraó Pepsituna e seu filho Pepsituna II dão as boas-vindas a todos. Este é o Milésimo Centésimo Nono Baile das Favoritas. Esta noite, quinze garotas serão escolhidas para serem concubinas do rei e outras quinze serão concubinas do príncipe. E uma de vocês poderá ser pedida em casamento e se tornar princesa de Luxor.

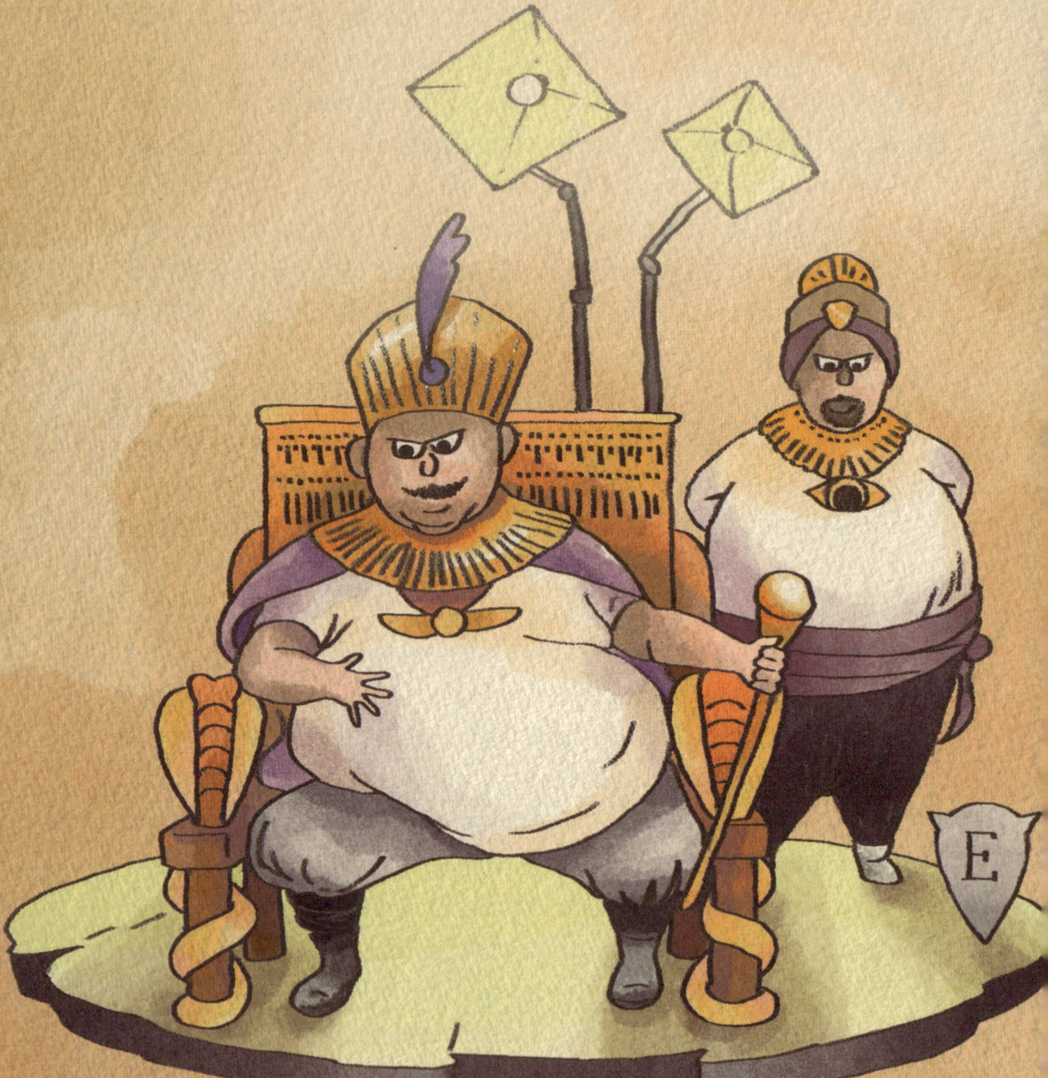
E

Giovanna olhava ao redor, chocada com o que acabara de ouvir. Não havia uma menina naquela sala que tivesse mais de quinze anos. Nos seus estudos em Ru, tinha visto essa palavra "concubina" e achado muito engraçada. Até descobrir que se tratava de um tipo de "esposa secundária", que na terra dela seria uma amante. Eram mulheres que jamais seriam as primeiras na vida do homem. Mulheres que teriam, talvez, muitos ganhos materiais com a situação, mas jamais a oportunidade de serem donas do coração de alguém. Na noite em que leu isso, deitou-se em Rumackrazy e ficou pensando naquilo. Lembrou-se de quando era pequena, quando descobriu que seu pai tinha uma outra família. Sua mãe começou a suspeitar que havia algo errado e começou a investigar. Acabou descobrindo que ele tinha não apenas uma amante, mas uma família com ela. Uma manhã as duas foram a um bairro distante, de casas bonitas, e lá estava o carro do pai estacionado em frente a uma delas. Escondidas atrás de uma parada de ônibus, viram quando a porta abriu e ele saiu, carregando uma linda menina com laço no cabelo, seguido por uma mulher bem-vestida e arrumada. A menininha chorava, e quando sua mãe tentou pegá-la, agarrou-se ao pescoço do homem e chorava mais alto.

— Giulia, você sabe que o papai não pode ficar, ele não mora aqui. Prometo voltar logo.

Giulia foi para os braços da mãe chorando muito alto. Os olhos da mulher estavam cheios de lágrimas, e mesmo sem falar nada, ela disse tudo.

— Glória, não começa. Você sempre soube que tenho uma família, que nunca vamos nos casar e nunca falarei de você a alguém ou mostrarei uma foto sua. Nunca te enganei, e você aceitou isso. Agora, por favor, não queira mudar as coisas. Não vou deixar minha mulher e meus filhos.

A vida de Giovanna nunca mais foi a mesma depois daquele dia, mas naquele momento pensava em Giulia e Glória. Na dor daquela criança e daquela mulher. Por que será que ela concordou em ser a "outra", a "concubina"? Talvez tenha achado que era bom negócio, teria ajuda financeira, não teria um marido para dar trabalho, era o melhor dos mundos. Poderia ter os filhos que sempre sonhou sem precisar viver a chatice de um casamento. Talvez o que ela não pudesse imaginar é que, no fim, tudo que ela queria era um marido dentro de casa, um companheiro. O olhar de Glória era o olhar cansado da solidão. Era claro, mesmo para a pequena Giovanna, que tudo que aquela mulher queria era alguém que ficasse na vida dela, mesmo que desse trabalho.

Naquela noite, Giovanna chorou por Glória. Já havia chorado por inúmeras outras razões que surgiram a partir da descoberta da existência de outra mulher na vida de seu pai, mas agora chorava por Glória e por Giulia. "Tsekenu, não entendo por que Glória escolheu ser a concubina. Dava para ver que doía tanto no coração dela. O choro da filha parecia rasgar a alma da mãe." "Pequena, a maioria das pessoas não sabe o que realmente quer. Quando criei o ser humano, coloquei nele uma necessidade de amar e ser amado, e de construir uma família. Eósforos, na sua missão de me vencer, vem trabalhando duro na mente das pessoas, fazendo que acreditem que família, relacionamentos saudáveis, estar comprometido com alguém por toda a vida são coisas ruins, que nos impedem de viver o melhor da vida, e vem dando certo. Então, mulheres começam a acreditar que não precisam dos homens, que o melhor é não ter compromisso, e outras coisas assim. No entanto, quando a vida vai passando, todas elas, mesmo que não admitam, começam a pensar que talvez tivesse sido melhor ir pelo caminho que todos chamam de bobagem." "E aí, muitas vezes, como para Glória, é tarde demais para consertar." "Exatamente." "Não quero nunca ser concubina." "Todas vocês nasceram para serem princesas, lembre-se sempre disso." "Vou me lembrar." "E lembre-se de mais uma coisa: tudo tem seu tempo."

Naquela noite, Tsekenu estava preparando a garotinha para o que viria depois.

Retornando de seus pensamentos, percebeu que o homem continuava voando e falando, explicando as vantagens de ser uma concubina.

As outras meninas pareciam animadas, mas quando ajustou a viseira do capacete viu medo, tristeza e vontade de sair correndo dali. Os rostos que sorriam para as vantagens de se entregar aos faraós se rasgavam pela vida e, principalmente, pela infância que iriam perder. A imagem através do capacete dilacerava o coração. Eram apenas crianças que queriam brincar, sorrir e viver livremente, presas às vantagens materiais de entregarem seus corpos àqueles homens. "Tsekenu, não permita isso! Não posso sair daqui sem libertar essas meninas! Essas e quaisquer outras que apareçam! Não posso ficar aqui sentada vendo isso acontecer!"

Quando deu por si, já tinha pego seu próprio skate e voava ao lado do esquisitão.

— Senhores Faraó e Minifaraó, boa noite. Meu nome é Giovanna, cheguei aqui hoje, vim visitar meu amigo Gabriel. Inclusive, fiquei surpresa ao encontrar também meu amigo Akuti. Fui recebida por essas duas belas moças, Ankara e Vega, que me ajudaram, levando-me até Gabriel. Confesso que estou impressionada com tudo que vejo em Luxor. Os navios, o lugar onde Gabriel mora, esse palácio... Tudo absolutamente sem noção de tão lindo. Sem falar nesse vestido, no skate, nos sapatos e na coroa. Lindo demais, de verdade. Ah, não dá para não reparar também nos cordões e relógios de ouro de pai e filho. Se alguém me pedisse para desenhar um faraó antes que eu visse vocês, teria desenhado exatamente assim. Acredito que sejam muito felizes, tendo tudo o que podem sonhar. Então, se me permitem... Aliás, né, nem faz diferença se permitem ou não, já estou falando há um tempão! O que quero dizer é: se vocês já têm tudo que sonham, por que querem roubar o sonho dessas garotas?

O silêncio era tão profundo que dava para ouvir um peixe nadando no rio. Quem seria aquela garotinha ousada? Será que tinha tomado o suco?

— Bom, antes que alguém me prenda, vou falar, em nome de todas essas meninas que estão aqui hoje, pensando qual será a sorte delas: casar com um velho babão, com todo respeito, ou com o príncipe sem noção. Elas acham que serão felizes, mas não conseguem sentir paz no coração. Pensam nas coisas luxuosas que terão e choram porque não brincarão mais com suas bonecas. Será possível, senhores faraós, que não exista nenhuma mulher nesse lugar que possa ser escolhida? Alguém que já seja dona de seu próprio nariz e não queira mais brincar o dia inteiro?

Todos os olhos presentes no salão estavam arregalados, quase saltando de suas órbitas. Por alguns segundos, ninguém conseguiu reagir, e Giovanna pensou que era sua chance de fugir. Só que ela se recusava a deixar aquelas garotas para trás. Ficou. E a oportunidade de fugir passou. Os guardas a alcançaram, seguraram e levaram até Pepsituna, cujos olhos faiscavam de ódio. Pepsituna II ficou atrás do pai, com raiva e medo daquela louca. Giovanna sentia o coração quente. Tsekenu estava com ela.

— Estou pensando por que motivos vamos te executar. Executar, não. Você faltou com respeito a mim, o deus desse lugar, dono de tudo e de todos. Quem você pensa que é? Um vermezinho, vinda não se sabe de onde, achando que sabe e pode tudo. Pela sua audácia, quero que sofra. Por tentar mudar a cabeça de nossas meninas, quero que sofra. Por me chamar de velho babão e meu filho de sem noção, morrerá a pior das mortes. Passaremos mel e pasta de amendoim em seu corpo, e será devorada viva pelos ratos e formigas venenosas.

Os convidados estavam imóveis, respiração suspensa. Faraó continuou:

— No entanto, como sou magnânimo, darei uma chance a você: ajoelhe-se diante de mim, me adore, e estará perdoada.

— O quê??? Pode trazer o mel e a pasta de amendoim. Jamais vou te adorar. Tenho direito a um último pedido?

— Não. Quero dizer, sim. Não. Sim. Pede logo, garota, e não me enche.

— Só quero buscar minha mochila.

— Sua mochila? Você realmente é sem noção. Está em Luxor, poderia comer qualquer coisa, beber qualquer coisa, mas nãããooooooo.... Ela só quer sua mochila velha. Guardas, levem essa criminosa racista para pegar a porcaria da mochila e coloquem na pior cela. Amanhã, ao pôr do sol, será executada.

Se existe furacão emocional, Giovanna estava no meio dele. Raiva, alegria, paz, medo, coragem, ansiedade, tranquilidade. Sentia tudo ao mesmo tempo. Mas apenas por dentro. Por fora, parecia a calma em pessoa. Foi até o quarto, colocou Jabuticaba na mochila, pôs a mochila nas costas e seguiu os guardas.

Enquanto isso, no salão, o clima estava exaltado. As palavras de Giovanna haviam acertado em cheio o coração das meninas, e elas não sabiam o que fazer. As mães e pais que haviam levado suas filhas estavam desesperados, temendo por suas vidas. Gabriel estava desnorteado e Akuti estava enfurecido. Acabou se exaltando com um dos guardas, que o levou ao faraó. Quando viu Akuti sendo levado, Gabriel também não conseguiu mais se segurar, e foi atrás dele. Acabaram todos presos. Seria o fim da busca por Pearl City?

Assim que pegou a mochila, os guardas arrancaram o skate dos pés de Giovanna e cobriram sua boca e nariz com um lenço. O cheiro forte fez com que perdesse os sentidos. Acordou sem saber quanto tempo depois, com os pés e as mãos amarradas por correntes, num lugar escuro e fedido. Quando seus olhos se acostumaram com a escuridão, percebeu dois pares de olhos arregalados esperando que acordasse.

— Onde estou? Quem são vocês? Cadê minha mochila? Por que estou amarrada?

— Calma, somos nós, Gabriel e Akuti. Está tudo bem.

— Cadê a Jabuticaba? Como vocês chegaram aqui?

— Calma! Jabuticaba está tranquila dentro da mochila. Nós acabamos presos também, o faraó não curtiu muito a gente.

— É, ou então ficou com pena de você, não quis te deixar sozinha aqui.

— Gente, não sei vocês, mas não estou suportando o cheiro desse lugar. Acho que vou... vou... vomitar... bleeeeeehhhhh!

Giovanna vomitou até não ter nada mais dentro de si. O cheiro do lugar era horrível, e ela sabia que havia ratos ali. Era como um buraco, havia apenas uma pequena janela muito alta, impossível de alcançar. A porta era de ferro, aparentemente, e não havia nenhum tipo de fechadura ou ferrolho por dentro.

Completamente tonta, agora começava a se sentir sem ar, claustrofóbica. Foi ficando desesperada, coração disparado, adrenalina a mil. Sentiu que desmaiaria novamente. Tentava desesperadamente se soltar, mas as correntes eram grossas e muito pesadas. Os dois meninos não estavam presos, e correram para segurá-la. "Tsekenu, socorro! Vou morrer antes mesmo que me executem! Socorro!!!" Em pura agonia, continuou gritando por Tsekenu.

Sua mente em disparada recordava tudo o que vivera até ali, e não acreditava que tudo aquilo acabaria daquela maneira. De repente, lá estava ela novamente em Melah, ajudando toda aquela gente. E então estava de volta à sala do banquete de Pepsituna. Agora via claramente todas as meninas e seus olhos suplicantes enquanto ela apresentava sua causa àquele homem sem coração. Simplesmente sabia que Tsekenu não ia abandonar aquelas garotas. Não, ela viveria para libertá-las. Não sabia como, mas viveria.

De repente, o lugar mudou. Havia uma luz suave, e uma água começou a cair. Primeiro era pouca, então começou a aumentar, e era como uma cachoeira. A água começou a lavar tudo. Lavava as paredes, o chão, Giovanna e os meninos. A presença de Tsekenu era palpável. As lágrimas lavaram o rosto da pequena. "A sua fé te salvou, pequena." "O que seria de nós sem você..."

A luz foi ficando mais forte, e alguém escrevia nas paredes. Os três estavam sem ação diante da escrita que ia surgindo com uma tinta vermelha linda.

— Antes que vocês nascessem, eu escolhi e amei vocês...

— Nada é impossível se vocês tiverem fé em mim...

— A fé não precisa ser grande para funcionar.

— Um pouquinho de fé muda até montanhas de lugar...

Havia também uma música no ar. Tsekenu era movido a música. Sua presença sempre envolvia uma melodia. Uma batida forte e ritmada encontrou o coração dos amigos, enquanto um piano e algo parecido com um violoncelo tocavam acordes que elevavam suas almas a um lugar onde não

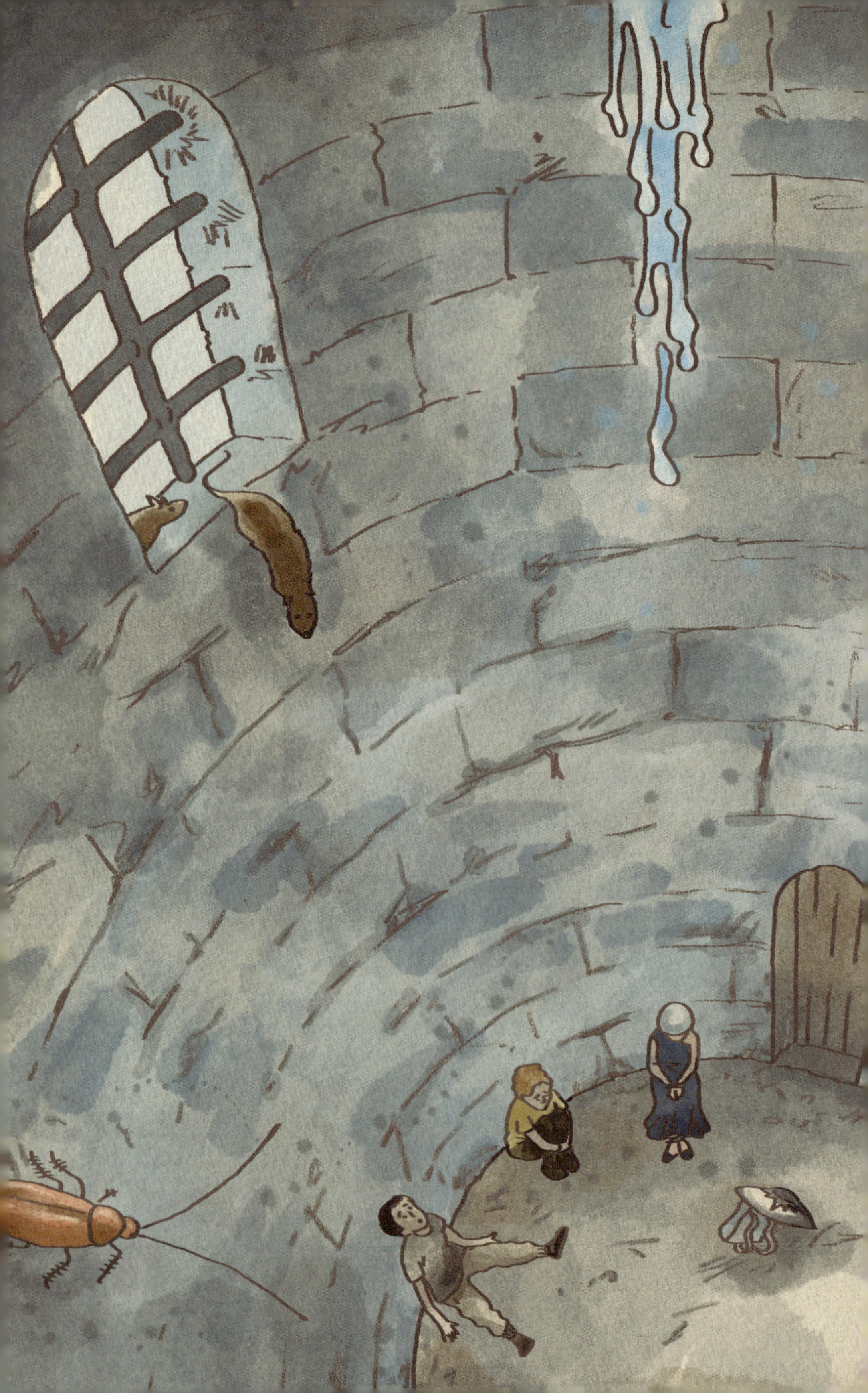

havia nada além de uma presença, algo que eles só conseguiam descrever como glória. Quando se sentiram alimentados por tudo aquilo, de repente estavam de volta à cela, que já não cheirava mal.

— Um de vocês pode me trazer minha mochila? Afinal de contas, por que estou acorrentada assim, e vocês não?

— Ah, garota, você quase matou os guardas de medo!

— Eu? Como, se estava desmaiada?

— Para eles te trazerem foi uma encrenca! Se tocavam nessa sua blusa, levavam um choque que os fazia voar longe. Um deles ficou todo chamuscado. Foi muito engraçado. Mas aí acharam que era melhor te acorrentar, porque se dormindo dava esse trabalho, imagine acordada!

Os três caíram na risada. Tsekenu era mesmo mestre em tornar o ar mais leve.

— Tentaram sair da cela com sua mochila, e não conseguiram de jeito nenhum. Quando chegavam na porta, a mochila simplesmente não saía. Escorregava para um lado, para o outro, e não conseguiram passar com ela de jeito nenhum.

E os três caíram na risada novamente. Gabriel entregou a mochila, e Giovanna viu cair uma lágrima.

— Gabriel, você está chorando?

— Eu, hein, claro que não!

— Está sim, estou vendo seu rosto cheio de lágrimas! O que houve?

— O que houve é que eu fui um grande otário. Simplesmente cheguei aqui correndo e sem me preparar, fui pego com a maior facilidade, e agora, olha para nós...

— Digo o mesmo. Eu até cheguei bem-preparado, mas achei que dava conta de tudo, e acabei pego também.

— Olha, vocês dois pisaram feio na bola, na real, mas tudo bem. Tsekenu não está bravo. Vamos sair daqui, tenho certeza. E vamos levar aquelas garotas e todas as pessoas que estão na situação de vocês, tomando aquele suco estranho e trabalhando como escravos achando que tudo que importa na vida é o bendito pão. Que, por sinal, nem sei que gosto tem.

Um barulho os interrompeu. Um guarda muito mal-humorado abriu a porta e deixou um saco ali. Olhou para os três e sentenciou:

— Daqui a cinco horas voltarei, e então os levarei ao lugar onde serão "cuidados" pelo carrasco.

Dizendo isso, fechou e trancou novamente a porta.

— Carrasco? Tenho certeza que não quero conhecê-lo. O que faremos?

Gabriel pegou o saco deixado pelo guarda e viu que estava cheio de pão.

— Pronto, Nanna, não vai morrer sem provar o pão.

Não teria graça para outras pessoas, mas eles riram alto. Do lado de fora, o guarda se perguntava como aqueles malucos poderiam estar rindo. Devia ser de nervoso, deduziu.

Gabriel trouxe o saco para perto, abriu, e cada um comeu um pão.

— É esse o famoso pão? Esperava mais.

— Agora que estou sem tomar meu suquinho, também não estou achando essa maravilha toda.

— Deixa eu dar uma olhada se temos alguma coisa na minha mochila.

Quando Akuti pegou a mochila, estava tão pesada que ele quase não conseguiu carregar. Ao abrir, Giovanna encontrou pão e *pink lemonade*. Ah, não dava para comparar a delícia do pão que Tsekenu colocou na mochila, que dirá a limonada... Todos, inclusive Jabuticaba, se deliciaram com a refeição que estava na mochila. Além da comida e da bebida, havia algo mais fazendo todo o peso. Colocando a mão, Nanna puxou algo que parecia um papel. Ao tirar, viu que era um origami. Um tsuru, o pássaro de origami. Havia vários na mochila. Quanto mais ela tirava, mais tsurus surgiam. Resolveu abrir um deles, e viu algo escrito. Mostrou aos garotos, que conseguiram ler, já que era a língua local. Era um recado dizendo que todos que não nasceram em Luxor deviam se preparar, pois seriam levados a outro lugar. Falava ainda que deviam prestar atenção a três sinais, e que quando o terceiro acontecesse, deviam pegar tudo o que pudessem carregar e se dirigir à praça central de Luxor.

— Maravilha. O plano de fuga está na minha mochila. Como poderemos fazer isso chegar às pessoas que precisam?

— Não faço ideia.

— Eu muito menos.

"Tsekenu, como faço isso chegar às pessoas? Precisamos de um pouco de sua mágica por aqui." "Olhe ao seu redor. Você saberá o que fazer. Já organizei tudo." Intrigada, olhou em volta, pensando o que era possível fazer. Olhou para cima e viu a janela.

— Gente! Estou tendo uma ideia! Mikah, Zoe e... quem te guia mesmo, Akuti?

— Eloah!

— Isso. Eles podem vir até a janela, e entregamos os tsurus para que distribuam!

— Perfeito!

— Peçam a Tsekenu que mandem suas guias para cá.

Cada um falou com Tsekenu, e logo viram sombras na janela.

— Eu estou maluco ou tem um boi na nossa janela?

— É Mikah! Mikah, meu amigo querido! Que saudade enorme!

Zoe e Eloah logo chegaram, e o que era complicado era entregar os tsurus a eles. "Tse, precisamos de sua mágica por aqui! Temos que entregar esses pássaros a eles para que levem às pessoas que precisam recebê-los. Mas... e as meninas daqui? Depois de tudo isso vou deixá-las aqui?" "Não se preocupe, eu cuidarei delas. Por causa do que você fez, serei o defensor delas. Nunca mais haverá casamento de crianças nesse lugar." "Ah, queria ver a cara de Pepe pai e Pepe filho..." Como sempre, a conversa terminou em gargalhadas.

Então, os três viram uma mão gigantesca e suave surgindo no teto, e os tsurus começaram a voar em direção a ela. Eles eram lindos, em cores e estampas diferentes, e flutuavam rapidamente em direção à mão. Deles saía um pó parecido com o das borboletas de Laniwai.

Todos os tsurus pousaram na mão, que os entregou a Mikah, Zoe e Eloah, que permaneceram ali, imóveis.

— O que vocês estão esperando? Vão rápido!

— Gabriel, é assim que você me diz o que fazer?

— Eita, não é! Desculpe.

— Nós três precisamos falar com Tsekenu.

Rapidamente, cada um pediu que seu guia entregasse os pássaros para as pessoas que seriam libertas daquele lugar. Os três voaram muito alto, e começaram a soltar os pássaros de papel.

Ah, se Giovanna, Gabriel e Akuti pudessem ver o voo suave dos passarinhos e a maneira como caíam perfeitamente nas mãos das pessoas certas. Muita gente viu a chuva colorida e ficou se perguntando o que o faraó devia estar aprontando.

— Pronto, agora é só esperar a hora — disse Akuti.

— Mas como vamos saber a hora? Estou mais perdido do que tudo — comentou Gabriel.

— Bom, agora vão acontecer três sinais. Não faço ideia do que sejam, mas estou mais preocupada em sair daqui. Como poderemos ajudar as pessoas presas aqui?

— Nanna, só de você ter encontrado e enviado os tsurus já foi uma enorme ajuda. Não tenho a menor intenção de ficar aqui por muito tempo, mas não se preocupe, você já ajudou essas pessoas — disse Akuti.

As correntes que a prendiam eram tão grossas que não havia nada a fazer. Giovanna olhou para dentro da mochila, e não havia nada. Então, encostou-se na parede e ficou pensando como sair dali. Se não havia nada na mochila, é porque não precisavam de nada.

Akuti examinava a porta e Gabriel, a janela. Sentada e tranquila, Giovanna começou a cantar uma música que ouvira várias vezes durante a viagem. Falava de Tsekenu, do quanto ele era bom e poderoso, de como amava cuidar das pessoas e sempre fazia bem a elas. Derrotados, Akuti e Gabriel também se sentaram. Akuti sabia a música e começou a cantar também. Gabriel logo pegou. Era uma música bonita e fácil, mas no final era preciso fazer uns sons engraçados, o que tornava a música um hit. Logo estavam cantando a plenos pulmões e fazendo todos os barulhos engraçados. Na terceira vez que cantaram, ao fim dos "efeitos especiais" ouviram um "plof", e as correntes dos pés de Nanna simplesmente caíram. Cantaram de novo, e caíram as das mãos. Mais uma vez, e a porta rangeu. Mais uma vez, e ela se escancarou. Ninguém nem raciocinou. Mochila na mão e "sebo nas canelas", como dizia a avó do Gabriel. Passaram correndo pelos guardas, que não os viram, e chegaram à rua. O sol brilhava tão forte que ficaram cegos por alguns instantes. E então começaram a sentir um calor absurdo.

Tudo estava como que pegando fogo. Até o ar era quente. Precisavam beber algo imediatamente. Acharam *pink lemonade* na mochila, e os quatro (Jabuticabinha estava lá!) se hidrataram imediatamente. Mas o calor era insuportável. Enquanto decidiam o que fazer, surgiu uma sombra acima deles, que foi tomando toda a cidade. Olharam para cima e lá estava um enorme tsuru voando suavemente sobre Luxor, cobrindo a todos com sua sombra. Toda a cidade viu. Sem dúvida, era o primeiro sinal.

O silêncio foi cortado por um grito: "Lá estão eles!" E antes que fosse possível ter qualquer reação, estavam presos novamente. Mas, em vez de serem levados de volta à cela, foram levados a um grande terreno vazio. Ao fundo estavam os tronos dos Pepsituna. Em frente ao trono, na outra extremidade, caixas cheias de ratos selvagens, que pareciam maus e famintos.

Os presos foram colocados em frente ao trono. "Tsekenu, me diga o que fazer. Manda o Mikah para cá, por favor." "Não tenha medo. Confie em mim. Abra a sua boca e veja o que acontece! Você saberá a hora certa." Olhando para cima, ela viu Mikah bem no alto, fora da visão de Pepsituna e seus soldados.

Faraó e o Minifaraó chegaram, com toda a pompa possível, e se sentaram em seus tronos. Giovanna, com o capacete ajustado, olhava fixamente para eles, e confirmou suas suspeitas ao ver a conhecida sombra em seus olhos: eram filhos de Eósforos.

— Então, além da confusão de ontem ainda tentou fugir hoje, menina? Não tem juízo mesmo. Perdeu a oportunidade da sua vida, pois meu filho me confidenciou que você seria uma de suas escolhidas.

Giovanna até tremeu de horror, mas ficou calada. Não estava na hora de dizer nada.

— Agora fica calada? Está arrependida, não é? Nada como ficar acorrentada numa cela podre para colocar as ideias no lugar. E mesmo que esteja arrependida, não adianta. Você desafiou minha autoridade, e vai morrer de qualquer maneira. Vou inclusive antecipar a execução, não estou a fim de esperar.

A voz de Pepsituna ecoava como um trovão. Será que tinha engolido uma caixa de som? Só podia! Sua risada maligna ecoava por toda Luxor, e um frio subia pelo coração de Giovanna e Akuti e pela espinha de Gabriel. Na prisão Gabriel se reaproximou de Tsekenu, arrependido, e os dois se reconciliaram. Pepsituna estava crescendo. Quanto mais falava e praguejava, maior ia ficando, e a ira escorria de sua boca e de seus dedos. Totalmente fora de controle, balançava os braços provocando uma tempestade de areia.

As três crianças ouviam um barulho ao longe. Pequeno, no início, mas veio aumentando e parecia se aproximar. O barulho agora era ensurdecedor. Ao longe se formava um tornado.

— Tsekenu! Tsekenu... ai, agora lascou.

Num piscar de olhos, o tornado era do tamanho de Luxor. Apesar da poeira do deserto, ele era branco, totalmente branco. Não deu tempo de correr nem procurar abrigo, e todos foram engolidos pelo vento e rodopiavam dentro do redemoinho. Em poucos segundos tudo foi sacudido, levantado, jogado, e então passou. Só não passou o som pesado e profundo. As coisas foram caindo ao chão, exatamente onde estava antes: as caixas dos ratos, os tronos, as pessoas, Giovanna e os meninos, Pepsituna II... só sumiu Pepsituna pai. Já não se ouvia sua voz, mas suas coisas iam caindo de dentro do tornado, e depois era possível ver um homem barrigudo, só de cueca, rodando e gritando desesperado.

Seus gritos ecoavam e eram quase tão fortes quanto o som que ouviam. O grito se tornou um lamento, foi diminuindo, e sumiu. Sem mais nem menos, acabou o vento, o som e a confusão. Ao verem o homem rodando no tornado, lembraram imediatamente da sombra branca que engoliu Annina em Ru. Era a mesma coisa.

— Acho que esse foi o segundo sinal...

— Se isso não foi um sinal, o que seria? O tsuru gigante nem se mexeu, vocês repararam? O que será que vai acontecer agora?

Enquanto conversavam, Pepsituna II, com uma expressão estranhamente feliz, assentou-se no trono de seu pai. A sombra era ainda mais visível agora nos olhos do esquisito filho de faraó, que agora era faraó no lugar de seu pai. Talvez o poder de Eósforos estivesse mais forte em Pepsituna II. Os guardas prenderam as três crianças novamente, e todos ficaram à espera das palavras do novo faraó.

— Parece que as coisas acabaram de mudar por aqui!

Enquanto Pepsituna tinha voz de trovão, seu filho tinha uma voz bem fininha, e os soldados só não explodiram todos em gargalhadas por medo de morrer. Talvez por isso os três condenados nem tenham tentado, uma vez que já iam morrer de qualquer jeito. Riam de se dobrar. Agora enfurecido, o projeto de faraó via a ira afinar ainda mais sua voz. Os três se controlaram, e o jovem conseguiu enfim falar:

— Quer dizer que EU vou decidir seu destino, pirralha! Não sei como pensei em te fazer tanto bem, e agora só quero mesmo fazer mal.

— Fazer bem? Deus me livre do seu bem!!!

— Mas que pessoinha insolente. Vamos acabar logo com isso. Guardas, quero que tirem essa roupa brilhante, vou ficar com ela.

De Melah a Luxor

Os guardas olharam assustados, porque todos já sabiam o que havia acontecido com os que tentaram tirar a couraça dela. Discretamente, deram um passo atrás, e somente um coitado, todo chamuscado das tentativas anteriores, ficou disponível. Quando percebeu que estava sozinho para o serviço, era tarde demais para fugir.

"Não se mova, não se preocupe."

Nervoso, o soldado se aproximou. Protegendo-se com o escudo e usando a espada, tentou tirar a couraça de Nanna. Quando a espada tocou a couraça, voaram faíscas, houve um estalo e o homem voou longe. Pepsituna então convocou outro soldado, e outro, e outro, e mais outro. Aconteceu a mesma coisa. Em vez de fazê-lo desistir, só aumentava a cobiça pela couraça. Quando percebeu que ninguém tiraria a roupa da menina, teve uma ideia brilhante. Matá-la de uma vez, e depois daria um jeito de tirar a roupa.

Era seu primeiro ato como faraó, e era importante mostrar que não estava para brincadeira. Mandou que segurassem os três e trouxesse mel e pasta de amendoim. Estranhamente, nenhum deles estava desesperado.

Enquanto besuntavam mel nos condenados, Giovanna começou a falar:

— Sabe, Faraó, eu nunca tinha presenciado a morte de um rei ou faraó, mas sempre achei que os filhos esperariam alguns dias para admitir que estavam felizes pelo trono vago, mas você nem esperou, né? Aí nessa sua cabeça estão passando ótimas ideias, como aumentar os impostos, o número de concubinas, o número de festas oficiais... Muito inteligente de sua parte, demonstra bem o quanto você ama as pessoas de Luxor. E não adianta fazer essa cara feia, porque já estou sentenciada à morte mesmo, então se prepara para o que vou falar: todas as pessoas desse lugar estão aqui por dois motivos: ou tomam esse suco maldito ou querem o seu trono. Então, Pepsituna II, faraó de Luxor, tenho um recado de Tsekenu para você. Nós três sairemos daqui e levaremos conosco todos os que tomaram o suco. Para você, deixaremos apenas os que querem o seu trono. Fique esperto, aqueles ratos não serão para nós, mas para você mesmo.

— Mas vejam só isso! Uma fedelha, pirralha, que acabou de chegar, está se sentindo a libertadora! Tsekenu, não faço ideia de quem seja. E para acabar com o efeito do nosso Suco da Liberdade você levará anos!

— Então é esse o nome, Suco da Liberdade? Já ouvi falar em propaganda enganosa, mas essa aí é imbatível. Espere e verá, Pepsituna. Você pode não ter feito ideia de quem é Tsekenu até hoje, mas a partir de agora, fará.

— Falou a garota coberta de mel e amendoim da cabeça aos pés.

Nesse momento, uma nuvem rosa apareceu sobre Luxor, e começou a chover *pink lemonade*. Chovia sobre todo o lugar, exceto sobre Pepsituna II e algumas poucas pessoas. Em pouco tempo, todos perceberam a delícia que era aquela chuva e passaram a beber. Alguns arrumaram copos e vasilhas, enquanto outros simplesmente abriram a boca e ficaram catando gotas de chuva. Todas as pessoas, instintivamente, foram para onde estava o trono, a Praça Central. Sem dúvida, aquela chuva era o terceiro sinal.

Pepsituna II, irado e em desespero, correu para abrir as caixas com os ratos, que saíram esfomeados em direção às crianças. Diante dos ratos, os guardas fugiram. Era uma cena surreal. A chuva cor de rosa caindo, as pessoas bebendo e se deliciando, os que não conseguiam beber chateados, Pepsituna II com cara de louco, os guardas correndo e os ratos avançando ferozmente sobre os besuntados. Sem piscar, Giovanna se colocou entre os amigos e os ratos, segurando seu escudo. "Tsekenu, manda o Mikah vir!"

Mikah surgiu como um raio. Seu rosto de águia era implacável, e apavorou os ratos, que começaram a correr em direção a Pepsituna II. Agora já não estavam apenas com fome e raiva, estavam também se sentindo acuados. Estavam a ponto de atacar o faraó, quando caíram sem vida. A chuva cessou e houve um silêncio absoluto. Surgindo do extremo da praça, vinha um homem segurando um cajado enorme, estendido acima de sua cabeça.

O homem era desconcertante. Parecia muito velho, mas era extremamente forte. Segurava aquele cajado no alto e caminhava com passos largos e firmes em direção ao centro da praça. Pepsituna II estava completamente desnorteado.

— Moshe?
— Giovanna?
— Sim!
— Sim!
— Puxa, gostaria muito de te abraçar, mas estou toda melecada.
— É, está meio nojentinha. Mas bate aqui. — E deram um soquinho com as mãos.

Giovanna ficou pensando se ele também tinha aprendido o soquinho na época da pandemia.

— Q-q-quem é você? De onde veio? Como fez isso? — Pepsituna II estava com os olhos tão arregalados que podiam saltar das órbitas a qualquer momento.

— Eu sou Moshe, a pessoa que Tsekenu (a quem você diz não conhecer) chamou para vir aqui arrancar as pessoas dessa sua mão peçonhenta.

— Ah, sim, claro que vou deixar meu povo ir embora assim, de mão beijada!

— Seu povo? Você não está nem aí para essas pessoas, só pensa em você mesmo! — Giovanna não suportava aquele moleque mimado.

— Sim, e preciso delas para que minha vida continue como é! Você, desde que chegou, só quer me destruir, o que foi que te fiz?

— Te destruir? O que eu quero é que você pare de destruir a vida das pessoas. Construa as coisas com seu próprio esforço, moleque mimado!

— Garota, eu vou te matar!

— Vai? E como pretende fazer isso?

— Eu, eu, eu... sei lá, com as minhas próprias mãos!

— Ah, tá... Você não sabe usar essas mãos para qualquer outra coisa que não seja encher essa pança, que para uma pessoa da sua idade já está bem avantajada.

Akuti e Gabriel não acreditavam na ousadia dela. Até então estavam tentando se controlar, mas quando a doida chamou o faraó de pançudo, não deu mais.

A gargalhada deles provocou a ira de Pepsituna II, que, assim como seu pai tinha feito, começou a crescer. Veio andando em direção a Giovanna e ameaçou:

— Agora, franguinha, veremos quem não sabe usar as mãos. Talvez eu possa usar os pés!

O novo faraó agora tinha uns cinco metros de altura, e seu pé era gigantesco. Ergueu-o sobre o grupinho, e estava a ponto de esmagá-los. Giovanna ergueu o escudo, e ao tocar o pé no escudo invisível, Pepsituna II foi jogado longe. Levantou-se e veio ainda maior e mais irado. Estendeu a mão e, quando tocou a couraça, voou mais alto e mais longe. Caiu desmaiado e voltou ao tamanho normal. Ficaram todos observando, até que voltou a se mexer, completamente atordoado.

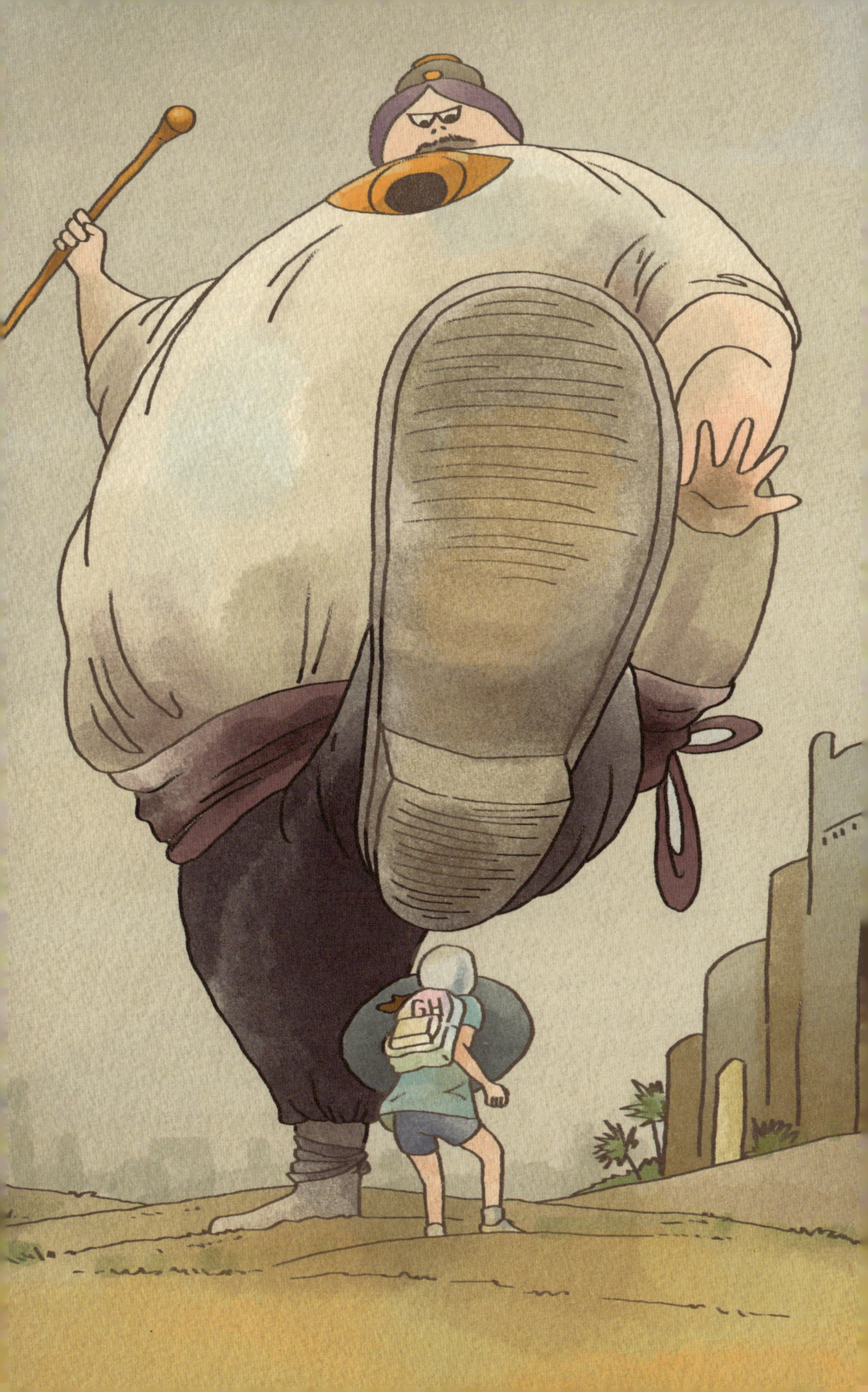
GH

— Querem saber de uma coisa? Você, esses outros dois, esse cara de águia, o da bengala... Todo mundo fora!

— Nem precisa falar, a gente já ia de qualquer jeito.

Moshe gritou:

— Atenção, todos vocês que receberam um tsuru: hoje é o dia da liberdade. Voltem em casa rapidamente, peguem o que puderem carregar e venham comigo. Vai ser uma viagem difícil, mas prometo que vai valer a pena.

— Nãããããããoooooooo — Pepsituna II, ainda no chão, gritava desesperado. Não tinha forças para se levantar.

As pessoas foram e voltaram rapidamente.

— Moshe, cuide bem deles. Vocês vão para Pearl City?

— Sim, vamos. Será um caminho bem diferente do seu, mas nos veremos lá. Gabriel e Akuti, vocês precisam vir comigo. Todos os que tomaram o suco de Luxor devem ir por esse caminho.

Pepsituna II continuou deitado, sem forças. Giovanna voltou com seus dois amigos ao prédio para buscar suas coisas, e nenhum dos três falava nada. A ideia de se separarem deixou-os tristes. Como sempre, Giovanna quebrou o silêncio:

— Também, por que raios vocês tinham que tomar esse bendito suco? Se tivessem sido mais espertos, poderíamos continuar juntos, agora.

— Pois é...

— Bom, o importante é que estamos de novo no caminho certo. Mesmo separados agora, nos encontraremos lá na frente.

— Verdade, mas vou dar um cascudo em cada um como castigo, para não me esquecerem.

Sem dó, deu um supercascudo em cada um, e seguiu andando na frente deles, batendo o pé no chão.

— Você é Ankara ou Vega?

— Está me zoando?

— Claro!

A risada começou e a tristeza passou, pelo menos até entrarem no prédio. Todo mundo estava falando alto, pegando suas coisas e saindo. Aproveitaram para tomar um banho e tirar o grude. Nanna foi ao quarto de Gabriel, e depois ao de Akuti. Ao entrar, viu que o amigo tinha vários modelos de skate.

— Puxa, guardei dinheiro para comprar um, mas agora nem deve ter mais para vender, com esse povo todo indo embora.

— Pode escolher um dos meus. Não vou conseguir levar todos mesmo.

— Sério? Achei esse aqui lindo.

— Pode pegar, é seu.

— Akuti, muuuuuuito obrigada! Vou sentir muitas saudades.

— Eu também.

Gabriel chegou e entrou no abraço também.

— Zoe me avisou que ela e Eloah vão com a gente. E que se a gente se recuperar nas próximas fases, poderemos voltar aos nossos rios.

— Que bom. Eu nem tinha tido coragem de perguntar a Eloah.

De volta à praça, Moshe estava reunindo todo mundo. Agora limpinha, Giovanna correu até ele e deu um forte abraço. Pepsituna II continuava caído, sem forças. Os ratos também não estavam mortos, estavam voltando a se mover.

Moshe se aproximou dele e disse:

— Só para você saber, a couraça de Giovanna se chama couraça de justiça. Foi feita pelo tal Tsekenu, que você não conhecia. Espero que agora tenha conhecido. Nunca se esqueça disso: existe justiça.

O garoto não tinha forças nem para responder.

— E digo mais: todos nós colhemos o que plantamos. Você plantou injustiça, e será injustiçado pelo resto de sua vida. Não te condenamos à morte, mas sua vida será sempre cercada de traidores. Isso é pior que a morte. No entanto, se um dia você entender o que aconteceu aqui, bata um papo com Tsekenu para ver o que pode ser feito por você.

— E onde eu acho esse homem?

— Chame, e ele virá até você. Mas só quando você chamar de verdade. — Virando-se para a multidão, falou:

— Pessoal, vamos em frente. Hoje começa uma vida nova para todo mundo.

Felizes, as pessoas gritavam enquanto caminhavam. O grito virou um canto, e o canto ia se estendendo por todo o deserto. Depois de abraçar Moshe, Gabriel e Akuti, Giovanna ficou observando a multidão desaparecendo ao longe. Jabuticaba, em seu ombro, cantava com a multidão. Quando a última pessoa sumiu, olhou para Mikah, agradecida por tê-lo pertinho novamente.

— Podemos ir?

— Podemos sim, senhora.

— Peraí que dessa vez vou voando, mas por conta própria.

Subiu em seu skate e saiu com Mikah daquele estranho lugar chamado Luxor. Enquanto se afastava, um misto de alegria e tristeza tomou conta de seu coração. Desde que chegara a Laniwai se sentia um pouco solitária, e estar com os amigos, trabalhando em equipe com eles, tinha sido muito bom. Seria melhor se pudesse contar com amigos durante a viagem. Ela amava Mikah e Jabuticaba, mas estava pensando em amigos humanos. Seus pensamentos se dissiparam ao ouvir a voz de Mikah:

De Melah a Luxor

— Você acabou de completar a quarta fase do *game*, e também se tornou mestre da primeira habilidade: Fé. Você agora é grã-mestre na habilidade fé. Tome sua medalha.

— Medalha? Oh, que linda!!!

A medalha era dourada, e a fita era feita de arco-íris. Na frente estava gravada uma foto de Giovanna de capacete, escudo e couraça, e atrás estava escrito: FÉ.

Com os olhos cheios de lágrimas, pela primeira vez experimentou o sabor de uma conquista. Vencera tantas coisas até ali, tinha aprendido, crescido... entre tudo que havia aprendido, as duas coisas que ela mais amava era ter aprendido a pensar e a rir. Beijou a medalha, mostrou para Jabuticaba, que também a beijou, e subiu até o rosto de leão, onde encostou testa com testa.

O arco-íris surgiu com a pontuação:

FASE 4: VENCIDA
FORÇA: 850
NÍVEL: 116
HABILIDADE 1: 100%
EQUIPAMENTO: 6
BÔNUS: 2

Era inacreditável. O *game* era muito mais difícil do que ela havia imaginado, mas igualmente mais divertido do que pensara. E, apesar de ser um *game*, estava fazendo muito bem ao coração dela. Quando saísse de lá, certamente veria as coisas de outra forma. Quem seria essa nova Giovanna?

Sua mente voou longe, imaginando quem ela queria ser. Viu seu futuro, sua missão de vida, suas conquistas. Uma certeza ela tinha: sua vida seria maravilhosa. Especialmente se fosse possível continuar conectada com tudo ali. Será que havia alguma maneira? Os pensamentos iam cada vez mais longe, e a menina estava completamente mergulhada neles.

Depois de um tempo, Mikah falou:

— Lembra que falei do tempo que teria para descansar, quando poderia escolher aonde ir? Então, agora é esse tempo. Para onde quer ir?

Enquanto falava, Mikah desenrolava um mapa gigantesco no ar, diante de uma garotinha de queixo caído. Com o skate, voava por todo o mapa, procurando não sabia o quê. Então, seus olhinhos brilharam e ela disse:

— Aqui.

≈

FONTE Adriane Text
PAPEL Pólen Natural 80 g/m²
IMPRESSÃO Santa Marta